बंदा सिंह बहादुर

बंदा सिंह बहादुर

मेजर जनरल सूरज भाटिया

विद्या विहार, नई दिल्ली

प्रकाशक : **विद्या विहार**
19, संत विहार (पहली मंजिल) गली नं. 2, अंसारी रोड, नई दिल्ली–110002
 / संस्करण : 2025 / मूल्य : चार सौ रुपए
मुद्रक : नरुला प्रिंटर्स, दिल्ली
ISBN 978-93-89471-19-9

BANDA SINGH BAHADUR
by Maj Gen Suraj Bhatia
₹ 400.00
Published by **VIDYA VIHAR**
19, Sant Vihar (First Floor), Street No.2, Ansari Road, New Delhi-2

मित्रवर

श्री जसवंत सिंहजी

को

भूमिका

बंदा सिंह बहादुर एक अदम्य सिख सैन्य नेता थे, जिन्होंने सिख राज्य की स्थापना की, जिसकी राजधानी वर्तमान हरियाणा के लोहागढ़ में थी। बंदा बहादुर ने 15 साल की उम्र में सांसारिक सुखों का त्याग कर दिया। उनकी लोकप्रियता तब चरम पर पहुँच गई जब उन्होंने जमींदारी व्यवस्था को समाप्त कर दिया और बाद में किसानों को पूर्ण स्वामित्व का अधिकार दिया।

बंदा सिंह बहादुर का जन्म 27 अक्तूबर, 1670 को राजौरी, पुंछ में (वर्तमान जम्मू-कश्मीर) में एक राजपूत परिवार में हुआ। उनका मूल नाम लछमन देव था। बहुत कम उम्र में उन्होंने शिकार करना, घुड़सवारी करना, मार्शल आर्ट और हथियार चलाना जैसे हुनर सीखे। धनुष और तीर के साथ एक प्राकृतिक संबंध होने के कारण, वे अपनी किशोरावस्था में ही शिकार करने लगे। लेकिन जल्दी ही शिकार से उन्हें विरक्ति हो गई और वे घर छोड़कर बैरागी हो गए और उन्हें माधोदास बैरागी के नाम से जाना जाने लगा।

देश भ्रमण करते हुए वे महाराष्ट्र में नांदेड़ पहुँचे और एक मठ की स्थापना की। सितंबर 1708 में सिखों के दसवें गुरु गुरु गोविंद सिंह ने उनके मठ का दौरा किया, जिसके बाद माधोदास गुरु गोविंद सिंह के शिष्य बन गए। उन्हें नया नाम गुरुबख्श सिंह दिया गया। समय के साथ गुरुबख्श सिंह एक सैन्य कमांडर के रूप में प्रसिद्ध हुए और उनकी अदम्य वीरता के चलते बंदा सिंह बहादुर नाम से प्रसिद्ध हुए।

गुरु गोविंद सिंह ने बंदा सिंह बहादुर को कुछ अधिक हासिल करने के लिए अपनी तपस्वी जीवन-शैली को त्यागने के लिए प्रेरित किया। उन्होंने बंदा बहादुर को पंजाब के निर्दोष लोगों को मुगलों के चंगुल से मुक्त कराने का एक महत्त्वपूर्ण कार्य सौंपा, क्योंकि इसलाम के अलावा मुगल सभी का उत्पीड़न कर रहे थे। इसके अलावा, मुगल सम्राट् बहादुर शाह ने गुरु गोविंद सिंह से वादा किया था कि वह पंजाब में आम लोगों के खिलाफ विभिन्न अपराधों के लिए सरहिंद के गवर्नर नवाब वजीर खान को दंडित करेगा; लेकिन सम्राट् ने अपना वादा पूरा नहीं किया। इससे गुरु गोविंद सिंह नाराज हो

गए। उन्होंने वजीर खान को सबक सिखाने के लिए बंदा बहादुर से मदद माँगी और इस तरह वे कई निर्दोष लोगों को बचाने में सफल रहे।

गुरु गोविंद सिंह ने उन्हें अपना सैन्य कमांडर नियुक्त किया। इसके अलावा उन्हें एक 'हुकमनामा' (गुरु का आदेश) दिया गया, जिसमें सभी सिखों से मुगलों के खिलाफ लड़ाई में बंदा बहादुर के साथ शामिल होने का आग्रह किया गया। बंदा बहादुर ने समाना की लड़ाई में वजीर खान के नेतृत्ववाली मुगल सेना को हराया। समाना शहर पर कब्जा करने के बाद सिखों को बड़े पैमाने पर संपत्ति हासिल हुई, जिससे उन्हें आर्थिक रूप से स्थिर होने में मदद मिली।

बंदा बहादुर ने मुखलगपुर में अपनी राजधानी स्थापित की, पर बाद में उसका नाम बदलकर लोहागढ़ रखा गया। बंदा बहादुर ने लोहागढ़ में अपना स्वयं का टकसाल भी शुरू किया। बंदा बहादुर ने जमींदारी व्यवस्था को भी समाप्त कर किसानों को पूर्ण स्वामित्व दिया। बाद में मुगलों ने छल से बंदा बहादुर को बंदी बना लिया और यातना देकर 9 जून, 1716 को बेरहमी से मार डाला।

निश्छल बहादुरी की एक ऐतिहासिक गाथा, जो श्रद्धा से सिर झुकाने को प्रेरित करती है।

रवींद्रनाथ ठाकुर की बहुचर्चित कविता

'बंदा बीर'

1

पंच नदीर तीरे
वेणी पकैया शिरे
देखिते देखिते गुरूर मंत्रे
जागिया उठिछे सिख
निर्मम निर्भीक···

2

हजार कंठे गुरुजीर जय
ध्वनिया तुलिछे दिक्
नूतन जागिया शिख
नूतन उषार सूर्येर पाने
चाहिलो निर्निमिख···

3

अलख निरंजन
महारब उठे, बंधन टूटे
करे भयभंजन
वक्षेर पाशे मन उल्हासे
असी बाजे झनझन
पंजाब आजी गरजी उठिला
अलख निरंजन···

नोट : 1 से 3 मूल बँगला तथा उनके हिंदी अनुवाद पुस्तक के आरंभण से पहले छपे; शेष भाग पुस्तक के अंत में

रवींद्रनाथ ठाकुर कृत 'बंदा बीर' का हिंदी भावानुवाद

1

पाँच नदियों के किनारे
शीश ऊपर केश बाँधे
गुरुमंत्र की पावन ध्वनियाँ
सिद्धियों समान शिरोधार्य कर
वीरत्व रस से उच्छादित, उल्लासित
निर्भय हो जाग उठा सारा सिख समुदाय।

2

हजारों कंठों से निकले 'गुरु जी की जय' के नाद की ध्वनियाँ दशों दिशाओं और क्षितिजों को जा छूती हैं,

नए सिरे से जाग उठे हैं सिख, एक नए ही सूर्य की उषा को पाने निर्निमेष।

3

'अलख निरंजन!' विद्रोह के युद्धगान का झरना
सारे भय तथा बंधन तोड़कर फट बहता है,
हृदयों में असीम उत्साह भरे, नसें फड़काते
पूरा पंजाब आज गरजते हुए उठ खड़ा हुआ है,
बोलते उच्च स्वर : 'अलख निरंजन!! अलख निरंजन!!'

4

फिर एक दिन ऐसा आया कि बिना किसी शंका के न किसी का ऋण-भार सिर पर धरे, जीवन-मृत्यु की भावनाओं को पाँवों तले रौंदते हुए, दसों दिशाओं से पंजाब का क्षेत्र प्राणों की बाजी लगा बैठा। फिर हाँ, ऐसा भी आया एक दिन!

अनुक्रम

श्री ॐ श्री

बचपन और संन्यास

~1~

कहा जाता है कि बंदा बहादुर का जन्म सन् 1670 में जम्मू-कश्मीर के राजौरी जिले में हुआ था।

कौन थे बंदा बहादुर ? निश्चयत: भारत के जननायकों तथा प्रेरणात्मक अग्रदूतों में से एक हैं; जिन्होंने अपना जीवन सहर्ष देश के जनसाधारण के हितों की रक्षा के लिए बलिदान कर दिया।

शुरू में तो अधिकांश लोगों ने बंदा बहादुर का नाम ही नहीं सुना था। जब सुना तो उनके विविध कार्यकलापों का ब्योरा सुनते-सुनते छातियाँ गर्व से फूलने लगीं और आँखें अश्रुजल से परिलिप्त होने लगीं। शीश सादर झुकने लगे, साथ-साथ यह विस्मय भी जाग्रत् हुआ कि क्या कलियुग में इस कोटि के शीर्ष मानव का जन्म होना भी संभव है ! और कहीं कोई चमत्कार तो नहीं। कालांतर में कुछ लोग-विशेषकर देश के मुसलमान यह भी मानने लगे थे कि बंदा बहादुर में जादूगरी की विद्या भी विद्यमान है और वे मनमर्जी से अपना भेस ही नहीं बदल सकते वरन् जहाँ जैसे मन चाहे, वहाँ वैसे आ-जा भी सकते हैं। कभी हिरन, कभी चिड़िया, कभी चील तो कभी हंस बन। थे तो वे नरहंस ही।

~2~

यह भी कहा जाता है कि बंदा बहादुर का जन्म रजौरी के एक क्षत्रिय (खत्री) परिवार में हुआ। कुछ लोगों का यह भी मानना है कि वे 'मझाल मित्तर' थे; या माह्याल ब्राह्मण थे। कुछ अन्य लोग यह भी दावा करते हैं कि वे जाति के क्षत्रिय नहीं वरन् ब्राह्मण थे और कुछ यहाँ तक कहते हैं कि वे एक साधारण खेतिहर परिवार की संतान थे।

परंतु क्या इससे कोई फर्क पड़ता है कि वे इस जाति के हिंदू थे या उस जाति के ?

क्या इतना ही जानना पर्याप्त नहीं कि वे एक हिंदू परिवार में जनमे इसी परिवार के सदस्य थे और उनका नाम लछमन देव था?

यह भी किंवदंती है कि बचपन से ही बंदा बहादुर के तीन प्रमुख शौक रहे थे : पहलवानी, यानी कुश्ती-दंगल, घुड़सवारी और शिकार। इन विशेष लगावों की बात सुनकर तो लगता है कि वे निश्चयत: किसी क्षत्रिय परिवार की उपज थे।

~ 3 ~

नाम लछमन देव क्योंकर, लक्ष्मण दत्त क्यों नहीं? क्योंकि उस क्षेत्र के पंजाबी-डोगरा चलन में लक्ष्मण को लछमन कहा जाना कोई बड़ी बात या भयंकर भूल नहीं माना जाता था। वहाँ तो लिखित आनंदपुर को भी बोलचाल की भाषा में नंदपुर कहा जाना आम बात थी।

क्या यह इस बात को इंगित करता है कि उनके माता-पिता रामायण-भक्त थे? ऐसे में रामदत्त कहलाना भी अनोखा नहीं? क्यों लछमन देव? 14 वर्ष के वनवास के बाद छोटे भाई लक्ष्मण का यह निर्णय चयन कि वे पत्नी को पीछे छोड़ वनवास में बड़े भाई का साथ देंगे, कोई एक कर्तृव्य भी नहीं, जो किसी आम इनसान को सुलभ लगे। भाई के पीछे कौन अपने प्राण इस प्रकार न्योछावर करता है? संभवत: यह वाल्मीकिजी के लिए उच्चतम तथा प्रेरणात्मक आचरण व मूल्यों को स्थापित-प्रतिष्ठित करने का एक दुस्साहसी प्रयास था, मानो लक्ष्मण का सृजन ही अपने अहंकार के लिए नहीं वरन् राम के शौर्य में उज्ज्वल व अग्नि प्रचंड तेज लाने के लिए किया गया हो।

~ 4 ~

पहलवानी! खूब दूध-दही खाकर देह को परिपुष्ट करना। आत्मबल में विश्वास रखना। साथ-साथ बाहुबल में भी। ऐसा कि महाभारत के भीम की याद आए। सुबह-सवेरे उठना। भोर की प्रथम किरण के साथ। नित्यकर्म से निवृत्त हो सैकड़ों दंड-बैठक लगाना, मुग्दर घुमाना, मांसपेशियों को सुदृढ तथा बलवान बनाना, मुलायम मिट्टी के अखाड़े में प्रतिद्वंद्वियों के साथ ताकत आजमाना। कभी हारना तो कभी जीतना, पर खेल में लगातार पूरे तन-मन से लगे रहना। इसी ढाँचे में ढलता गया होगा। हमारे भावी जन-नायक का स्वभाव और हमारे गाँव-देहातों में कौन है, जो पहलवानों की इज्जत नहीं करता?

~ 5 ~

घुड़सवारी। एक राजसीय तथा सैन्यसिद्ध लगाव। उन दिनों जब मोटरें नहीं हुआ करती थीं, बैलगाड़ी थी, अपेक्षया घोड़े पर सवार हो दुर्लभ चाल चलने से भी राहें

कहीं जल्दी तय हो जाती थीं। घोड़े पर सवारी कर पाना भी एक मर्दाना हुनर था। घुटने, रानों और जाँघों की मांसपेशियाँ मजबूत होती थीं। लगाम नियंत्रण सिखलाती थी। एक तरह का अनुशासन तथा संतुलन। आमतौर पर घुड़सवार पैदल चलनेवाले के मुकाबले में अग्रसर और अग्रणी माना जाता था। उसकी अपने आस-पास के भौगोलिक ज्ञान में भी वृद्धि होती। शान और बान में भी। एक राजा भोज और दूसरा गंगू तेली।

~ 6 ~

शिकार। आखेट। यह भी एक प्रकार से राजशाही लगाव था। आराम के पलों में यदि राजा-महाराजा चौसर या शतरंज नहीं खेलते थे तो उन्हें शिकार का शौक आ रिझाता। इसे भी एक मर्दाना कार्यकलाप माना जाता था। कई लोगों की मान्यता थी कि शिकार खेलने से एक प्रकार का सैनिक प्रशिक्षण स्वाभाविक हो उठता है, तय करना कि लक्ष्य क्या है। शेर का शिकार करना है या चीते का, हिरन का या बत्तख का या फिर खरगोश का या लोमड़ी का?

~ 7 ~

जंगल जैसी जोखिम भरी जगहों में जाना, सो भी भोर होने से पूर्व, क्योंकि वनपशु भोर होते ही माँदों से उठकर बगल की नदी की ओर जाने लगते हैं। दबे पाँव चलना, जिससे किसी को हमारे कदमों की आहट न हो, न ही पूर्व-सूचना, साथ ही कानों को चौकस रखना, जिसने सारी इंद्रियाँ भी तथा हलकी जम्हाई की आवाज भी सुनाई दे जाए। आँखें भी लक्ष्य, बुद्धि-मन पर एकाग्र।

कैसे शेर को लुभाने के लिए सही जगह चुनकर बकरी पेड़ के साथ बाँधी जाती थी। अलग पेड़ पर मचान बना शिकारी ऊपर चढ़कर बैठता था। गुपचुप कि उसकी साँस की आहट भी कोई पत्ता न हिला पाए। अनेक बार घंटों तो कभी दिनों के इंतजार के बाद शेर के दर्शन होते थे। उसके बाद तीरंदाजी के हुनर का हुस्न आजमाने का मौका मिलता था। यदि निशाना चूक गया तो रात-रात भर नीचे बैठे आहत व गुस्सैल शेर से निपटने का जानलेवा जोखिम।

लोग शिकार में मारे गए जानवरों के सिरों से अपना घर-आँगन सजाया करते थे। मूलत: यह जग-जाहिर करने के लिए कि वे कितने दिलेर मर्द हैं। शेर-चीते व हिरनों की खाल को उधेड़कर बैठकें सजाने का काम भी किया जाता था। कितने पुराने चित्रों में वृक्ष की छाँव तले बैठे ऋषि-मुनियों को मृगचर्म पर बैठे दिखाया गया है।

कालांतर में शिकार का शौक राजा-महाराजाओं व बादशाहों की खास जागीर सा बना रहा है।

~ 8 ~

सुनने में आया कि एक बार जब युवक लछमन देव शिकार पर गए तो उन्हें जंगल में क्रीड़ा करता एक हिरनों का जोड़ा दिखाई दे गया। बहुत देर जंगल में भटकते रहने के बाद यह शिकार नजर आया था। लछमन देव ने निशाना साधा और धनुष की डोर को पूरा खींचकर तीर छोड़ दिया। कहते हैं कि इस प्रकार छोड़ा तीर लाख चाहने पर भी वापस नहीं आता, निशाना पक्का था। तीर हिरनी के गले में चुभा और वह तुरंत औंधी हो एक ओर जा गिरी। उसका साथी डर के मारे कुछ दूर भागा, पर फिर खड़ा हो अपनी धराशायी साथिन की ओर सिर मोड़ देखने लगा। शिकारी शिकार के पास गया, उसको घायल हिरनी की आँखें अपनी आखों में झाँकती दिखाई दे गईं। आतंक तथा भयानक पीड़ा के साथ-साथ उनमें रोने और उलाहने का कुछ ऐसा भाव झलका कि शिकारी के रोंगटे खड़े हो गए, मानो वह आँखों में विस्फारित मूक वेदना से फरियाद कर रही थी : ऐ अजनबी, तूने मुझे क्यों मारा, मैंने तेरा क्या बिगाड़ा था ? एक बेगुनाह को इतनी कठोर सजा देने में तुम्हें कौन सी खुशी नसीब होती है ?

~ 9 ~

कुछ दूर खड़े, सिर मोड़कर इसी ओर देखनेवाले हिरन की उदास आँखों में भी शिकारी को मूक, असहाय बेबसी का उलाहने भरा भाव नजर आया। उसकी आत्मा तिलमिला उठी, तभी उसे लगा कि गले में धँसे तीर की वेदना से हिरनी छटपटा रही है, परंतु उसके प्राण निकलने में विलंब कर रहे हैं। शिकारी से हिरनी का दर्द देखा न गया। उसने कमर में बँधी पेटी से छुरा निकाल हिरनी के पेट में गहरा घोंप डाला और फिर एक ही उमेठ में उसका पेट चीर डाला, उसने सोचा था कि छुरे की तेजधार वाली नोक हिरनी के हृदय को बेध उसकी इहलीला तुरंत समाप्त कर डालेगी। ऐसा हुआ भी, पर पेट की चीर के साथ गर्भाशय में पलती नन्हे हिरनों के पिंडों की जोड़ी बाहर निकल धरती पर आ गिरी। कुछ देर शिकारी नए बनते हृदयों की धड़कन से नन्हे पिंडों की बेबस हलचल देखता रहा, कुछ ही क्षणों बाद यह हलचल भी बंद हो गई। शिकारी को एहसास हुआ कि उसके तीर ने एक नहीं तीन-तीन धड़कनों के प्राण ले लिये थे और एक हिरन को जीवन भर के लिए दु:ख के दारुण समुद्र में तड़पता छोड़ दिया था। अनेक ठंडी साँसें लेने के बाद भी उसके मन में चैन नहीं आया। उसका हृदय उसी दर्द से छटपटाने लगा, जो उसने प्राण त्यागते हिरनी की आँखों में देखा था। उसे अपने किए पर गहरा पछतावा होने लगा, उस रात नींद भी ठीक से नहीं आई। रात भर उसके मानस-पटल को आहत हिरनी की आँखों की चुभन गोदती रही।

~ 10 ~

दूसरे दिन उसने कल की होनी को भुलाने की भरपूर कोशिश की, पर उसे ऐसा कर पाने में न सफलता मिली, न कोई राहत। आत्मदंश की भावना उत्तरोत्तर और भी गहरी गुदती गई। उसकी आत्मा इस पीड़ा से व्याकुल हो उसकी होनी को कोसती रही। क्या दूसरों को पीड़ा देने के लिए ही जन्म लेता है इनसान? भला किसी का न भी कर सके, बुरा करना तो अक्षम्य अपराध है। सो भी जानबूझकर, पूरे होशो-हवास में।

आत्मा की खरोंच मानो उसकी नंगी पीठ पर रह-रहकर कोड़े मारती रहती, वह गुमसुम होकर अपने भीत-ही-भीतर और भी डूबता चला गया।

अचानक लछमन देव को बचपन में पढ़ी इतिहास पुस्तक में देखे भगवान् बुद्ध के चित्र की झलक याद आ गई और साथ-साथ गौतम बुद्ध की जीवनी के मुख्यांश भी, राजा पिता के राजसी वैभव तथा लाड़-प्यार में पले थे राजकुमार गौतम, पिता को इनसे बड़ी आशाएँ थीं। यौवन आते ही विवाह संपन्न कर दिया गया। उनके लाड़ले राजकुमार शासन का भार सँभालकर उन्हें कर्तव्य विमुक्त करेंगे। परंतु विधि का कुछ और ही विधान था।

~ 11 ~

एक दिन राजकुमार गौतम राजधानी में घूमने गए तो उन्होंने एक के बाद दूसरा-तीसरा-तीन ऐसे दृश्य देखे, जिन्होंने उनकी जीवन दिशा ही बदल डाली। एक देखा किसी बीमार आदमी को, जिसे लोग दवा-दारू के लिए वैद्य के पास ले जा रहे थे। उसकी हालत देखकर राजकुमार को बहुत दुःख हुआ। दूसरा, उन्होंने किसी वृद्ध सज्जन को देखा, सिर के बाल सफेद और बीचो-बीच उजड़े हुए। चेहरा झुर्रियों से भरा हुआ। आँखें अच्छी तरह देखने में असमर्थ, जो देखतीं एकदम धुँधला नजर आता। कान कम सुनते थे। हाथों को हिलाने पर कंधों में हुई पीड़ा से आह निकलती थी। कमर झुकी हुई, कूबड़ निकला हुआ। हाथ में सहारे के लिए लकड़ी, सिर पर मानो पहाड़ों का बोझ ढो रखा हो।

राजकुमार के दिल में शोक और संताप का तूफान सा उमड़ आया।

तीसरा दृश्य तो और भी दिल दहलानेवाला था। किसी मृतक की अर्थी काँधों पर लादे हुए कुछ लोग उसकी देह को जलाने के लिए श्मशान भूमि की ओर ले जा रहे थे, वह आदमी अज्ञात था, परंतु उसे यों देखने का दृश्य बड़ा ही हृदयविदारक लगा।

लोग जन्म लेते हैं, शिशु ठुमककर चलते हुए अपनी तोतली बोली से सभी का मन मोह लेते हैं। किशोर से युवक बनते हैं। कभी बीमार रहते हैं, कभी ठीक। फिर पता ही नहीं लगता, जीवनचर्या में व्यस्त कब अचानक ही बुढ़ा जाते हैं, मानो अपने ही परिवार

पर भार बनकर एक-एक दिन यों गुजारते हैं, मानो युग हो। फिर एक दिन अचानक लुढ़ककर मर जाते हैं। ऐसा एक भी माई का लाल नहीं होगा जिसे इस जटिल-कुटिल चक्र से छुटकारा मिले।

क्या संसार में आदमी केवल मरने के लिए ही जन्म लेता है, दु:ख-दर्द सहने के लिए? इसी कोटि के हजारों प्रश्न। सुख की घड़ियाँ क्यों इतनी अस्थायी और क्षणभंगुर होती हैं, दु:ख क्या संसार के सभी लोगों के भाग्य में लिखा है, दु:ख ही अंतिम सत्य है क्या, यदि सचमुच ऐसा है तो इस दुर्व्यवस्था से निवारण कैसे हो?

सदाचारी जीवन जीने से प्राणिमात्र के लिए मन में करुणा का भाव हृदयंगम करने से? सो भी सभी के द्वारा मानो एक साथ और मन-ही-मन अपने ही बारे में मूल प्रश्न पूछते रहते कि मैं कौन हूँ, दुनिया में क्यों और क्या करने आया हूँ, कहाँ जा रहा हूँ?

इसके साथ-साथ भगवान् बुद्ध ने यह शिक्षा भी दी कि इस जीवन में पापकर्म न करो। किसी से वैर भी न रखो। सबको स्नेह, मैत्री, क्षमा और करुणा की दृष्टि से देखो, क्योंकि सब ही में भगवान् का वही अंश विद्यमान है, जो हममें है। शुभकर्म करने के साथ-साथ अपने स्वास्थ्य का भी ध्यान रखो, स्वास्थ्य के अभाव में देह, बुद्धि तथा आत्मा का समन्वय नहीं हो पाता और हम सब वह नहीं कर पाते, जिसकी हम क्षमता और चाह रखते हैं।

किसी अन्य प्राणी के दु:ख का कारण मत बनो। अहिंसा को परम धर्म मानकर चलो।

बुद्ध ने अपनी निजी सुख-सुविधा के सामान्य लक्ष्य को त्यागकर एक वृहत् उपलब्धि को अपना परम लक्ष्य बनाया और यह था जनसाधारण का कल्याण-साधारण लोगों में ऊँच-नीच, अमीर-गरीब, बड़ी जाति-छोटी जाति की खाई बहुत विषम थी, इसे कैसे दूर किया जाए? दूर नहीं तो कम कैसे किया जाए, बिना किसी का भी अहित किए।

सदाचार के अनुसार मध्यम मार्ग पर चलते हुए कैसे मुक्ति मार्ग तथा निर्वाण की संप्राप्ति की जाए।

इन सब ऊँची और अच्छी बातों के साथ-साथ भारत में ही कुछ लोगों ने बौद्ध धर्म की आलोचना भी की। इनका मानना था कि बौद्ध धर्म ने भारत के निवासियों को अपंग बना दिया। इसका मुख्य कारण यह कटु-कठोर वास्तविकता थी कि सारी दुनिया ने इस धर्म को एक साथ स्वीकार नहीं किया था। ऐसे में हथियारबंद हिंसा जातियों-प्रजातियों के लिए भिक्षु-भिखारियों के देश को पराजित कर पीढ़ी-दर-पीढ़ी गुलाम बनाकर रखना बहुत आसान हो गया था। ऐसे में अनेक पीढ़ियों की गुलामी का उत्पीड़न व अत्याचार किसके सिर मढ़ा जाए?

~ 12 ~

इसी संदर्भ में लछमन देव को सम्राट अशोक की भी याद आई। कितने बड़े और शक्तिशाली राजा थे वे! अपना ही विशाल, समृद्ध एवं वैभवशाली राज्य था। सुख-सुविधाएँ थीं। धन-धान्य था, लोगों में असीम सम्मान भी था। फिर भी अपनी सत्ता की सीमाओं को बढ़ाने के लोभ में पड़ोस के कलिंग राज्य पर आक्रमण कर डाला। दोनों ओर हुए विभीषण रक्तपात के बाद अंततः अशोक की जीत हुई। उसके शौर्य, तेज, पराक्रम, मान-मर्यादा में प्रगाढ़ वृद्धि हुई, परंतु अशोक को चैन न मिला। वह सोच में डूबता गया और दिन-प्रतिदिन शोक, संताप और पश्चात्ताप की आग में झुलसता रहा। अंत में वह इस निर्णय पर पहुँचा कि उसने जो किया, वह अच्छा नहीं था, गलत था।

कालांतर में अशोक ने राजपाट त्यागकर बौद्ध धर्म अपना लिया। शेष जीवन वे इसी धर्म की स्थापना तथा प्रचार में व्यस्त रहे। एक प्रकार से देखा जाए तो अपनी मर्जी से राजसत्ता का त्याग कर स्वयं साधारण बौद्ध भिक्षु बन गए, मानो उसने संसार में रहते हुए भी संसार का त्याग कर दिया हो। साधु-संत, भिक्षुक-संन्यासी तो बहुतेरे बनते हैं, विरक्ति को एक सशक्त मूलमंत्र जानने-माननेवाले इस विशाल भारत पुण्यभूमि में परंतु राजपाट, प्रभुत्व व सत्ता-सुख अपनी मर्जी से त्यागकर संन्यास लेनेवाले विरले ही हुआ करते हैं। मशालें ले ढूँढ़ने पर भी नहीं मिलते।

गहन सोच-विचार के बाद लछमन देव ने अंत में वैरागी बनने का निर्णय ले लिया। भौतिक इहलोकी संसार के लिए मन में विरक्ति और वैराग का बीज उपजा, पनपा और जड़ें गहरी करता गया।

अनायास दो वैरागी साथी भी मिल गए। गुरु समान लगभग स्वामी जानकी दास तथा स्वामी रामदास। दोनों के साथ पैदल चलते हुए पीर पंजाल पर्वत श्रृंखला पार करके, हरिपुर तथा शुभैया के रास्ते श्रीनगर घाटी में जा पहुँचे। राह के पर्वत श्रृंग, हिमाच्छादित शिखर, भोजफा वृक्षों के जंगल देखते हुए चलते रहने में आत्मा को बड़ी शांति मिली। तब भी कश्मीर की राजधानी श्रीनगर नामक नगर में थी। नाम श्रीनगर था पर शासन यवनों का था। हिंदू व डोगरा इन्हें म्लेच्छ कहकर इनकी छाया से भी दूर रहने का प्रयत्न करते थे। इन्हें गंदा और गलीज माना जाता था। जिन देशों से ये विधर्मी आए वहाँ पानी का अभाव था। इन लोगों को नहाना तो छोड़ो, शौच के बाद हाथ धोने की भी आदत न थी। बस रेत-पत्थर से रगड़ लिया करते थे। गोमांस भी जमकर खाते थे। गो-हत्या खुलेआम करते थे। मंदिरों को तोड़-फोड़कर उन्हीं पत्थरों से कोने-कोने में मसजिदें बनाते थे।

परंतु विडंबना यह कि ऐसे धर्मभ्रष्ट लोगों की राजधानी का नाम अब भी श्रीनगर

था। लक्ष्मी देवी का नगर। 'श्री' का नगर जिसके वृक्षों के पत्ते-पत्ते पर देवताओं का निवास हो।

शुरू में सभी हिंदू थे। फिर बहुतेरे बौद्ध बन गए। फिर इसलामी हमलों के साथ-साथ मुसलमान बनते चले गए। लोग वही, जीव भी वही, ताना-बाना भी वही, पर इसलाम के आते ही मानो सभी पेड़ों की जड़ें खूनी पलटें खाकर उलटी हो आसमान को छूनेवाली बनती चली गईं। अमरनाथ की तीर्थयात्रा के समय पता लगा कि शासकों ने हिंदुओं से जजिया नाम का कोई नया कर वसूलना भी शुरू कर दिया है। तीर्थयात्रा का अंत कर, ऐसा क्यों?

~ 13 ~

लछमन देव ने पैतृक घर से अचानक विदा ले ली, सो भी चुपचाप। 16 वर्ष की अल्पायु में। बिना किसी से कुछ भी कहे। रजौरी भी छोड़ दिया, परंतु माता-पिता के संग बिताए वर्षों की स्मृतियाँ इतनी जल्दी न त्याग सके। वे साथ ही हो लीं और धीरे-धीरे धुँधली पड़ती गईं। पर उन्होंने लछमन देव का साथ कभी न छोड़ा

कश्मीर-रजौरी छोड़ते हुए लछमन देव ने कहीं दूर, बहुत दूर जाने का निर्णय लिया और सोचा कि इसी बहाने भारत भ्रमण भी हो जाएगा। उन्हें पता था कि बहुत दूर भारत के दक्षिणी-पश्चिमी कोने से एक युवा तपस्वी यात्री ने भारत भ्रमण किया था। वे केरल प्रदेश के निवासी थे। श्रीनगर के मध्य में झील के कंडे पर खड़े पर्वत के शिखर पर वहाँ के श्रद्धालुओं ने एक मंदिर का निर्माण भी कर डाला था। यद्यपि इस युवा संन्यासी की मृत्यु 29 वर्ष की अल्पायु में ही हो गई थी, इन्होंने भारतवर्ष के लिए अपना सर्वस्व न्योछावर कर डाला था। इन्होंने दसवीं शताब्दी में भारत यात्रा की थी और जगह-जगह, कोने-कोने में पीठों की परिस्थापना भी की थी। इन अनोखे संन्यासी का नाम आदिशंकराचार्य था।

~ 14 ~

कहाँ जाना है, क्या करना है, कुछ भी ठीक स्पष्ट नहीं था। अनेक धार्मिक तीर्थों के नाम सुन रखे थे। पहले सोचा द्वारका, पुष्कर, वृंदावन, प्रयाग, काशी जाऊँ। धीरे-धीरे यह विचार त्याग दिया। उन्हें बताया गया था कि उत्तर भारत के लगभग सभी तीर्थस्थलों पर आक्रमण कर राज करनेवाले विदेशी मुसलमानों ने ऐन भव्य मंदिर के सामने या बगल में कोई न कोई विशाल और मंदिर से भी ऊँची मसजिदें खड़ी कर रखी हैं। इन मसजिदों की गगनचुंबी मीनारों से दिन में कम-से-कम पाँच बार ऊँचे कर्णभेदी स्वरों में खुदा के नूर की बंदगी करनेवाली आवाजें निकलती हैं। पेट की मरोड़ों से निकली अरबी बोली

बोलती ये आवाजें मुसलमानों को तो बहुत सुहावनी लगती थीं और खासकर उन्हें, जो हाल ही में बाप-दादाओं के पुराने हिंदू धर्म का त्याग कर मुसलमान बन गए थे, पर हिंदू कानों को ये आवाजें अच्छी नहीं लगती थीं। इसका प्रमुख कारण यह था कि देश पर पिछले सैकड़ों वर्षों से राज करनेवाले मुसलमानों ने हिंदुओं के साथ दोस्ती या भाईचारे का सलूक नहीं किया था। उनकी मंशा हमेशा यही रही थी कि किस विधि से मुल्क के सभी हिंदुओं से इसलाम कबूल करवा डालें। इस ध्येय की प्राप्ति के लिए साम, दाम, दंड, भेद—वे किसी भी नीति-कुनीति से परहेज नहीं करते थे।

लछमन देव के मन में देश के सुदूर उत्तर-पूर्वी भाग में कामाख्य और संभवतः हो सके तो परशुराम कुंड तक की यात्रा करने का विचार भी उपजा, पर उसने न जाने किस कारणवश इसे भी त्याग दिया।

यात्रा के इन दिनों व इस-उस किसी भी साधु-वैरागी मंडली में शामिल हो लेते थे। पेट का पालन भीख माँगकर करते थे अथवा यहाँ-वहाँ से जो भी मिल जाए।

~ 15 ~

विचार उपजा : क्यों न वे पंचमढ़ी होते हुए दक्षिण भारत की ओर अग्रसर हों। सुनते थे कि वहाँ के कई बड़े-बड़े लोगों में मराठा राजाओं का राज है और वहाँ वे हिंदू वैरागी होने के कारण तंग नहीं किए जाएँगे। उत्तर भारत के सभी प्रदेशों में इसलामी अत्याचार एवं शोषण का बोलबाला होने लगा था। हिंदुओं के साथ जानवरों जैसे सलूक किया जाता था।

~ 16 ~

क्या होता है वैरागी होना, जो बिना राग के हो, जो बिना राग-द्वेष के हो? राग-द्वेष का मतलब लगाव तथा न-लगाव। स्नेह तथा स्नेह-स्खलन। क्रोध तथा घृणा का सम्मिश्रण। लगावहीनता। गीता के संदेशों का एक निचोड़ क्या है? न सुख में सुखी, न दुःख में दुःखी, भोक्ता होते हुए भी कर्ता नहीं। कर्म तथा कर्तव्य करते हुए भी उसके परिणामों के प्रति अनासक्त जीवन जीनेवाला उन्मुक्त!

काम, क्रोध, लोभ, मोह अहंकार; इन सभी को अवगुण माना गया है जिन सबके त्याग से मानव जीवन की समृद्धि होती है, पर इन दुर्गुणों की फेहरिस्त में 'भय' को क्यों नहीं जोड़ा गया? लछमन देव को लगता कि यदि भय को भी इस फेहरिस्त में जोड़ दिया जाता तो बहुत संभव है भारत का इतिहास ही कुछ विभिन्न होता, पर छोड़ो इन सब खयाली पुलावों को। वैरागी का मतलब यह कि संबंध होते हुए भी जिसका किसी से कोई वास्तविक संबंध न हो। न राग हो, न द्वेष हो, न लगाव हो, न चाव हो, अपने आपसे भी नहीं।

~ 17 ~

क्या वैरागी वैसे हुआ करते हैं, जैसे बारह वर्षों में एक बार मनाए जानेवाले संगम प्रयाग के विख्यात कुंभ मेले में आते हैं। लगभग नंग-धड़ंग, जटा-जूट सिर पर, मुख पर राख पोते हुए। चिलमें सुलगाते, भाँग पीते, परंतु कृशकाय बुढ़ापे में भी कुछ जवान दिखनेवाले अन्य जवानी में बुढ़ऊ फक्कड़ तबीयत के, कुछ मिल गया तो खा लिया, नहीं मिला तो भी संतुष्ट। जो झोंपड़ी-गुफाओं में भी गुजारा कर लेते हैं, जिनका चित्त दिन-रात भगवान्-भजन में लीन रहता है, प्रत्येक श्वास-प्रश्वास में, जिनकी साँसों में राम नाम का कीर्तन भजता रहता है। जीवनपर्यंत इहलीला की इति की बाट जोहते हैं। दुःख-सागर पार करके।

संन्यासी और वैरागी में अंतर क्या? क्षुद्र सा ही, परंतु ठीक क्या, कुछ पता लगता नहीं। इतना फिर भी तय है कि संन्यासी तथा वैरागी, दोनों ही संसार से विमुख ही रहते हैं। परिवार तथा मित्रादि के बंधनों से उन्मुक्त, पर फिर भी दोनों को ही आम तौर पर गुरु की तलाश क्यों सताती रहती है? ज्ञान प्राप्ति के लिए, मार्ग-दर्शक के रूप में, जो अपनी आयु और अनुभव के फूल शिष्यों-चेलों को भी सुँघाते रहते हैं? स्वामी जानकी दास द्वारा दिए गए लछमन देव को ज्ञान से लछमन देव को भी लगा कि उन्हें गुरु की तलाश है, जो अपने वचनामृत से उनके मन में उठते रहनेवाले बवंडर को शांत कर सके और सही राह दिखा सके।

सुनते हैं कि सभी 'ध्यान' का मार्ग अपनाने की सीख देते हैं, पर ठीक-ठीक क्या होता है ध्यान का मार्ग, कैसे सीखा जा सकता है, उसकी वर्णमाला क्या है, उसके वाक्यों का गठन किस प्रकार किया जाता है? समाधि, ध्यान, धारणा क्या होते हैं? समाधि कैसे लगाई जाती है? उस पर सफलता कैसे पाई जाती है? इन सब प्रश्नों का उत्तर तो कोई पहुँचा हुआ गुरु ही दे सकता है। या यों भी कहा जा सकता है कि जो इन सब प्रश्नों का उत्तर देने में समर्थ हो, वही असली गुरु होगा।

~ 18 ~

वैरागी मंडली ने लाहौर, सरहिंद, दिल्ली-अलवर जैसी जगहों से दूरी पर चलने के रास्ते-पगडंडियाँ अपनाईं। वहाँ इसलामी दुष्टों का राज है। कौन जाने भूखे-नंगों को देख कोई दारोगा-थानेदार जासूस-भेदिया करार दे जेल में ठूँस दे और रिश्वत की रकम न मिलने तक हथकड़ियाँ बाँध कैद में मेहनत-मशक्कत करवाता रहे या शहर में आती-जाती अमीर-उमरा की हाथी सवारी या पालकी देख सही ढंग से दुआ-सलाम न करें तो पीठ नंगी करके कोड़े मारे जाएँ। हो सकता है कोई चोरी का इल्जाम लगा बाँह-कोहनी भी काट दे!

ऐसा भय और ऐसा आतंक था इस अभागे देश के इसलामी शासकों का। किलों के घेराव में सुरक्षित व महफूज रहते थे। कभी बाहर निकलते तो सैकड़ों हथियारबंद सैनिक व घुड़सवार आगे-पीछे होते। मजाल कि कोई आँख उठाकर देखे। चहुँओर आतंक का साम्राज्य और निर्दयता की बदबू।

~ 19 ~

अधिकांश यात्रा वनों अथवा मरुभूमि के उजाड़ रास्तों से हुई। वनों में रामायण में वर्णित श्रीराम के वनवास जीवन की उक्ति 'कंदमूल, फल खाओ' की धुन-लाय आत्मसात् करके, अथवा मरुभूमि में ऊँट की तरह फाकों पर गुजारा करते हुए। यह सब भी एक तरह से वैरागी बनने और बने रहने के लिए एक प्रकार की जरूरी सिखलाई थी।

~ 20 ~

फिर आए विंध्याचल तथा सतपुड़ा के मीलों कोसों तक फैले सघन जंगल, बीच में नर्मदा नदी का विहंगम पाट। कंडे की बस्तियाँ, मंदिर, घाट, श्रद्धालुओं के आस्था-नमन।

पंचवटी के पास ऊँची मेड़ों के बीच जाती नहर में निर्वस्त्र युवतियों को स्नान करते देखकर नेत्र विस्फारित हो गए सबके। ऐसा लगा, मानो इंद्रलोक की अप्सराओं के दर्शन हो रहे हों, पर सभी के सभी मुँह मोड़कर वैरागी के वैरागी ही बने रहे, बेचारे!

हाँ, एक और दृश्य देखने को मिला, जो भुलाए नहीं भूलता। नहर के किनारे बैठी एक अप्सरा पानी में हाथ डाले अधखुली मुट्ठी बाँधे दिखी। गौर से देखा तो पाया कि उसकी हथेली में दाने हैं, जिन्हें नहर में विचरण करनेवाली चंचल मछलियाँ बड़े हौसले के साथ मानो सुकुमार हथेली चूमते हुए दाने मुँह में डाल इधर-उधर हो जाती हैं। उन्हें इस बात का तनिक भी भय न था कि कोई हथेली अचानक बंद कर मछली को पकड़ सकता है और बाद में पकाकर खा भी सकता है! न किसी मछली को कुछ ऐसा खयाल आया कि यह उन्हें पकड़ने के लिए मानव जाति द्वारा रचित कोई स्वाँग अथवा हथकंडा है।

~ 21 ~

पहले लगा कि चलते उम्र ही बीत जाएगी, पर असल में छह सात महीने ही हुए होंगे। विंध्य-सतपुड़ा पर्वत शृंखला तथा उनके जंगल पार करते बड़ा समय लगा, पर आनंद भी आता रहा। ऐसी सुरम्य तथा घनी हरियाली पहले नहीं देखी थी। भाँति-भाँति के पशु-पक्षी, वृक्षों से कलरव गान। तालों में तैरते राजहंस। नदियों में बहती नावें। कंडों पर बने मंदिरों से नीचे आती घाट की सीढ़ियाँ। स्नान करते पानी से देह मलते लोग। अठखेलियाँ करते बच्चे। जल में मिठास। पवन में सुवास।

~ 22 ~

जहाँ एक ओर पाँव थककर चूर हुए, वहीं संग-साथ नए घर की जगह भी मिलती चली गई। गोदावरी नदी के सुहावने तट पर स्थित नंदेर नाम की छोटी सी बस्ती थी यह। क्षेत्र मराठों के राज्य में आता था, इसलिए हिंदू धर्म में जनमे लोग निडर व निश्चिंत होकर अपने धार्मिक कार्यकलाप कर सकते थे। हिंदू होने के नाते सरकार के खाते में जबरन कोई धार्मिक टैक्स जमा कराने की जरूरत नहीं थी, सो भी अपने ही देश में! अपने पूर्वजों के देश में! अपने पुरखों के देश में! अपने ऋषि-मुनियों और उपचारकों के देश में! न ही किसी धर्मस्थली पर जाने के लिए कर जमा कराने की दयनीय मजबूरी!

पहले एक छोटी सी कुटिया में डेरा डाला। धीरे-धीरे लोगों ने एक आश्रम भी बनवा दिया। परंपरा रूप से हमारे भारत देश में लोग साधु-संतों व वैरागियों का आदर-सत्कार करते आए हैं। श्रद्धावश उनकी सेवा करते आए हैं। उनके खाने-पीने का प्रबंध भी करते आए हैं। बदले में उनके प्रवचनों के अनमोल शब्द भी सुनते आए हैं, उनकी आस्था रही है कि ऐसा करते रहने से उनका इहलोक तो सुधरेगा ही, परलोक भी सुधर जाएगा।

यों सोचें तो वैरागी राग-द्वेष से मुक्त माना जाता है। उसे न सोने से लगाव होता है, न चाँदी से, न ही परिवार के भरण-पोषण के दायित्व से और न ही दुनियादारी से, पर धर्म से उसका लगाव नहीं छूटता। वह बना ही नहीं रहता, बढ़ता भी चला जाता है और गहरा भी, मानो धर्म आत्मचिंतन, आत्मोत्सर्ग तथा आत्ममंथन का ही दूसरा नाम है।

~ 23 ~

लछमन दास को लगा कि उसके ज्ञान का दायरा बहुत ही संकुचित है। आदमी दूसरों के साथ ज्ञान तभी बाँट सकता है, जब स्वयं उसके भंगर में गोते खा रहा हो। नंदेर के सिद्ध पुरुष स्वामी श्री जानकी दास को गुरु मान ही लिया। जानकी दास ने ही अपने नए शिष्य का नाम लछमन देव से बदलकर लछमन दास रख दिया था।

अपने गुरु जानकी दास की सलाह से लछमन दास ने हिंदू धर्म के पुराने ग्रंथों का पठन-पाठन आरंभ किया। धीरे-धीरे वेद-पुराण-उपनिषदों के कई अंश उन्हें कंठस्थ भी होने लगे, साथ-साथ पतंजलि ऋषि का योगशास्त्र भी पढ़ा और यौगिक क्रियाओं तथा प्राणायाम की साध्यता में भी विधिवत् अपना समय लगाने लगे। देह तो बचपन से ही हृष्ट-पुष्ट थी। अब इसमें लचक भी आने लगी। देह-मन और भी अधिक स्फूर्त होते चले गए। कृशकाय होते हुए भी। यौवन भी पूरे जोबन पर था!

हिंदू धर्म का मर्म समझने के प्रयास में जूझे रहे। सबसे महत्त्वपूर्ण बात यह लगी कि जितनी आजादी हिंदू धर्म अपने अनुयायियों को देता है, उतनी शायद ही विश्व का कोई अन्य धर्म दे पाता हो। हिंदुओं का कोई एक तानाशाही धर्मग्रंथ या पोथी भी नहीं है जैसे

मुसलमानों के लिए कुरान है और ईसाइयों के लिए बाइबिल है। न कोई ऐसी बंदिश कि दिन में रोजाना, बिला नागा तय वक्त पर जमाज अदा करो। राह-पगडंडी पर हों तो वहाँ भी हस्बे-मामूल कपड़ा बिछा घुटने टेक बंदगियाँ करो। साल में महीना लंबे रोजे रखो। न रखो तो समाज में हुक्का-पानी, ब्याह-शादी बंद। या हरेक इतवार के दिन सुबह गिरजे में हाजिरी दो या एक ही बनाए गए भगवान् में मरते दम तक 100 फीसदी विश्वास रखो या परायों पर जबर्दस्ती अपना धर्म ठूँसो, न करो तो स्वधर्मियों की मार खाओ।

~ 24 ~

एक दृष्टि से देखा जाए तो लगेगा कि हिंदुओं का सनातन धर्म एक विशाल सागर के समान है। इसमें अनंत छोटे-बड़े आकारों के द्वीप समाहित हैं अथवा भारत पुण्यभूमि के शीर्ष पर आच्छादित अनेक विशिष्ट शृंखलाओं व शिखरोंवाले गिरिराज हिमालय की तरह किसी एक शिखर। किसी एक शिखर पर अँगुली रख कोई यह दावा नहीं कर सकता कि सनातन धर्म का श्रेय, देय, गेय इसी इकलौते शिखर में समाहित है। यहाँ तो शिखर पर शिखर के ताँते-ही-ताँते हैं। सभी सनातन, सभी धर्म की ज्योति प्रज्वलित करनेवाले। सभी एक-दूसरे के साथ, पूरक, समन्वय-बद्ध, मार्गदर्शक, पर पारस्परिक जुड़े अकृत बंधनों से आबद्ध। फिर भी जो मन चाहे, करने-धरने के लिए स्वतंत्र तथा उन्मुक्त पिंजरों से बाहर मनमर्जी पंख डुलाते पक्षियों के समान। निर्बाध आकाश की सीमारहित गहराइयों व दूरियों में जी भर उड़ानें भरने के लिए स्वेच्छ-स्वच्छंद। संभवत: सनातन धर्म की यही एक सर्वोच्च उपलब्धि है। अनंत तीन नीलगगन में स्वच्छंद उड़ानें भरने की स्वतंत्रता। रामायण का कोई ऐसा कथानक नहीं, जिसका भजन पाठ करने से कोई आपकी गरदन काट दे। न ही महाभारत में। न ही गीता में, न ही वेद-पुराण तथा उपनिषदों में, यहाँ तक कि लोगों को 'गड़बड़ रामायण' जैसे हास्यभजन ग्रंथ लिखने की भी खुली छूट है। ऐसे में धर्म को लेकर कोई मजाक भी करे तो तुरंत हजारों धर्म के रखवाले उसकी जबान नहीं कुतर डालते।

संसार में है कोई इस प्रकार का धर्म? भगवान् को माननेवाला भी हिंदू बना रहता है और न माननेवाला भी। कोई राम को इष्टदेव मानता है तो कोई कृष्ण को; कोई शिव भोलेनाथ को, कोई दुर्गा माँ को। हिंदुओं में स्त्री को भी भगवान् स्वरूपी मानने से इनकार नहीं किया जाता। भगवान् भी सहवास में होते हैं। राम के संग-सीता, कृष्ण के संग राधा, शिव के संग पार्वती। इस प्रकार नमन जोड़ों-जोड़ों के चरणों में किया जाता है और अकेलेपन में भी, साथ ही विष्णु, ब्रह्मा, महेश की भी सत्ता है। अस्तित्व को चक्ररूपेण देखा जाता है। जैसे प्रकृति में रात के बाद दिन, दिन के बाद फिर रात। सावन के बाद भादो, गरमी के बाद सर्दी। हर साल वसंत का पुनरावर्तन। सृष्टि का बनना, बने रहना और विध्वंस होना। विध्वंस होने के बाद फिर से होना। मानव स्वयं ही

अपना मुल्ला–मौलवी व पादरी माना जाता है। हिंदू गैर–हिंदुओं पर अपना धर्म लादना अधर्म समझते हैं। हिंदू भी यदि भटक जाए तो उसे वापस हिंदू बनाने में भी आनाकानी करते हैं हिंदू। केवल हिंदू ही नहीं, विश्व के सभी मानवों तथा जीव–जंतुओं, पशु–पक्षियों को भगवान् के हाथों से बनाया प्राणवान जीव समझते हैं। प्राणिमात्र से दया तथा करुणा बरतने की सीख देते हैं।

~ 25 ~

हिंदू अन्य सभी धर्मों तथा उनके अनुयायियों को अपने जैसा उदार मानते हैं। जिन्हें–जिन्हें अपने–अपने देशों में विधर्मी कहकर मारा–पीटा और भगाया गया, उन्हें भी शरण देते हैं। तभी भारतवर्ष में पश्चिम के यहूदियों व ईरान के पारसियों ने शरण ली। सभी धर्मों का समान आदर तथा उनके अनुयायियों को अपने धार्मिक स्थानों पर जाते तथा धर्म के नीति–रिवाज मनाने की पूरी छूट सहर्ष दे डालते हैं।

~ 26 ~

हिंदू यह भी मानते हैं कि अस्तित्व प्रकृति तथा पुरुष के समन्वय पर आधारित है। प्रकृति से समरसता व सामंजस्य स्थापित करना चाहिए, न कि स्पर्धा अथवा संघर्ष। किसी पहाड़ के शिखर के शीर्ष पर मानव का पाँव धरकर यह डाँडी पीटना कि मैंने अमुक चोटी को फतह किया है, बचकाना और बेवकूफाना हथकंडा माना जाता है।

~ 27 ~

कर्मफल में विश्वास रखते हैं हिंदू। जैसा करोगे, वैसा भरोगे। जो बीज आज बोओगे, कल उसी की फसल काटने पर मजबूर होना पड़ेगा।

~ 28 ~

ईश्वर ही सब जीवों के रूप में प्रकट हुआ है, इसलिए घृणा किससे की जाए?

~ 29 ~

माँ के दर्शन हुए तो रोटी, कपड़ा और मकान नहीं माँगो, माँगो तो भक्ति, विवेक और वैराग्य।

~ 30 ~

भारतमाता के दर्शन किए और जगदंबा के भी, दोनों एक समान हैं। दोनों वास्तव में एक ही हैं। भारतमाता की सेवा भारत के लोगों की सेवा है। सबसे बड़ा कर्तव्य है

लोगों को अनर्थक दमनचक्र से मुक्त करवा उनकी दरिद्रता दूर करना और उन्हें शिक्षा का वरदान देना। उन्हें सुसभ्य तथा सुसंस्कृत बनवाना।

~ 31 ~

भारतमाता के उत्तर में शीर्ष पर हिमालय शृंखला का ऊँचा मुकुट है और सुदूर दक्षिण में महासागर उनके चरण धोता है। विंध्याचल तक मैदानी क्षेत्र हैं और विंध्य के दक्षिण में पठार। मैदानी क्षेत्रों की धरती नदियों से सिंचित और उपजाऊ है। थोड़ी सी मेहनत के बाद व्यापक फसलें उर्वर हो जाती हैं। गरमी सख्त और लंबी पड़ती है। गरमी में आम रस पीने को मिलता है और कानों में मिसरी घोलने के लिए कोयलिया की कुहुक, पर इन सब उपलब्धियों से अच्छे-खासे मेहनती लोग भी सुस्त पड़ते चले जाते हैं। वे उतने जुझारू नहीं रह पाते, जितने पहले थे। सबको ज्ञात है कि मरुभूमि में जीवनयापन कष्टकारी होता है, परंतु वहाँ के रहनेवालों में सादा जीवन बिताने और जुझारू होने की शक्ति भी आ जाती है और स्फूर्ति-संपन्न ऊर्जा भी, कड़ी मेहनत की आदत भी।

भारत पर आक्रमण करनेवाले विदेशी कहीं ठंडे और कहीं क्लिष्ट भूमि-प्रदेशों से आए थे, साथ-साथ इसलाम जैसे कट्टर और फौजी मजहब के जुनून से भी लैस थे। भले ही उनमें सूझ व बुद्धि की कमी रही हो, उनमें बाहुबल और चालाकी की कमी नहीं थी। संसार के इतिहास में यह भी देखा गया है कि संस्कृतियाँ व सभ्यताएँ अपने चरम शिखर पर पहुँचने के बाद कुछ ऐसी बख्तरहीन स्थिति में आ जाती हैं कि उन पर नौसिखिए गडर लोग हावी हो सकें।

~ 32 ~

गजनी, गौरी, तैमूर लंग कोटि के लड़ाकू लोगों को उपनिषद् पढ़ाना साँप के सामने बीन बजाने जैसा होगा, क्योंकि कहते हैं कि साँप के कान नहीं होते।

भारतवर्ष के सनातन धर्म के अनुयायियों का सोच भले ही ऊँचा हो, उनमें किसी विचार-विशेष अथवा आस्था-विशेष के लिए प्राण न्योछावर करने की शक्ति उतनी प्रगाढ़ नहीं थी जितनी छोटी सोचवाले क़ट्टर लोगों में।

~ 33 ~

हिंदू समाज में अपने स्वयं के तथा भूगोल व इतिहास के बनाए बहुतेरे विभाजन थे। भाषा और जात-पाँत के भी। आवश्यकता के साधन अत्यंत सीमित साधारण होने के कारण दूरियाँ भी दुरूह थीं, सनातन धर्म में निहित स्वतंत्रता का बाहुल्य भी व्यक्तिवादी तथा व्यक्तिपरक विभाजन को प्रोत्साहित करनेवाला था।

~ 34 ~

हिंदुओं में नई की खोज उतनी स्फूर्त नहीं थी, जितनी कई विदेशी राष्ट्रों में। तिब्बत के लोगों की तरह भारतीय भी अपने देश में सीमित रहने में ही संतुष्ट थे। बाहर की खोज-खबर कम ही नहीं थी, उस कोटि की जानकारी प्राप्त करने की इच्छा तथा जिज्ञासा भी मुरझा चुकी थी। गाँवों-देहातों के टेढ़े-मेढ़े, ऊबड़-खाबड़ रास्तों पर सफर करने के लिए जो बैलगाड़ी एक बार बनी तो सैकड़ों सालों तक वही की वही रही। अभी तो यही आभार है भगवान् कि उसके पहिए चौकोर नहीं, गोल थे। शून्य का अन्वेषण करनेवाले ऊँचे दिमागों में बैलगाड़ी जैसी रोजमर्रा की चीज में बदलाव लाने के प्रति घनघोर उदासी थी। समुद्र यात्रा की मनाही थी। उसे कालापानी कहा जाता था। ऐसी आस्था थी कि कालापानी पार की यात्रा करने से धर्म भ्रष्ट हो जाएगा।

~ 35 ~

राजस्थान में लगभग 22 राजपूत राजाओं के राज्य थे, पर उनको आपस की स्पर्धा व लड़ाई से जूझते रहने से फुर्सत ही कहाँ मिलती थी कि वे इसलामी आक्रमणकारियों के विरुद्ध एकजुट होकर लड़ सकें। ऐसा विचित्र···

□

सिख धर्म

प्रश्न : गुरुजी, आपको सादर प्रणाम। क्या आप बताएँगे कि सिख धर्म का उद्‌भव व आरंभ क्यों हुआ ?

गुरु : सिख धर्म का शुभारंभ भारत के पुराने हिंदू धर्म के विकास की ही एक कड़ी है। सदियों की गुलामी से हिंदू धर्म के अनुयायियों में कई विसंगतियाँ आ गई थीं। यह उन्हीं को दूर करने का प्रयास है। आप पिछले 700-800 सालों का इतिहास देखें, तकरीबन हर मुकाम पर हिंदुओं की हार हुई और विदेशों से आए मुसलमानों की जीत। हिंदू अपने ही देश में परायों के गुलाम बने और लंबे अरसे तक बने ही रहे। जरूर हिंदुओं में कुछ कमियाँ होंगी और विदेशी मुसलमानों में कई अच्छे गुण। गुरु नानक का यह भी प्रयास था कि हिंदुओं की जानी-पहचानी विसंगतियों को दूर करके और उनमें मुसलमानों के अच्छे गुणों के अंश रोप एक नया धर्म तैयार किया जाए, जो जनकल्याण में सहायक सिद्ध हो, पर इसका यह अर्थ नहीं कि सिखों का धर्म सनातन धर्म तथा इसलाम का सम्मिश्रण था। नया धर्म मूलतः हिंदू था, पर उसमें इसलाम, खासकर सूफी इसलाम के भी कुछेक सद्‌गुण रोपे गए थे। पहला तो यह कि नया धर्म एक ईश्वर की सत्ता और उसके नाम में विश्वास रखता था, दूसरा यह कि वह मूर्ति पूजा के बंधन को तोड़ना चाहता था। तीसरा यह कि वह जात-पाँत के विभाजन में विश्वास नहीं रखता। तभी आगे जाकर उसमें मिल-बैठकर भोजन करने का प्रारंभ हुआ। भोजन सादा, परंतु स्वादिष्ट और शाकाहारी होना था, पर सब मिल-बैठकर प्यार से खाते थे, घुटनों से घुटने जोड़। काले-गोरे, ब्राह्मण, खत्री, छूत-अछूत का कोई भेदभाव नहीं था। भगवान् तो भगवान् ही रहे, परंतु ग्रंथ साहब को उनका प्रतीक माना गया। अनुकरणीय आचरण का रास्ता दिखाने के लिए गुरु हुए। इनका चयन परिवारवाद से मुक्त था और योग्यता पर निर्भर था।

प्रश्न : गुरु नानक के बताए धर्म और आपके द्वारा प्रतिपादित सिख धर्म में क्या अंतर है ?

गुरु : इतिहास इस वास्तविकता का साक्षी है कि सिख धर्म अपने गुरुओं के योगदान और मार्गदर्शन के दाना-पानी से पनपा। मुगल सम्राट अकबर गुरु नानक से परिचित थे। उन्होंने इस नए धर्म को अच्छा माना और कुछ सहूलियतें भी दीं, पर उनके बेटे जहाँगीर ने उनकी उदार नीतियों को उलटकर, मुल्ला-मौलवियों के कहने में आकर, नए धर्म के प्रति नकारात्मक रवैया अपनाया। उन्होंने गुरुओं को कत्ल करवाया और कैदखानों में डाल यातनाएँ दिलवाईं। उनके पुत्र ने भी ऐसा ही किया। दोनों चाहते थे कि अगर सिख इसलाम कबूल कर लें, तो उनके सौ खून भी माफ कर दिए जाएँगे। औरंगजेब के 50 साल लंबे शासन काल में सिखों पर हजार कहर ढाए गए। मेरे पिता गुरु तेगबहादुर का सरेआम कत्ल किया गया। उनसे कहा गया कि इसलाम कबूल करो, वरना``मेरी आयु मात्र नौ वर्ष की थी, जब मुझे उनका सिर अंत्येष्टि के लिए सौंपा गया। इसलाम के बादशाहों का जालिमपना और उनके अत्याचार प्रजा का बहुत उत्पीड़न करने लगे। इस कुचक्र से लड़ने के लिए मुझे लगा कि सिख धर्म में कुछ और मूल परिवर्तन लाने की जरूरत है, ताकि वे इस दिनोदिन बढ़ते जुल्म और बेरहमी के विरोध में खड़े होकर लड़ सकें। मैंने नए धर्म में उसके जानी दुश्मनों के खिलाफ लड़ने की ताकत पाने की खुशहाल फसल के बीज बोने की कोशिश की। सिखों को एक नई पहचान देकर और उन्हें हर जुल्म से लड़ने के लिए लामबंद कराकर। इस अनोखे धर्म की नानकी विरासत और सादापन जारी रखते हुए। इतिहास बताएगा कि मुझे इस काम में कामयाबी मिलेगी या नहीं।

□

गुरु गोविंद सिंह के प्रवचन

~1~

गुरु : ईश्वर एक ही है, उसे भगवान् कहो या रब। सबसे बड़ी सच्चाई भी वही है। इसलिए हम कहते हैं 'सतनाम!' भगवान् दुनिया को बनानेवाले हैं। सभी कुछ इन्हीं का बनाया हुआ है। वे निर्भय हैं और उनके अंदर किसी के लिए भी घृणा की भावना नहीं है। वे सब जगहों पर मौजूद हैं। वे ब्रह्मांड के कण-कण में समाए हुए हैं। वे न जन्म लेते हैं, न ही मृत्यु पाते हैं, न ही पुनर्जन्म लेते हैं। उन्हीं की अनुकंपा के कारण हम सब उन्हें पूजते हैं। काल-समय आगमन से पहले सत्य आया। भगवान् पहले भी सत्य-स्वरूप थे, आज भी सत्य-स्वरूप हैं। अखिल संसार में सत्य का ही राज है।

गुरु : लछमन सिंह, बताओ मैंने क्या कहा?

लछमन सिंह : सतनाम सतनाम वाहे गुरुजी, सतनाम सतनाम वाहे गुरुजी!

गुरु : गुरु नानक ने जीवन में अनेक यात्राएँ कीं। मथुरा, वृंदावन, बनारस, गया सभी तीर्थों पर गए। बंगाल, असम और जगन्नाथपुरी भी गए। तमिलनाडु व श्रीलंका गए। अलवर, कोंकण, केरल, राजस्थान जैसे दूरस्थ प्रदेशों में गए। हिमालय पर्वत शृंखलाओं और लद्दाख तक का भ्रमण किया। यहाँ तक कि वे मक्का-मदीना भी हो आए। बगदाद भी देखा उन्होंने। साधु-संतों और फकीरों की संगत पसंद थी उन्हें।

मक्का यात्रा के दौरान उन्होंने रात एक मसजिद में बिताई। नानक सोए हुए थे, जब एक मुल्ला भीतर आया। उसने देखा कि नानक अपने पाँव इसलाम के सर्वाधिक पवित्र स्थल पत्थर के बने काले रंग के काबा की तरफ किए हुए सो रहे थे। मुल्ला को बहुत गुस्सा आया। उसने नानक को झकझोरकर उठाया और तमतमाए चेहरे से पूछा, 'यह क्या बदतमीजी है?'

नानक ने शांत मन से उत्तर दिया, 'भाई माफ करना, गलती हो गई, तुम ही मेरे पाँव खींचकर उस दिशा में कर दो, जहाँ काबा न हो।' (अर्थात, भगवान् तो सर्वव्यापक हैं।)

गुरु : वीर सिंह, बताओ मैंने क्या कहा?

वीर सिंह : आपने कहा कि मुल्ला गुरु नानक के पाँव खींच-खींचकर जिस दिशा में करता, काबा भी उसी दिशा में घूमता चला जाता। मुल्ला ने हथियार डाल दिए जी।

गुरु : न कोई हिंदू होता है, न कोई मुसलमान। सभी कुदरत के बंदे हैं। सभी मानव जात के हैं। सभी एक ही नूर की उपज हैं।

गुरु : सवाई सिंह, बताओ मैंने क्या कहा?

सवाई सिंह : आपने कहा कि हिंदू और मुसलमान सभी एक ही परमात्मा की औलाद हैं।

~2~

गुरु : गुरु नानक शाह फकीर,
हिंदू का गुरु, मुसलमान का पीर।

गुरु : जोरोवर सिंह, बताओ मैंने क्या कहा?

जोरोवर सिंह : नानक बाप के भी पिता थे और पिताओं के पितामह।

गुरु : गुरु नानक की सीख का असर किस-किस पर हुआ?

जोरोवर सिंह : सबसे ज्यादा सैकड़ों सालों के जुल्मो-सितम के मारे हिंदुओं पर हुआ, छोटी और नीच जात के लागों पर हुआ। गरीबी की मार झेल रहे लाखों खेतिहर मुसलमानों पर भी हुआ, पर थोड़ा-बहुत ही शायद।

गुरु नानक ने कहा : जब मैं चुप रहता हूँ तो लोग कहते हैं, इसे कुछ आता-जाता नहीं। बोलूँ तो कहें बड़बोला है, बैठूँ तो कहें अब यह पीछा छोड़नेवाला नहीं। कहीं जाऊँ तो कहें; परिवार छोड़ भगोड़ा हुआ। झुकूँ तो कहते हैं डर के मारे दुआ माँगता है, दोहए होकर।

गुरु : सोहण सिंह बताओ मैंने क्या कहा?

सोहण सिंह : आपने पूछा कि दुनिया गुरु नानक देवजी को चैन की साँस क्यों लेने नहीं देती है?

गुरु : किर्त करो, नाम जपो, वंद छक्को। इसका मतलब कौन बताएगा?

जुझार सिंह : हाथ पर हाथ धर बैठने से कुछ नहीं मिलनेवाला, हाथ-पाँव मारो। काम करो, करते रहो सच्चे पादशाह का नाम भी जपते रहो। जो मिले, सो बाँटकर मिल-बैठकर भाईचारे से खाओ और संतोष की डकार भरो।

गुरु : नानक मूर्तिपूजा के विरोधी थे। वे तीर्थयात्राओं में समय नष्ट करने में भी विश्वास नहीं रखते थे। उन्हें लगता था कि सैकड़ों सालों की गुलामी और बदसलूकी की वजह से हिंदू धर्म के उपासकों में कई बुराइयाँ घर कर गई थीं। इनमें सती प्रथा एक थी। विधवाओं को जबरन अविवाहित और अपमानित रखना दूसरी, बाल-विवाह तीसरी। वे

हिंदुओं के अंधविश्वासों के भी खिलाफ थे। इस आस्था से भी कि साधु-वैरागी बनते, दुनिया में अपनी जिम्मेवारियों से भगोड़ा होने, अपनी देह को अनर्गल विभिन्न प्रकार के कष्ट देते और इस भ्रांतिमान सोच में कि जो गृहस्थ है, वह आध्यात्मिक शक्ति पाने से वंचित रह जाता है और जो साधु, योगी या वैरागी है, वही इन विधियों को अर्जित कर सकता है, आदि ऐसी सोच और ऐसी आस्थाएँ पूरी तरह गलत हैं। इनसान को दुनिया में रहते हुए, अपनी जिम्मेवारियाँ निभाते हुए, परमात्मा के निकट होने का गौरव प्राप्त करने का यत्न करना चाहिए। अपनी सांसारिक और सामाजिक जिम्मेवारियों को छोड़ पहाड़ों की गुफाओं में जाकर तपस्या करने से कोई काम की चीज नहीं मिलनेवाली, न ही उससे किसी दूसरे या समाज का ही भला होता है।

गुरु : सोहन सिंह, बताओ, मैंने क्या कहा?

सोहन सिंह : गुरुजी, आपने फरमाया कि गृहस्थ दुनिया में रहते हुए अपनी जिम्मेवारियाँ निभाएँ और साथ-साथ ऊपरवाले का नाम लेते हुए अपना चाल-चलन भी ठीक रखें। हमेशा सच बोलें। इस रास्ते चलने से परमात्मा के निकट पहुँचा जा सकता है। गुरु ने यह भी कहा कि धर्म माननेवालों में अच्छाइयाँ और बुराइयाँ दोनों होती हैं। हमें चाहिए कि अच्छाइयाँ बढ़ाएँ और बुराइयाँ घटाएँ।

गुरु : मैं चाहता हूँ कि कोई बताए कि मैंने गुरु नानक के सिंचित खेत में कौन सा नया बीज बोया है, जिससे सिख धर्म माननेवालों का कल्याण हो? यह सब मैं अपने मुँह से नहीं कहना चाहता। मैं चाहता हूँ कि मेरे नए सेनापति और वारिस बंदा सिंह बहादुर आपके सामने इस बारे में अपने विचार रखें।

इस पर बंदा सिंह बहादुर मंच पर आ खड़े हुए और गुरु गोविंद सिंह श्रोताओं की पाँत में जा बैठे।

बंदा : मैंने गुरु साहब के दर्शन बहुत साल पहले, हरिद्वार के पास गंगा माता के तट पर बने नगर कनखल ग्राम में किए थे। तब से ही उनकी कांति और उनके तेज की छवि मेरे मन-मंदिर में बैठ गई थी। मेरा अहोभाग्य कि इतने सालों के बाद उन्होंने मुझे फिर दर्शन दिए और मुझे अपना चेला बनने की दीक्षा भी दी। यह मेरा परम सौभाग्य है।

गुरु साहब पंजाब की आम जनता की बुरी हालत देख-देख बहुत गम खाते आए हैं। गुरु नानक ने सिख धर्म की जो नींव डाली, सो बड़ी गहरी और मजबूत है, पर मेरे गुरु ने दिनोदिन यह देखा कि आम जनता पर हुकूमत के अत्याचार इतना बढ़ रहे हैं कि उनका दुःख-दर्द न सहा जाता है, न देखा। हुकूमत इतनी जालिम है कि वह साधु-फकीरों के साथ भी बेदर्दी से पेश आती है। हुकूमत हिंदुओं के भी खिलाफ है, सिखों के भी और गरीब पददलित छोटी जातवाले मुसलमानों के भी। हुकूमत व हुक्मरान तो बस अपनी शोहरत, ऐशो-आराम और आपसी लड़ाई-भिड़ाई की हिंसा कायम रखना चाहते हैं, जिससे लोग

फौजों और हथियारों की चक्की में पिसते रहें। एक लड़ाई खत्म नहीं होती कि दूसरी शुरू हो जाती है। गद्दी-नशीन शाहों और शहंशाहों को अकसर उनके खैरख्वाह ही जहर खिलाकर या छुरे मारकर खत्म कर देते हैं। उसके बाद कई साल हंगामा मचा रहता है। शाहों के बेटे आपस में लड़ने लगते हैं। फौज के लिए कर वसूली और भी कड़ी कर दी जाती है। लड़ाकों की फौजें किसानों के खेत उजाड़ती रहती हैं। देश में बार-बार अकाल आता है, लाखों किसान जान से हाथ धो बैठते हैं, पर हुकूमत को न अपनी लड़ाइयों से फुर्सत मिलती है, न अपनी अय्याशियों से। लाखों लोगों की बेगार से बड़े-बड़े किले, महल, अय्याशगाहें, हवेलियाँ, बाग-बगीचे, यहाँ तक कि चुनिंदा अमीर-उमरा की कब्रों के ऊपर बड़े-बड़े महलों की शक्ल में बनाए मकबरे बनाते रहने का जुल्म ढाया जाता है। इस घिनौने दस्तूर में कभी कोई फर्क नहीं आता। आम गरीब लोगों को बेवकूफ बनाने के लिए मोड़-मोड़ पर मसजिदें बनवाई जाती हैं। उनके साथ मदरसे भी उग आते हैं। ये आदतन जुल्मी लोगों को और भी कट्टर बनाते हैं और आम जनता को जुल्म सहने का आदी।

आपने देखा कि मरने से पहले बादशाह औरंगजेब अपने ही मुसलमान, मगर शिया इसलामी भाइयों के साथ दक्षिण भारत में 25 साल तक लड़ता आया। उसकी दुश्मनी पूरी न हुई। नफरत उसकी फितरत में कूट-कूटकर भरी थी। सबको पता है कि गुरु अर्जुन देव को कैसी निर्दयता के साथ मार डाला गया। गुरु हरि राय को बारह साल तक बंदी बनाकर ग्वालियर की मुगलई जेल में रखा गया। गुरु गोविंद सिंह नौ साल के थे, जब औरंगजेब ने उनके पिता गुरु तेगबहादुर का सिर उन्हें तोहफे के तौर पर भेजा। चाँदनी चौक में उनका सरेआम कत्ल कर डाला गया था। उनका! कसूर क्या था उनका?

औरंगजेब बड़ी बेरहमी के साथ कश्मीर के सभी बाशिंदों को मुसलमान बनवा रहा था। कश्मीरी पंडित रोते, काँपते गुरु के पास मदद के लिए गए। गुरु से उनकी दुर्दशा देखी न गई। वायदा किया कि मैं वह सब करूँगा, जो मुझसे हो सकता है। दिल्ली में औरंगजेब के दरबार में पहुँचे और कहा—कश्मीर के ब्राह्मणों को मुसलमान बनाने से पहले मुझे बना लो तो वे भी मान जाएँगे। औरंगजेब ने काजी बुलवाए, पर गुरु तेगबहादुर ने मुसलमान बनने से साफ इनकार कर दिया। उन्हें भाँति-भाँति की यातनाएँ दी गईं, पर वे अपने निर्णय से टस-से-मस न हुए। नतीजा उन्हें बड़ी बेरहमी से मार डाला गया।

आज के लिए इतना ही बहुत है, बाकी कहानी कल सुनाऊँगा।

3

गुरुसाहब ने जब से होश सँभाला, उन्हें संघर्ष-ही-संघर्ष का सामना करना पड़ा। मेरे से केवल चार ही वर्ष बड़े हैं वे आयु में। क्या कुछ नहीं किया उन्होंने इस छोटे से जीवन में। मैं सत्रह वर्ष तक संसार के मोह-मायाजाल से मुँह मोड़कर संन्यासी ही बना रहा। मेरे

जीवन में शांति बनी रही, पर गुरुजी के जीवन में ऐसा नहीं हुआ। एक युद्ध के बाद दूसरा। छोटे-छोटे अंतराल और लंबे-लंबे संघर्ष। जब युद्ध नहीं तो युद्ध की तैयारी में व्यस्त रहना पड़ा। कभी इधर भागना पड़ा, कभी उधर। आज मैदानों में संघर्षरत रहे तो कल पहाड़ों के भीतर जा किलाबंदी और अगले युद्ध की तैयारी में जूझे रहे। हिमाचल के हिंदू राजाओं से भी इन्हें दिकदारी ज्यादा और सहायता कम मिलती रही। कभी पहाड़ी राजा उनसे मिली-भगत रचा दूसरे राजाओं से लड़ते कभी गुरु साहब के खिलाफ इकट्ठा होकर दिल्ली के बादशाह से चुगली, शिकायत करते। गुरु साहब के खिलाफ बादशाह की मदद माँगते। गुरु साहब के विरुद्ध बादशाह को भड़काते तो कभी सरहिंद के वजीर वजीर खान को, तो कभी लाहौर, तो कभी दिल्ली के सूबेदारों को, पर इन जनता के शोषक लोगों को कभी ऐसा नहीं लगा कि वे अपने छोटे से राज्य और अपनी गद्दी के लालच को छोड़ वृहत् पंजाब या हिंदुस्तान की भलाई के बारे में सोचते या शोषण में पीसी जा रही आम जनता के बारे में। वे कभी अपने निजी स्वार्थ के सँकरे दायरे के पार जाने की नहीं सोच पाए। दिल्ली के मुगल बादशाह से गुरु साहब की बराबर शिकायतें करने से उन्हें न कभी शर्म आई न हया। ऐसा घटिया-कोटि का रहा उनका चरित्र और उनका स्वार्थी सोच।

आज मुसलमानों के खिलाफ गुरु साहब की मदद माँगते, तो कल कर की अदायगी के बोझ से मुक्त होने के लिए बादशाह सलामत से गुरु साहब की चुगली करते। भड़काते रहे लगातार। जिस देश में इस कोटि के राजा नेता हों, उसका सैकड़ों वर्षों तक गुलाम बने रहना अब उतना अचंभित नहीं करता।

~ 4 ~

कौन है जिसकी आँखों में गुरु गाविंद सिंह की जीवनी की कथा पढ़ने-सुनने से आँसुओं की धार न फूट पड़े? जिसकी आँखों में खून और दिल में उबाल न आ जाए। जो उनके दुश्मनों को सबक सिखाने के लिए अपना जीवन न्योछावर करने के लिए कमर न कस ले?

फिर याद दिलाता हूँ कि सिर्फ नौ साल की उम्र में इनकी गोदी में अपने ही पिता का कटा हुआ सिर पड़ा। किसकी छाती ऐसे दर्द की कहानी सुनकर फट न जाएगी? नौ साल की उम्र में पिता का कटा हुआ सिर। सूखे खून से मढ़ा चेहरा, अस्त-व्यस्त केश। मुंदी आँखों में बंद दर्द के पहाड़। गरदन काटने से पहले गुरु तेगबहादुर को तरह-तरह की यातनाएँ दी गई थीं। दिल्ली के बादशाह अपने दुश्मनों को दर्द दे देकर मारने के फन के उस्ताद रहे हैं। कसूर क्या था उनका? कसूर था कि कश्मीर के हिंदू पंडितों की लाज बचाने के लिए अपनी छाती ठोंककर खड़े हुए थे। उन्होंने कहा—पहले मेरे से इसलाम कबूल करवाना, उसके बाद कश्मीरी पंडितों से। दरअसल, अगर आप मुझसे इसलाम

कबूल करवाने में कामयाब होते हैं तो वे बेचारे पंडित अपने आप ही इसलाम कबूल कर लेंगे। मुसलमान बन जाएँगे।

मुगल दरबार के लिए यह एक बहुत बड़ी चुनौती थी। भरे दरबार में गुरु साहब का अपने पिता परमात्मा में सौ फीसदी विश्वास और आस्था रखते हुए इस किस्म का दावा करना!

दरबार ने सोचा कि जब तक इन्हें अमानवीय पीड़ा नहीं दी जाए, ये नहीं मानेंगे। बहाने के लिए उन्होंने कहा, चलो, तुम्हें एक हफ्ता सोचने का मौका देते हैं। इस बीच इन्हें जेल में बंद कर कैसी-कैसी जल्लादियाँ और कसाईपन किया गया, इसको सोचकर भी रोंगटे खड़े हो जाते हैं। लोहे की धधकती लाल सलाखों से उनकी चमड़ी उधेड़ी गई।

गुरु तेगबहादुर नरम दिल के इनसान थे, पर वे इरादे के पक्के थे। लाख तकलीफें भुगतने के बाद भी वे अपने दिल की जिद पर अड़े रहे। उन्होंने एक बार भी हार न मानी। न ही परमपिता परमात्मा में अपना विश्वास खोया। इतने महान शूरवीर होने के साथ-साथ गुरुसाहब ने उच्च कोटि का दिमागी काम भी किया। उन्होंने दस से अधिक ग्रंथों का सृजन किया। वे संस्कृत, फारसी, पंजाबी तथा हिंदी इन सभी भाषाओं के ज्ञानी थे। उन्होंने विचित्र चरित्र में अपनी जीवनगाथा लिखी, इसमें अनेक युद्धों के संवेदनशील तथा अनुभवगृहीत संकलन हैं। औरंगजेब की धोखेबाजी, जालसाजी तथा फरेब का पर्दाफाश करने के लिए फारसी में 'जफरनामा' का कवित्त लिखा। इसकी चर्चा मैं अलग से करूँगा। इसके अतिरिक्त इनके द्वारा रचित ग्रंथों की सूची में भक्तिपूर्ण कथानक और संवाद शामिल हैं।

इसके अतिरिक्त गुरु नानक तथा गुरु अर्जुन समेत आदिग्रंथ का मूल संस्करण न दिए जाने के बाद गुरु साहब ने खुद बैठकर पूरा आदिग्रंथ आदि-अंत तक मुँह से बोल-बोलकर लिखवाया। इसमें वेद, पुराणों, उपनिषदों से प्राप्त महत्त्वपूर्ण सोच के निचोड़ के साथ-साथ फरीद, नामदेव, कबीर आदि संत फकीर की वाणियाँ भी शामिल हैं। इसके साथ इन्होंने अपने लिखे कविता के अंश भी जोड़े। मूल प्रार्थनाओं में एक ईश्वरवाद, सत्यनाम भजने तथा आदिग्रंथ को ही सर्वोपरि कर्त्ता-धर्ता एवं गुरु मानने का उपदेश था, जो सब कहीं सहर्ष स्वीकार किया गया। वे स्वयं दसवें गुरु हैं। उन्होंने घोषणा की कि गुरु के रूप में इसके अतिरिक्त मानवीय मार्गदर्शक और आगे नहीं होंगे। सबसे बड़ा मार्गदर्शक एकमात्र आदिग्रंथ ही होगा। यह अनमोल तथा अनहोनी सी होनी थी कि मानव परमात्मा के सर्वोत्तम मार्गदर्शक के रूप में एक कवित्वमय पोथी को स्वीकार करे, इसमें संकलित कविताओं को 'शबद' नामकरण दिया गया और कौन सा शबद किस राग-ताल-लय में गाना है, इसके विषय में विविध आदेश पुरातन परंपरागत तथा विशुद्ध भारतीय संगीतशास्त्र के अनुरूप दिए गए। इसी कारण गुरुद्वारों में गाए शबदों के कारण

वातावरण सुमधुर तथा सुरलीन हो उठता है और सुननेवाले लय-ताल में भ्रम कर विभोर-विमुग्ध हो जाते हैं। इसमें अनुशासन व सादगी का भी पुट है। गाना-बजाना सारी रात नहीं चलता, अल्पकालिक होता है, जिससे श्रोता आनंदित तो हों, पर ऊबने से बचे रह जाएँ, साथ-साथ गायकों की सादगी व संगीत विद्या गान पर भी जोर दिया गया, जिससे पुण्य की प्राप्ति बेसुरेपन और भोंडेपन से प्रदूषित न होने पाए।

~ 5 ~

गुरु साहब सनातन धर्म तथा इसलाम, दोनों धर्मों को आदर की दृष्टि से देखते हैं। वे इन दोनों में आई कुछेक विसंगतियों और ज्यादतियों से भी परिचित हैं, तो भी वे हिंदुओं व मुसलमानों, दोनों को हिंदुस्तान के ही देशवासी मानते हैं।

पर मुसलमान शासकों का जालिमपना, अत्याचार और ज्यादतियाँ उनसे देखी नहीं जातीं। उन्हें पता है कि चंद बड़े-बड़े शाहों, उनके वजीरों, अमीर-उमराओं आदि को छोड़कर बाकी आम जनता बड़ी ही सोचनीय गरीबी और अभाव की हालत में जिंदगी काटती है। अमीर-उमरा ऐश करते हैं। हीरे-मोतियों से जड़े किमखाब पहन दरबारी शान के साथ मूँछों पर ताव देते रहते हैं, जबकि लाखों-करोड़ों की तादाद में आम जनता दो जून की रोटी के लिए तरसती रहती है। उनकी डाकू, लुटेरों और चोर-चकारों से रक्षा करनेवाला भी कोई नहीं। सारा साल, बारह महीने किसी-न-किसी लड़ाई में जूझी फौजें उनकी खेती तबाह करती रहती हैं। ये फौजें हर जीत के बाद शहर-शहर में लूट मार भी मचाती हैं। जनता की भलाई के लिए कोई भी काम नहीं किया जाता, बस दिखावे के लिए मसजिदें, प्याऊ और कुछेक कुएँ खोद दिए जाते हैं। सड़कों पर यात्रियों की छाया के लिए कुछेक पेड़ दिए जाते हैं और बस ढिंढोरे पीटे जाते हैं कि हमने आम आदमी और गरीब प्रजा के लिए यह किया, वह किया। जबकि अमीर-उमराओं, शाहों-नवाबों, बादशाहों को यही चिंता सताती-रुलाती रहती है कि अपने सोना-चाँदी व हीरे-मोतियों, जेवरों और सिक्कों के खजानों को कहाँ-कहाँ दबाएँ-छिपाएँ। ये खजाने गरीबों की चमड़ी उधेड़कर जमा किए जाते हैं और शाहों की अय्याशी के अलावा फौज के रख-रखाव, हथियारों, हाथी-घोड़े-ऊँटों एवं बैलगाड़ियों की खरीद पर खर्च किए जाते हैं, जिससे एक, दो, तीन, चार, पाँच लड़ाइयाँ और लड़ी जा सकें। बुरी तरह खोखली और नापाक हो चुकी है हमारे ऊपर सदियों से हुक्म चलानेवाली हमारी शाही और बादशाही शासन व्यवस्था।

~ 6 ~

ऐसे में क्या किया जाए, कौन क्या करे? किसका फर्ज, किसकी जिम्मेदारी क्या करने की बनती है, इस पर सोच-विचार करने की जरूरत है।

हम सदियों से घुन लगी, नापाक और निर्दय इस शासन-व्यवस्था को सिर झुकाकर मंजूरी देते आए हैं। अपनी निस्सहायता की वजह से। डर की वजह से कि कोई हमारी जबान न खींच ले। हमारी चमड़ी न उधेड़ डाले। इसी डर की वजह से हम चुपचाप दिल में ऐसी व्यवस्था को गाली देना या श्राप देना भी भूल गए हैं। चुपचाप रहकर जुल्मो-सितम सहते रहने से अब हमारा ऐसा करते रहना आदत बन गई।

नतीजा? नतीजा यह कि जुल्मो-सितम दिनोदिन बढ़ते ही चले गए हैं, और भी बढ़ते चले जाते हैं।

इलाज? क्या है इसका इलाज, यही सोचते रहना चाहिए हमें। इलाज है, यह जान लेना कि लातों के भूत बातों से नहीं मानते और न ही मानेंगे कभी।

वे सबके सब बड़े अमीर, ढीठ, बेशर्म, मक्कार, फरेबी और पाखंडी हैं। वे सिर्फ एक ही जबान से वाकिफ हैं, सिर्फ एक ही जबान जानते-समझते हैं, वह जबान ताकत की जबान है। वह जबान ईंट का जवाब पत्थर से देनेवाली जबान है। पत्थरों की मार से ही उनके सिंहासन डोलने लगेंगे। उनकी नापाक गद्दियाँ हिलने लगेंगी।

यही है हमारे गुरुजी गुरु गोविंद सिंह का संदेश। गुरु साहब ने 'जफरनामे' में खुद फरमाया है कि जब और सभी तरीके (जुल्मो-सितम के खिलाफ) नाकामयाब साबित हों, तो तलवार निकालने के अलावा और कोई रास्ता नहीं रह जाता। इस कथन पर दिन-रात गौर करना चाहिए हम सबको।

गुरु नानक की फकीरी के साथ रोशनी की यही लट जोड़ी है गुरु गोविंद सिंहजी हमारे मालिक ने। मैं तो उनका दास हूँ, गुलाम हूँ, बंदा हूँ। वे मेरे गुरु हैं और मैं उनका चेला। ऐसे में अपने को बड़भागी समझता हूँ कि मुझ जैसी नाचीज को गुरुजी ने इतना मान-सम्मान बख्शा है।

~7~

गुरु साहब ने सिख पंथ को एक नई दिशा दी, एक नई पहचान दी। अपने पैरों पर खड़े होना सिखलाया। इसका लक्ष्य था कि वे सब आसानी से एक बार फिर गुलामी की जंजीरों में जकड़े न जा सकें।

गुरु साहब ने सिखों को 'देग' भी दी और 'नेग' भी दिया। एक का मकसद था जात-पाँत को भूलकर बराबरी के रिश्ते बनाकर एक साथ लंगर खाना (देग में पका), दूसरा जरूरत पड़ने पर अपनी रक्षा के लिए तलवार (देग) चलाने से न हिचकना।

एक नई पहचान दी। मानो एक नई वर्दी हो। यह पाँच 'कक्कों' पर आधारित थी। केश धरें (दाढ़ी भी रखें), कंघा रखें (केशों की सफाई के लिए), कड़ा पहनें (तलवार से बचने और पहचान के लिए, मानो राखी, जैसा धागा हो, जो जिम्मेवारी को अंगीकार

करता है, जैसे भाई के द्वारा बहन की रक्षा), कच्छा और कृपाण (दुधारी तलवार) धारण करें।

एक बार गुरुजी ने अपनी संगत को संबोधित किया तो एक छोटे से टीले पर चढ़कर, जिससे सब उन्हें आसानी से देख सकें और सुन सकें। टीले पर उन्होंने एक तंबू लगा रखा था। गुरुजी तंबू के द्वार से बाहर निकले तो हाथ में तलवार थी।

उन्होंने संगत को संबोधित करते हुए एक ऐसी माँग की कि सुनकर सब हक्के-बक्के रह गए। उन्होंने कहा कि जो सिख अपने धर्म के लिए अपनी जान देने को तैयार है, वह आगे आए। सुननेवाले स्तब्ध-अवाक् रह गए। कोई भी आगे न निकला। दूसरी बार कहा, तब भी कोई न बाहर निकला। तीसरी बार पूछने पर एक सिख बाहर निकला। गुरु साहब उसे अपने साथ तंबू के अंदर ले गए, वापस बाहर निकले तो अकेले थे, उनके हाथ में खून से लथपथ तलवार थी। अब उन्होंने फिर आगे आने की माँग की। एक सिख और निकल आया। उसके साथ भी वही हुआ; जो पहले के साथ हुआ था। इसी प्रकार तीसरे, चौथे व पाँचवें सिख बाहर निकल आगे को आए, पाँचवें को भी गुरु साहब तंबू के भीतर ले गए। देखनेवाले भौचक और हैरान थे। सबके दिलों की धड़कनें तेज हो चुकी थीं, किसी को पता नहीं था कि आगे क्या होनेवाला है।

तभी गुरुजी जब पाँचवीं बार तंबू से बाहर निकले तो उनके पीछे-पीछे पाँचों सिख भी निकल आए। तलवार किसी बकरी के खून से रँगती चली आई थी।

गुरु साहब ने इन पाँचों को 'पंचप्यारे' का नामकरण दिया और वहीं सबके सामने इन्हें 'अमृत छकवाया'।

एक बरतन में पानी डाला, उसमें बताशे घोले। घोल को दुधारी देग से हिलाया-घुलाया। अमृत तैयार हो गया, एक-एक करके पाँचों को अमृत पिलाया। अब ये पाँच अमृतधारी सिख नेतृत्व का ध्रुवी केंद्र बन गए और इनकी प्रेरणा उदाहरण का संदेश भी।

इसके बाद गुरुजी ने जो किया, उसे देख सभी सभासद दंग रह गए।

गुरुजी ने पंच पियारों को एक पाँत में खड़ा होने को कहा। उनके खड़े हो जाने के बाद गुरु साहब स्वयं उनके सामने घुटनों के बल बैठ गए और उन्होंने पंच पियारों से हाथ जोड़कर सविनय निवेदन किया कि वे गुरुजी को भी अमृत चखवाएँ। उन्होंने ऐसा ही किया। गुरुजी को लगा कि अब वे भी खालिस सिख और संगधारी बन गए, तत्पश्चात् उन्होंने पाँच 'कक्कों' का हुक्म अपने लिए भी लागू किया।

~ 8 ~

अब गुरु जी ने वहाँ उपस्थित सभी सिखों को कुछेक नारे दिए।

इसमें पहला था : "वाहेगुरु का खालसा, वाहेगुरु की फतह।"

दूसरा नारा था : "राज करेगा खालसा आकी रहे न कोई।"

दूसरा नारा था : "जो बोलेऽऽऽ सो निहाल—सत श्री अकाल।"

इसके बाद गुरुजी ने सभी से कहा कि सिखों को अपने मन में अपना लक्ष्य हमेशा साफ और आँखों के सामने रखना चाहिए। हमेशा अपने में और अपने उसूलों में सौ फीसदी विश्वास रखना चाहिए। यदि वे ऐसा करेंगे तो हरेक संग्राम में अंतत: जीत इन्हीं की होगी। यदि हार भी होती है तो आखिरकार छोटी हार के बाद बड़ी जीत भी इन्हीं की होगी। उन्होंने यह भी कहा कि सच्चे सिख को मरते दम तक कभी भी हौसला गँवाकर हार नहीं मान लेनी चाहिए। अपना संघर्ष हमेशा जारी रखना चाहिए, इस भरोसे के साथ कि स्थायी हार के बाद अंतत: जीत उन्हीं की होगी। इसी मनोवृत्ति को उन्होंने 'चढ़दियाँ कलाँ' का नामकरण दिया और फिर दोहराया कि गुरु के खालसा सिखों को जीवन के हर मुकाम पर 'चढ़दियाँ कलाँ' में आस्था रखनी चाहिए।

सैनिक प्रशिक्षण

गुरु गोविंद : बंदा! तुम इतने वर्षों से संन्यासी बने रहे हो, अब तुम्हारी आयु अड़तीस के लगभग है। अब तुम्हें संन्यास छोड़ युद्धवीर बनना है। मैंने देखा है कि इस कायाकल्प का बीज तुम्हारे भीतर प्रचुर मात्रा में विद्यमान है। मैंने तुम्हारी आँखों और तुम्हारे आचरण में सच्चाई की जोत देख ली है। मैं यह भी जान गया हूँ कि तुम्हारे हृदय में ऊर्जा की अग्नि धड़कती है और वह पुकार-पुकारकर तुम्हें जनकल्याण और समाज कल्याण की ओर अग्रसर करती है। वर्षों के योगाभ्यास से तुम्हारे भीतर आत्म-अनुशासन और नियंत्रण के बीज फलीभूत हो चुके हैं। मुझे इस बात में तनिक भी संदेह नहीं कि तुम बड़े भारी युद्धवीर बनोगे। तुम्हारी बुद्धि में प्रखरता है और हृदय में बलिदान की भावना। ऐसे प्रभावान और शौर्यवान सेनापति को हरा पाना बहुत ही दुष्कर और कठिन होगा।

बंदा : जो आज्ञा गुरुजी, आपका आशीर्वाद मेरे सिर-आँखों पर! मैं सौगंध खाता हूँ चंडी माँ की और गुरु नानक दोनों की कि मैं आपके द्वारा निर्धारित मार्ग पर चलते-चलते आवश्यकता पड़ने पर अपने प्राण न्योछावर करने में कभी नहीं हिचकूँगा।

गुरु : मैंने अपने जीवन में बहुत लड़ाइयाँ देखी हैं और युद्ध भी लड़े हैं। इनसे जो-जो सबक मैंने सीखे हैं, उनका निचोड़ मैं तुम्हारे साथ बाँटने का इच्छुक हूँ। तुम्हारे आगे के जीवन में मेरा तजुर्बा मददगार साबित हो सकता है।

बंदा : जो आज्ञा गुरु साहब, मैं सुनने के लिए उतावला हूँ!

गुरु : रामायण व महाभारत, दोनों में युद्ध-केंद्रित कथानक तथा घटनाक्रम हैं। शास्त्रों में वर्णित रसों में 'वीर रस' की बड़ी महत्त्वपूर्ण जगह है। वीर रस का प्राचुर्य जीत

दिलाने में सहायक होता है, भीरुता व कायरता हार के नरक में धकेलनेवाली हैं। गीता में कहा गया है कि क्षत्रिय का कर्तव्य अपनी प्रजा की रक्षा करना है; इसके लिए शौर्य, मर्यादा तथा तेज की शक्तियाँ सहायक सिद्ध होती हैं। सम्मान खोना जीते जी नरक में धकेले जाने के समान है।

बंदा : जी, गुरुजी, आपकी बात याद रहेगी, मेरे दिल में खून-सनी उँगलियों से लिख दी गई है।

गुरु : पुराने जमाने में हमारी सभ्यता ऐसी थी कि युद्ध रणभूमि तक ही सीमित रहा करते थे। दो पहलवानों की आपसी कुश्ती की तरह उसका आम प्रजा पर कोई सीधा असर नहीं पड़ता। किसान अपनी खेती में व्यस्त रहते थे, मानो उन्हें लड़ाई से कोई लेना-देना न हो, पर विदेशों से हुए मुसलमानी हमलों के बाद यह सब पूरी तरह बदल गया। लड़ाई रणभूमि तक ही सीमित न रहकर शहरों के लोगों और गाँवों के किसानों का भी उजाड़ करने लगी। लोगों के घर छीन लिये गए। उनके रुपए-पैसे लूट लिये गए। उनकी औरतों की इज्जत खुलेआम लूटी गई। देश में रहनेवालों के साथ वहशियाना सलूक किया गया। उन्हें कदम-कदम पर जलील और अपमानित किया गया। लाखों के गले काटकर सिरों की उनकी हड्डियों की पाँच ऊँची-ऊँची मीनारें खड़ी की गईं। मंदिर को गंदा किया गया। मूर्तियों को चकनाचूर करने से पहले उन पर नफरत से थूका गया। हीरे-जवाहरात लूटे गए। मंदिर तोड़े गए। एक नहीं, हजार नहीं, लाखों की तादाद में और फिर उन्हीं के पत्थरों से मसजिदें और मकबरे खड़े किए गए। लोगों पर मुसलमान बनने के लिए तलवार और लालच-प्रलोभन, सभी हथियारों का इस्तेमाल किया गया और लगातार किया जाता रहा। मंदिरों के शिलाखंड बगदाद आदि शहरों में भिजवा मसजिदों की सीढ़ियों पर मढ़े गए, जिससे नमाजी उन पर पाँव रखकर मसजिद में दाखिल हों। लाखों की संख्या में बच्चे अनाथ हुए। बड़े-बड़े युद्धों के बाद लाखों आग लोग बंदी बनाकर नौकरों व गुलामों की हैसियत से चाकरी करने के लिए बगदाद, कुस्तुनतुनिया आदि बड़े शहरों में भेजे जाते रहे। वहाँ उनकी नीलामियाँ की गईं। उन्हें आजीवन गुलामी करने के लिए कौड़ियों के भाव बेचा जाना एक दस्तूर बना रहा। तभी एक पहाड़ का नाग 'हिंदूकश' (हिंदू-नरसंहार/कत्लेआम) डाला गया। घड़ी भर के लिए यह भी सोचा जा सकता है कि जब अधिकांश मुगल बादशाहों ने ऊँचे-ऊँचे राजघरानों की हिंदू औरतों को अपने वृहत् हरमों में शामिल करने का रिवाज शुरू किया और कुछेक को अपनी खास मनपसंद बेगमों में भी शामिल किया कि उनकी औलाद मुसलमान बाप और हिंदू माँ के मेल से बनी तुलना की तराजू में कुछ नरम, लचीली और उदार स्वभाव की होगी, असलियत इसके ठीक विपरीत ही निकलती आई। नए बने मुसलमान की तरह उनकी औलाद अपने कट्टरपने में, संकीर्णता में और हिंदू-काफिरों के संग नफरत करने की

मिकदार में अपने आकाओं और अब्बाजानों के भी कान काटने लगी, जहाँगीर, शाहजहाँ और औरंगजेब इसी ढीठ और बेहया फितरत के निकले! ऐसे दुश्मन के साथ कुश्ती-दंगल करना वाहियात बेवकूफी है। उसे अकस्मात् और छिपकर मारना ही जायज है। तभी उसके दिमाग की नसें खुलेंगी। हमले करने के बाद हमें भी दुश्मन के शहर, उसकी हैवानियाँ, पहल, अय्याशगाहें उसी तरह तहस-नहस करनी चाहिए, जैसे वह हमारे साथ सदियों से करता आया है। तभी उसे हमारे दुःख-दर्द का थोड़ा सा अहसास होगा। सच तो यह है कि सत्तामद में चूर हमारे मुसलमान शासकों के दिमाग हमेशा बड़ी ऊँची पहाड़ी पर चढ़े रहते हैं। ये कभी भी काफिरों का दर्द देखकर नहीं पसीजते। इनके मगरमच्छी दिमाग तो चंगेज खान जैसे लड़ाके ही ठिकाने लगा सकते हैं।

बंदा : आपकी खरी-खरी बातें सुनकर मेरी छाती दर्द से फटी जाती है। हमारे साथ लगातार इतने बड़े अन्याय और जुल्म होते रहे और हम चुपचाप सिर नवाकर इन दरिंदों की गालियाँ सुनते रहे, सोचकर बड़ा दुःख होता है। मेरे दिल में बार-बार बदला लेने की आग भड़क उठती है।

गुरु : इन दरिंदों ने लगातार ऐसे-ऐसे जुल्म ढाए कि सोचकर रोंगटे खड़े हो जाते हैं, पर आज तक किसी एक भी माई के लाल ने अपने किए के लिए न कोई अफसोस जाहिर किया और न ही कभी माफी माँगी। न कभी ऐसा कुछ महसूस ही होने दिया कि उन्हें अपने किसी भी किए का पछतावा है।

बंदा : वह इसलिए गुरुजी कि इनकी सोच ऐसी है कि गुमराह काफिरों पर जितने जुल्म ढाए जाएँ, सभी कम हैं और जायज भी, मगर अगर ये मुसलमान बन जाएँ तो इनके सौ खून एक साथ माफ हो जाते हैं! उलटी और नाकारा सोच है इनकी।

गुरु : कुरान शरीफ की कसमें खाकर भी धोखा देना, ऐसा काम इनके बड़े-से-बड़े बादशाह करते हैं। इन्होंने शिवाजी महाराज को धोखा दिया और मुझे भी। धोखाधड़ी इनकी फितरत है। इनकी किसी भी बात पर यकीन करना सबसे बड़ी भूल होगी। इन्हें मात देने का एक बढ़िया तरीका शिवाजी महाराज ने सिखाया, इन पर अकस्मात् टूट पड़ो। वहाँ-वहाँ, जहाँ ये कमजोर हैं। उन्हें मारो और भागो, पलटकर फिर मारो, बार-बार ऐसा ही करते रहो, पहाड़ी कंदराओं में रहकर इनका जीना हराम करते रहो। जंग फतह करो और अगर वह न हो सके तो फिर भागो, अच्छे मौके का इंतजार करो, फिर से इन पर टूट पड़ो, पर सब्र के बाद, जब अपनी तैयारी पूरी हो और ताकत भी, पर इनका पीछा मरते दम तक न छोड़ो, न ही इनसे कभी हार मानो, ऐसे फौलादी होने चाहिए हमारे इरादे!

गुरु : इनके अंदर के भेद जानने के लिए और सही खबर बावक्तन पाने के लिए अच्छे खुफिया तंत्र व भेदियों का होना बहुत जरूरी है। इनकी ताकत कितनी है, कहाँ-कहाँ है? हथियार कौन से हैं? मदद के लिए सहायक दस्ते कहाँ और किस तादाद में

हैं? इसके लिए जरूरी है कि आम लोगों के बीच इनका पर्दाफाश किया जाए। उन्हें इनकी असलियतों और जुल्मों से वाकिफ करवा उनकी ताकत का जोर इनके खिलाफ उजागर किया जाए। तब ये खुद-बखुद हमारी मदद करने लगेंगे।

बंदा : जी गुरुजी!

गुरु : यह भी जानो कि किलाबंदी में हाथ-पर-हाथ धर बैठने की जगह हमला करना हमेशा बेहतर होता है। हमले के लिए ताकत चाहिए। ताकत पाने तक किलाबंदी भी ठीक है, पर मूलमंत्र अपने को बचाते हुए दुश्मन को मारना होना जरूरी है। जब हम देखें कि हमारी ताकत कम है और दुश्मन हावी हो रहा है तो पीछे मुड़कर नई जगह अपनाने में कोई बुराई नहीं है। न ऐसा करने में शर्मिंदगी महसूस करने की जरूरत है। कल या परसों अच्छे हालात में लड़ सकने के लिए आज पीछे हटने में कोई बुराई नहीं है, पर यह फैसला फौज का सेनापति ही कर सकता है। अपनी सोच व दिमाग की पूरी ताकत लगाकर और जब जरूरत पड़े तो सलाह-मशवरा करके। जब दुश्मन की ताकत बहुत ज्यादा हो और हमारी बहुत कम तो मैदानी इलाकों की बजाय पहाड़ी इलाकों में किलाबंदी करना बेहतर होगा। एक जगह बदलकर दूसरी और अच्छी जगह जाने में भी कोई हर्ज नहीं। एक जगह लंबा बैठने की बनिस्बत तो हरकत में बने रहना बेहतर है। किलेबंदी के दौरान भी ऐसे दस्ते हमेशा तैयार रखने चाहिए, जो दुश्मन का घेराव तोड़कर बार-बार बाहर भाग सकें और हमेशा दुश्मन को तंग व परेशान करते रहें। चैन न लेने दें। यह भी एक उसूल है कि ऊँची जमीन हमेशा निचली जमीन पर हावी होने का मुद्दा रखती है।

बंदा : जी गुरुजी! मैं आपके अनमोल वचन गाँठें बाँध-बाँधकर मन में सँजो रहा हूँ। मुझे पता है कि ये गुरुमंत्र मेरे बहुत काम आएँगे। वैसे तो मुझे पता है कि आप मुझसे क्या आशा रखते हैं, पर दिल चाहता है कि एक बार फिर बताएँ।

गुरु : तुम बताओ कि तुम क्या समझते हो?

बंदा : मुझे तो अपने दिल की हरेक धड़कन में यही महसूस होता है कि मेरे प्राण-प्यारे गुरुजी का यही स्वप्न है कि उनका बंदा पूरे उत्तर भारत से इस गलीज मुगल साम्राज्य की जड़ें उखाड़ फेंके।

गुरु : मेरे स्नेही बंदा! तुम्हारी सोच तुम्हें सच्चाई का रास्ता दिखा रही है और यह भी जान लो कि सत्य की राह कठिन हुआ करती है। यह मत भूलना कि तुम योद्धा के साथ-साथ भीतर-ही-भीतर अभी भी दुनियादारी से विमुक्त संन्यासी हो और रहोगे भी, ऐसी मेरी उम्मीद है, ऐसी मेरी प्रार्थना भी है।

□

भारत यात्रा-वृत्तांत

~1~

दसवीं शताब्दी में आदि शंकराचार्य ने केरल से चलकर अखिल भारत की यात्रा की थी। उन दिनों न अखबार था, न रेडियो, न टीवी, न इंटरनेट, न मोबाइल फोन। खबरें कैसे मिलती होंगी तब? शायद घुमा-फिराकर, बहुत देर के बाद कि कहाँ क्या घटित हुआ?

यद्यपि आदि शंकराचार्य द्वारकाधाम भी गए थे, बहुत संभव है कि उन्हें सिंध में अरबी-तुर्क मुसलमान मीर कासिम के बर्बर हमले की खबर न मिली हो। न यह कि उसने देबल (कराँची) राजधानीवाले पुराने शाही हिंदू राज्य को तबाह कर डाला। मंदिर तोड़ डाले; मसजिदें बनाने और हिंदुओं का धर्म-परिवर्तन करवाने के लंबे कार्यक्रम की नींव रखी।

दक्षिण भारत से उत्तर की यात्रा करते समय कदम-कदम पर देश के विगत इतिहास के पन्ने देखने को मिलते हैं।

विध्यांचल और सतपुड़ा शृंखलाओं तथा उन्हें घेरे घने जंगलों के अवरोध ने देश पर हुए मुसलमानी दुराचार के आतंक को समय और गुणवत्ता के रूप में कुछ हद तक नरम ही रखा, पर बाद में मूल ढाँचा वही रहा, जो उत्तर भारत में था।

इसकी जानकारी के लिए अलबरूनी की भारत-विषयक पुस्तक पढ़ना जरूरी है, परंतु खेद यह है कि अधिकांश हिंदुओं ने इस शख्स का नाम ही नहीं सुना। अलबरूनी आतंकवादी मुसलमान शाह कुख्यात महमूद गजनी का अर्जीनवीस और रोजनामचागर भी था। उसने तत्कालीन भारत के बारे में ढेरों बहुत पते की बातें लिखी हैं। यद्यपि सभी इसलाम के चश्मे से लिखी हैं।

पहली तो यह कि हिंदू बहुत घमंडी हैं। वे मानते हैं कि दुनिया में उन जैसी सभ्यतावाला कोई भाग या मुल्क नहीं। न उनके जैसे भले और चरित्रवान लोग हैं, न उनके जैसी अच्छी आदतें हैं किसी और की, न उनके जैसा दर्शन, न ज्योतिषशास्त्र, न गणितशास्त्र, न उनके जैसा सुंदर देश।

इस दंभ के कारण न वे कहीं बाहर जाते हैं, न किसी को आने का न्योता देते हैं। दुनिया से उनका संपर्क टूट चुका है और वे असल में अनजान ही बने रहे हैं कि एक निगाह से उनका जीवन कुएँ के मेढक जैसा है।

दूसरी पते की बात अलबरूनी ने यह कही कि (महमूद गजनी के पंजाब-गुजरात में किए गए 17 आक्रमणों के भयानक सिलसिले के बाद) महमूद की उत्कट इच्छा है कि वह इन धर्म-विरोधी काफिर हिंदुओं की नाक उन्हीं की जमीन की धूल में कुछ यों रगड़े कि वे कभी फिर किसी को मुँह दिखाने के लायक न रह जाएँ (और धूल का एक अविरल अंग ही बने रह जाएँ)।

अलबरूनी ने यह भी लिखा कि इतने ढेर सारे मुसलमानी हमलों में शिकस्त-पर-शिकस्त मिलने के बाद हिंदुओं के अनेक ब्राह्मण पंडित इस भाग को छोड़कर अपनी पोथियों समेत काशी तथा कश्मीर की ओर जा भगोड़े हुए हैं।

जले पर नमक! कहते हैं कि अकबर ने जब अपने पकड़े विरोधी की आँखों में छुरे की नोकें घुसेड़ने का आदेश दिया तो ऐसा करने के बाद उनमें नमक-मिर्च का मिश्रण भी रगड़ा गया।

~ 2 ~

नामों को ही लिया जाए, देवागिरि का नाम गोलकुंडा, विजयनगर का नाम हैदराबाद। औरंगाबाद, फैजाबाद, मुज्जफरबाद, मुरादाबाद, मलीहाबाद, अलीगढ़, इलाहाबाद, आजमगढ़, अजमेर शरीफ।

~ 3 ~

उत्तर भारत में मुसलमानों का साम्राज्य कायम हो चुका था। दक्षिण भारत में भी लगभग। बस विजयनगर नाम का एकमात्र हिंदू राज्य बचा हुआ था दक्षिण में। बेलूर हंपी और हेलिबेड के मंदिर इन्हीं के बनाए हुए हैं। इन्हीं के काल में भारतीय संस्कृति की पहुँच दक्षिण-पूर्व एशिया के अनेक प्रदेशों में होते हुए इंडोनेशिया के बाली तक जा पहुँची। 'अंकोरवाट' का विश्वविख्यात मंदिर भी इसी संस्कृति की देन है। सोचने की बात यह है कि अब इस उच्च कोटि का भव्य एवं विशाल मंदिर खुद सुदूर विदेशों में बन सकता है तो वैसा अठारहवीं शताब्दी के भारत में क्यों मौजूद नहीं था। ऐसा लगता है कि भारत में भी अंगकोरवाट की गुणवत्ता के कई मंदिर रहे होंगे, पर अब उनका नामोनिशान भी बाकी नहीं है। मथुरा-वृंदावन के एक महान् और भव्य मंदिर को जड़ों समेत विनाश करने के बाद महमूद गजनी ने कहा था कि ऐसी भव्य इमारत उसने जिंदगी में पहली बार देखी थी और अगर उसके जमाने में यह मंदिर फिर से बनाने की जरूरत पड़े तो वैसा

करने के लिए हजारों कारीगरों और कम-से-कम 200 वर्षों की जरूरत पड़ेगी, अनगिनत पैसे खर्च होंगे सो अलग।

विजयनगर सब ओर से मुसलमान राज्यों से घिरा हुआ था। विदेशों से आए पर्यटकों ने इस राज्य की राजधानी के बारे में कहा है कि ऐसा वैभव उन्होंने यूरोप में भी नहीं देखा। यह भी कहा गया है कि राज्य में धन-दौलत का असीमित भंडार था।

आस-पास के इन पाँचों राज्यों ने एक बार अपनी तू-तू-मैं-मैं व आपस की लड़ाई-भिड़ाई ताक पर रख 'इसलाम खतरे में है' का बोलबाला कर विजयनगर के खिलाफ इसलामी भाईचारे से मेल-मिलाप कर जिहाद का ऐलान कर दिया।

संग्राम में अंततः विजयनगर की हार हुई। इसके बाद इन मुसलमान हमलावरों ने नफरत की ऐसी जहरीली घुट्टी पी कि पूरे राज्य के शहरों को जला-जलाकर राख व धूलधूसरित कर डाला, इस प्रकार कि उनका नाम-ओ-निशान भी बाकी न रहे। हम्पी और हेलिबेड के कुछ मंदिर कैसे बचे रहे, जानकर हैरानी होती है।

शायद इन्हें छिपाकर रखा गया था। अजंता व एलोरा के भी ऐसे ही। एलिफेंटा को भी ऐसे ही अज्ञेय व सुरक्षित रखा गया। खजुराहो के मंदिरों को भी ऐसे ही। तभी ये सारे सदियों तक गुमनाम बने रहे। (और बाद में यत्र-तत्र गौरे समुद्री द्वार 'डिस्कवर' किए गए।

~ 4 ~

मथुरा के भव्य मंदिरों को भी उसी महमूद गजनी ने तोड़ा था, जिसने गुजरात तक जाकर 50 हजार पंडित-पुजारियों-सेवकों की निर्मम हत्या करने के बाद सोमनाथ के विख्यात मंदिर को तोड़ा। उसने पहले पंजाब में थानेश्वर और साधु-बड़ के मंदिर भी तोड़े थे।

यदि इसलाम के रसूल के बारे में अनजाने ही कोई अपशब्द मुँह से निकाल दे या कुरान को कूड़े के ढेर में फेंक डाले, तो मुसलमानों पर क्या बीतती है? कैसे कुफ्र का जुनून हावी हो जाता है। कैसे वे सब अपना-अपना आपा खो बैठते हैं, सो जग-जाहिर है। कोई काफिर मसजिद की दीवार पर पेसाब करे तो कैसे पागल हो जाते हैं सारे मुसलमान, लेकिन हजारों-लाखों मंदिरों को गंदा कर उन्हें व उनके अद्वितीय शिल्प को चकनाचूर करने में उनके कानों पर जूँ भी नहीं रेंगती। क्या ऐसा ही इनसाफ होता है मुसलमानों की होनी और रूहों का? 'इल्म' के आत्म-घोषित पुजारियों के दिलों में नालंदा जैसे विश्वविख्यात विद्यालयों की सारी पुस्तकों को जला डालने का घनघोर-घिनौना तथा अक्षम्य अपराध भी उनकी रूह को जुर्म नहीं लगता! किस धातु के बने हैं हम पर बारंबार जीत-पर-जीत हासिल करनेवाले और हमें सदियों तक गुलाम बनाए रखनेवाले ये बेदिल लोग?

~ 5 ~

मीर कासिम (732 ईस्वी) और महमूद गजनी (1004-26) ने मंदिर तोड़ने का जो सिलसिला शुरू किया, वह औरंगजेब तक लगभग लगातार ही चलता आया। क्या ऐसा करना सुसभ्य लोगों की करतूत है?

~ 6 ~

मंदिर तोड़े ही नहीं गए, उनकी धन-दौलत भी लूट ली गई। उन्हें जानबूझकर हिंदुओं को कष्ट पहुँचाने के लिए गंदा और अपवित्र भी किया गया। बाद में मंदिरों के अंश स्वदेशों में भिजवाकर मसजिदों की सीढ़ियों में लगाए गए।

दूसरे धर्मवालों के इबादतखाने सदियों तक बरबाद करना और लगातार लूटते, खसोटते रहना, इनसानों की कैसी सभ्यता और फितरत के दावेदार नुमाइंदे हो सकते हैं ये भला?

~ 7 ~

गजनी के बाद मुहम्मद गोरी की बारी आई। उसने अपना दबदबा गुजरात से लेकर बंगाल तक फैलाया। कहते हैं बंगाल का राजा सेन गोरी के सिपाहियों के राजधानी के निकट पहुँचने की खबर पाते ही भाग खड़ा हुआ।

हर मुसलमान हमलावर ने मंदिर तोड़े, दौलत लूटी, लोगों के घर-मकान छीने, स्त्रियों की आबरू लूटी, कत्लेआम किए और लाखों बेगार गुलाम बनाए। सिपाही तबका खुश था, क्योंकि उन्हें लोगों के धन-दौलत बटोरने और स्त्रियों के साथ व्यभिचार करने की पूरी छूट मिली, पर इस तरह देश की धरती उजाड़ होती चली गई, देश उत्तरोत्तर एक अजीब फौजी खेमा बनता चला गया।

~ 8 ~

गोरी के बाद सल्तनत का राज आया। कुतुबुद्दीन ऐबक, अलाउद्दीन खिलजी, महम्मद तुगलक इन सभी ने हिंदुस्तान में ही अपने राज की जड़ें जमा डालीं। हिंदुओं को मुसलमान बनाने का दौर-दस्तूर जारी रखा। जिजिया कर वसूली शुरू करवाई। हिंदुओं का बचा-खुचा खून भी चूसा जाने लगा।

महरौली में कुतुबमीनार खड़ी की गई। हिंदुओं के खिलाफ मुसलमानों की जीत-पर-जीत के प्रतीक के रूप में। मीनार के नीचे मंदिरों के टूटे अंशों से एक नई मसजिद बनाई गई। इसका नाम रखा गया 'कुव्वते इसलाम'। यानी 'इसलाम की ताकत' यह भी हिंदुओं के मुँह पर तमाचा जड़ते रहने के प्रतिरूप में था।

इसी काल में नालंदा का प्रसिद्ध विश्व विद्यालय तोड़ डाला गया। उसके पुस्तकालयों में आग लगा दी गई। पुस्तकें हफ्तों तक जलती रहीं, फिर भी मुल्ला-मौलवी यह प्रचार करने से कभी पीछे न हटते कि इल्म की जितनी कदर इसलाम करता है, दुनिया का कोई भी दूसरा मजहब नहीं कर सकता।

9

इन्हीं दिनों हिंदुओं से कर-वसूली की एक नई प्रथा का सूत्रपात हुआ। कर-वसूली अफसर जिस-जिस गाँव में जाता, कर देनेवाले (परिवारों के मुखिया) एक पाँत में खड़े कर दिए जाते। कर अदायगी के बाद इनके लिए हुक्म होता कि खड़े-खड़े ही अपने-अपने मुँह पूरी तरह खुले रखें। कर अधिकारी उनके सामने से चेहरों का मुआइना करते-करते घूमता था और जिसमें उसका दिल करता, उसी मुँह में थूक देता। इस तरह थूका जाने से गाँव में उस आदमी की इज्जत मिट्टी में मिल जाती और वह अपना हिंदू धर्म तथा जात भी भ्रष्ट कर बैठता। यह एक बहुत बड़ी और गंभीर सजा मानी जाती थी और इसका कारण कर अधिकारी की निजी सनक ही होती थी।

यह विवरण हिंदुस्तान में भ्रमण करनेवाले एक जर्मन काउंट की पुस्तक में मिला है। खेद है कि मुसलमान दरबारी इतिहासकारों ने इस किस्म की प्रथा पर कोई रोशनी नहीं डाली।

10

छोटे-बड़े सुलतान जब-जब अपनी किलेबंदी की सुरक्षा से बाहर निकलते, उनके आगे-पीछे सैकड़ों तलवार काढ़े घुड़सवारों की टुकड़ियाँ होतीं। किसी आम आदमी की मजाल नहीं होती थी कि सुलतान की आँखों में आँख डालकर देख सके। ऐसा था उन दिनों का जानलेवा आतंक।

वे बीते दिन एक सपना लगते थे, जब विक्रमादित्य और हारुन रशीद जैसे राजा भेस बदलकर प्रजा की नब्ज टटोलने निकलते थे। आम जनता की भलाई का किसी को खयाल नहीं रह गया था। अब तो धधकते लोहे की लाल सलाखोंवाली फौजी तानाशाही का बोलबाला था।

जनता में रोष था, परंतु दमखमवाले नेतृत्व के अभाव में उसे न बहाव की सहूलियत थी, न बढ़त की।

सत्ता के 300 साल लंबे राज की खासियत यह थी कि शायद ही कोई महीना ऐसा बीत पाता था कि कहीं-न-कहीं लड़ाई, कत्लेआम, लूटपाट और मारामारी न हो रही हो। लगता था कि शासकों का एकमात्र पेशा मरते दम तक लड़ाई लड़ना ही है। इसके सिवा वे और किसी दूसरे पेशे से वाकिफ न थे। जगह-जगह मसजिदें और कब्रगाही गुंबद खड़े

करना उनका शौकिया पेशा था, पर केवल फालतू वक्त में, गरीब और शोषित जनता को मजहब की भूल-भुलैया में गुमराह रखकर।

~ 12 ~

इसी जमाने में मुहम्मद-बिन-तुगलक का राज था। इनके बारे में मशहूर था कि जब तक रोज किसी-न-किसी को फाँसी-मौत की सजा न दे डालें, इन्हें खाना ही हजम न होता था। ताकत के साथ-साथ दुनिया का आधा पागलपन भी इन्हीं जनाब की विरासत थी। जनाब चीन को फतह करने के सपने भी देख लिये थे। इस काम के लिए एक बड़ी सेना तैयार करके पहाड़ों के पार भेजी तो वह तिब्बत के बर्फीले पठारों में ही नष्ट हो गई। अभियान छोड़ देना पड़ा, पर अभिमान नहीं छूटा।

यही जनाब थे, जिन्होंने राजधानी दिल्ली को खाली कर दक्षिण भारत के देवगिरि शहर में नई राजधानी बसाने की योजना पर अमल किया था। कहते है, दिल्ली एकदम सूनी हो गई थी। बाँग देनेवाला कोई मुरगा भी न बचा था, पर साल भर बाद जनाब फिर सभी लोगों को देवगिरि से वापस दिल्ली घसीट लाए थे। ऐसी सनक, मनमर्जी और मनमानी का राज था इन तमाम शाहों-सुल्तानों का।

लंबे अर्से चले राजपाट, ताकत और अय्याशी की वजह से सल्तनत में कई कमजोरियाँ आ गई थीं। नतीजा : जब बाबर ने दिल्ली पर 1526 में हमला किया तो बाबर की फौज से दस गुनी ज्यादा ताकत इब्राहिम लोदी की फौज में थी। फिर भी पानीपत की इस मशहूर और निर्णायक लड़ाई में इब्राहिम लोदी की हार और बाबर की जीत हुई।

अकबर की चर्चा हम अलग से करेंगे। अकबर का बेटा जहाँगीर एक पियक्कड़ था। उसे होश भी नहीं रहता था कि उसके राज में क्या हो रहा है, क्या नहीं। दिन भरकर गिरता रहता था नशे में चूर। बीवी नूरजहाँ व कठमुल्ला लोग राजपाठ चलाते थे।

जहाँगीर के बाद शाहजहाँ आए। उन्हें ताजमहल, मकबरे, किले और मसजिदें बनाने से ही फुर्सत न मिलती थी।

शाहजहाँ के बाद उनके तीसरे बेटे औरंगजेब ने गद्दी हड़पी, बूढ़े बाप को बंदी बनाया। सात साल आगरा किले में बंदी बनाकर रखा। एक भाई को मार डाला, दूसरे की आँखें फोड़ दीं, तीसरे को पोस्त खिला-खिलाकर बावला बना डाला, पर खुद 50 साल तक राज किया। इसमें से 30 वर्ष दक्षिण भारत में शिया बादशाहों से लड़ने और शिवाजी के हमले झेलने में बिताए। मकसद था, शिया शाहों को हराना और क्षेत्र की हीरों की खानों पर कब्जा जमाना। इतिहासकार की एकमत राय है कि मुगल साम्राज्य के विघटन के लिए औरंगजेब ही जिम्मेदार है।

□

फतहपुर सीकरी

~1~

अगला पड़ाव फतहपुर सीकरी शहर के बाहर की एक धर्मशाला में डाला गया। आगरा तो मुगलई शासन की गरमी से गर्मा रहा था। वहाँ जाना एक जोखिम मोल लेने के समान था। फतहपुर सीकरी आगरा से 23 मील दूर था।

बना तो शहर शहंशाह अकबर की ख्वाबगाह के तौर पर था। कहते हैं कि यहाँ पानी की कमी थी। इसी को दूर करने के लिए बादशाह अकबर ने यहाँ एक बड़ी झील और कई बावलियाँ खुदवाई थीं। स्थापत्य कला का भी यह एक अपने ढंग का उदाहरण था। मुख्यत: फारसी शैली में बनाए गए भवनों में थोड़ा-बहुत पुट हिंदू शैली का भी था, खासकर स्तंभों में, मगर मेहराबें, छज्जे, चबूतरे, गुंबद और दरवाजे ठेठ फारसी शैली के थे। अधिकतर दीवारों व खंभों को सजानेवाले अलंकरण भी। इसलाम शुरू से ही इनसानों की तसवीरें बनाने (बुत या शिल्प या चित्रों की शैलियों में) के सख्त विरुद्ध था। इनसानी चेहरे-शबीलों को छोड़, इनसान की स्थूल देह दिखाने की भी सख्त मनाही थी, यह परंपरा कब, कहाँ, कैसे शुरू हुई, किसी को ठीक से पता नहीं, पर इतना तो तय है कि इसलाम मानव-जीवन को चित्रित करनेवाले चित्रों, कविता रचना करने, गाना गाने-बजाने और नृत्य करने के सख्त खिलाफ था। उनका मजहब कविता लिखने जैसी कला को फिजूल वक्त की बरबादी जैसा मानता था, 'और भी गम हैं जमाने में मुहब्बत के सिवा' की तर्ज पर। हालाँकि कहा जाता है कि कुरान शरीफ साहब की आयतें अरबी भाषा के उच्चतम तथा उत्कृष्ट कविता की नुमाइंदगी करती हैं। ऐसी कि उन्हें पेट की मरोड़ों से उच्चारण करते हुए ऊँचे स्वरों में पढ़ने-गानेवाले मुल्ला-मौलवी खुद इन्हें सुनकर आनंद-विभोर हो झूमने लगते हैं और नि:संदेह सुननेवाले श्रद्धालु भी, पर औरंगजेब के शासनकाल में दिल्ली में विधिवत् मौसीकी का जनाजा निकाला गया था। यहाँ के महलों-भवनों में पंच महल, जामा मसजिद, दीवाने-आम, तुर्की बेगम का महल, पानी के फव्वारे (बगीचे के बीच जहाँ अकबर व उनके दरबारी बैठकर तानसेन जैसे

मशहूर गायकों की मौसीकी का लुत्फ उठाते थे), हवाखोरी के लिए हवा-महल, चौपड़ खेलने का संगमरमरी अहाता, जिस पर विभिन्न मोहरों की जगह जेवरों से लदी खूबसूरत बाँदियाँ खड़ी होती थीं और ढेर सारे दरवाजे, जिनका शहंशाह खुद बुलंद दरवाजा था। सारे भवन राजस्थान के मशहूर लाल पत्थर से बनाए गए थे। यह वही पत्थर था, जो आगरा और दिल्ली के मुगलई किले बनाने में लगाया गया था।

~2~

फतहपुर सीकरी एक तरह से शुक्रगुजारी की देन थी। 5000 बेगमोंवाले हरम के होते हुए भी जब अकबर अपनी ताकत व शोहरत के जोबन पर था, उसे यह चिंता सताए जा रही थी कि अभी तक वह अपना वारिस पैदा करने की आम कवायद में असमर्थ रहा था। पीर-फकीरों के दरबारों में पहुँचकर मन्नतें माँगी। एक बार नंगे पाँव अजमेर शरीफ भी गया। यह दरगाह हिंदुओं के प्राचीन तीर्थ पुष्करराज की बगल में बनाई गई थी और शहर का नाम पुष्करराज से बदलकर अजमेर शरीफ रख दिया गया था। हिंदुओं का एक अन्य प्रमुख तीर्थ प्रयागराज, गंगा-यमुना के पावन संगम पर स्थित था, अपने कुंभ मेलों के लिए विख्यात था, क्योंकि वहाँ भारत के हरेक कोने से कठिन रास्ते तय कर आए श्रद्धालु सदियों से अपने हृदय-सुमन चढ़ाते आए थे, उसका नाम भी बदलकर अल्लाहाबाद या इलाहाबाद रख दिया गया था। नए नाम चल उठे थे, क्योंकि कोई चूँ इसलिए नहीं करता था कि उसे अपनी जबान काट दिए जाने और खाल उधेड़ दिए जाने का भय होता था।

~3~

अकबर (जिसका मतलब है महान्) बाप की तरफ से उस नृशंस और राक्षसी हत्यारे तैमूर लंग का वंशज था और माँ की ओर से विश्व-विजेता चंगेज खान का। उसकी रगों में इन्हीं दो मशहूर हस्तियों का खून दौड़ता था। गुणों-अवगुणों में भी वह दोनों के मेल-मिलाप की विरासत था। तैमूर ने हिंदुस्तान पर आक्रमण कर 1398 में दिल्ली (मध्य-एशिया) पर कब्जा जमाया और लाखों हिंदुओं का रक्तपात करवाया। चंगेज ने मदहोश में इसलाम को करारी ठोकर मारी।

~4~

अकबर को मनोकामना सिद्धि के लिए हिदायत मिली थी कि वह दिल्ली से अजमेर तक की यात्रा नंगे पैर पैदल चलकर तय करे। इस सूचना से अबुल फजल और उसके जैसे अन्य चाटुकार दरबारियों की किस्मत चमकी। उन्होंने तुरत-फुरत दौड़-भागकर

बंदोबस्त करवाया और ईरान के बने एक सौ कालीन कारिंदों के हाथों भिजवाए। इनका फर्ज था कि बादशाह के नंगे पैरों के नीचे नरम कालीन रखते चले जाएँ। पीछेवाले आगे ला-लाकर, ताकि बादशाह के नरम तलुओं को एक तो गरम मौसम में छालों की नौबत न भुगतनी पड़े, दूसरे इन महँगे गलीचों के स्पर्श से उसे कदम-कदम पर अपने हरम की याद आती रहे। अकबर अपने दरबारियों की चुस्ती देख मन-ही-मन मुसकराया और खुश भी हुआ कि इसी बहाने नंगे पैर चलने की मुसीबत तो कम हुई।

यह भी कहा जाता है कि अकबर था बहुत समझदार तथा चुस्त-चालाक। दिग्गजीय खानेवाले दाँत जहाँ हरम की लाज सँवारने में अलमस्त रहते, वहीं दिखानेवाले दाँत बेगम जोधाबाई के चरणकमलों में एक पत्नीव्रत की जोत जगाते नजर आते।

खैर, जब पीर-फकीरों की दुआ से अकबर की किसी बेगम की गोद हरी हो गई (जहाँगीर की पैदाइश के साथ) तो अकबर ने मशकरी जताने के लिए फतहपुर सीकरी की नींव रखवाई और इसे अपनी नई राजधानी बनाने का भी फैसला किया।

~ 5 ~

साक्षर न होते हुए भी अकबर प्रखर और अत्यंत जिज्ञासु दिमागवाला इनसान था। भला 10 प्रतिशत मुसलमान 90 प्रतिशत हिंदुओं पर कैसे अपना राज थोप सकते हैं? ऐसा जबरदस्ती करना तो घनघोर अन्याय होता। ऐसे में शासकों के लिए हिंदुओं की मनमर्जी और सद्भावना-सहयोग पाना असंभव होता। अपने शासन व पीढ़ियों की दीर्घायु के हित में अकबर ने फैसला किया कि हिंदुओं को साथ लेकर चलने की अपेक्षा कोई रास्ता नहीं होगा। उसने हिंदू धर्म के बारे में जानने की कोशिश की। पंडितों को बुला-बुलाकर अपने धर्म के मूल सिद्धांत समझाने को कहता रहता। तब तक राज्य में ईसाई भी आ चुके थे, डॉक्टरों समेत उसने ईसाई पादरी भी बुलाना शुरू किया। मुल्ला-मौलवियों को बुलाकर इसलाम की गहरी पैठ से भी वाकिफ होना चाहा। फारसी और यहूदी धर्माचार्य भी बुलाए और बौद्ध भिक्षु भी।

फतहपुर सीकरी में एक अलग जगह बनाई गई, जहाँ अकबर अकसर विचित्र धर्मों के पहुँचे हुए जानकारों की विधिवत् सभाएँ करवाता, उनके शास्त्रार्थ और बहसें सुनता।

इन्हें सुन-सुनकर अकबर को यकीन होने लगा कि दुनिया में इनसान के सभी धर्म अमन और मुहब्बत का संदेश देते हैं। सभी में अपनी-अपनी खूबियाँ हैं।

अकबर का ऐसा करना मुसलमान कठमुल्लाओं को जरा भी न सुहाया, पर हिम्मत न होती कि अकबर के साथ खुलेआम दिल की बात कहने की जुर्रत करें, पर शीघ्र ही वे अपनी भड़ास इन बहसाना-महफिलों में निकालने लगे। जब-जब वे बातचीत और तर्कसंगत युक्तियों से अपनी बात कहने में असमर्थ हो जाते, अकबर ने देखा कि वे

गाली-गलौज और यहाँ तक कि हाथापाई की नौबत पर उतर आते, जबकि उनके विरोधी शांत बने रहते। अकबर को लगता कि कई कट्टर मुल्ला-मौलवियों की सनक खोटे सिक्के जैसी सुनाई देती। उसके मन में 'सर्वधर्म समभाव' का गुरुमंत्र रमने लगा।

6

अकबर जान गया था कि (मिस्र, ईरान, मध्य एशिया, अफगान की तरह) हिंदुओं से इसलाम स्वीकार कराना असंभव सा है। अकबर के पैने दिमाग ने 'दीने-इलाही' नाम के एक नए मजहब की ईजाद की, दावा किया गया कि यह सभी धर्मों के अच्छे नुक्तों की खिचड़ी है। दरबारियों और अमीर-उमराव ने अकबर को खुश करने के लिए वाहवाही की। मुल्ला-मौलवियों ने भी हलकी आवाज में सुर-में-सुर मिलाया। सभी को अपनी गरदन प्यारी होती है, इन्हें भी थी, पर इन्होंने दिल-ही-दिल में अकबर के खिलाफ गाँठ बाँध ली। जब अकबर ने सदियों से हिंदुओं की चमड़ी छीलनेवाला कुख्यात जजिया कर बंद करवाया तो इन्हें एक भी न सुहाया।

तभी जाकर इन्हीं कठमुल्लाओं की भावी पीढ़ियों ने उचटकर औरंगजेब जैसे 50 साल तक लंबा शासन करनेवाले बादशाह से एक बार फिर 'जजिया' लगवाया।

1585 में अकबर को फतहपुर सीकरी छोड़कर मजबूरन पंजाब जाना पड़ा, क्योंकि वहाँ से बगावत की गंध आने लगी थी। उसे लाहौर में लगभग 15 वर्ष रहना पड़ा। 1605 में उसकी मौत हो गई। इसके बाद फतहपुर सीकरी लगभग खँडहर सा बना रह गया। यही होना शायद 'दीने-इलाही' की किस्मत में भी लिखा था। इसी के साथ हिंदू-मुसलमान सद्भाव के सपने भी खँडहर बनते चले गए।

□

चंबल घाटी के डाकू

~1~

भरतपुर से दिल्ली जानेवाले मार्ग के आस-पास विचित्र सा छोटी-छोटी सूखी नंगी पहाड़ियों की अनंत शृंखलाओंवाला क्षेत्र है, जहाँ वनस्पति के नाम पर हरी दूब का एक पौधा भी नजर नहीं आता, सूखी, भुरभुरी मिट्टीवाली दुर्गम पहाड़ियाँ और दो ऊबड़-खाबड़ शृंखलाओं के बीच तिरछी-सीधी आती खाईनुमा घाटियाँ, कोसों-कोसों दूर न कोई ढोर-जानवर, न चिड़ी-चहक, न किसी चील या गिद्ध या कौवे की उड़ान। बस बंजर धरती के टेढ़े-मेढ़े भूल-भुलैयों जैसे तारतम्य, मानो इनमें दीमक घर कर गई हों और कालांतर में मनमर्जी का घुन लग, वे भी अपने आप ऐसे बाँझ इलाके को छोड़कर कहीं अन्यत्र चले गए हों। चारों ओर सन्नाटों की साँय-साँय और बीहड़ता की निरापदता। ऐसे निर्भय इलाके में भी कहीं-कहीं दूर-दराज गाँव और आदम की बस्तियाँ हैं, पर ये उन्हीं क्षेत्रों में जिनकी कम सूखी घास और कँटीले झाड़-झंखाड़ों तक पहुँच है, हरियाली आने के कुछ पहले।

इस क्षेत्र को चंबल घाटी के नाम से जाना जाता है और यहाँ डाकू-लुटेरों का बोलबाला है। ठगी का प्रकोप भी इसी इलाके को डसता रहा, परंतु दक्षिण भारत से उत्तर की ओर जाते समय इस निर्मम क्षेत्र की अनिवार्यता को भुगतना ही पड़ता है।

दिल्ली में जब भी सरकार का शासन ढीला होता या उसका ध्यान दक्षिण में केंद्रित होता, इस क्षेत्र के डाकू-लुटेरों के कारनामे जोबन पर होते।

बंदा और उनके साथियों ने अपने दल को तीन-तीन, चार-चार की टोलियों में बाँट रखा था और किसी एक बीहड़ तथा जनहीन स्थल पर ही इकट्ठा होते थे। अब वे पहली बार इसी चंबल क्षेत्र में इकट्ठा हुए।

गुरु साहब का हुक्मनामा पंजाब भेजा जा चुका था। इसमें गुरुजी ने पंजाब के सिखों को बताया था कि बंदा बहादुर गुरुजी के ही नुमाइंदे हैं और इन्हें गुरुजी ही पंजाब में शासन के अत्याचारों के विरुद्ध लड़ने के लिए भेज रहे हैं। इसलिए सभी सिखों से निवेदन किया गया था कि वे फौजी दस्तों, हथियारों और पैसों से बंदा बहादुर के अभियान को

सफल बनाने में अपना यथासंभव योगदान दें।

अब बंदा बहादुर ने इसी आशय के पत्र दोआबे और मालव के सिखों को लिख भेजे। इनमें कहा गया था कि वे अपने साथियों के साथ शीघ्र ही पंजाब पहुँचनेवाले हैं। उन्होंने इस बात पर भी जोर दिया कि सिख अपने हिंदू व मुसलमान साथियों व मित्रों को भी मदद देने का आग्रह करें। दिल्ली के प्रशासन की जमींदारी व्यवस्था के कारण आम जनता भी पिसी जा रही थी। खेतों में भरी दुपहरी और गरमियों की प्रचंड आगवाले मौसम में अपना खून-पसीना बहानेवाले लाखों की कमाई का बड़ा हिस्सा हवेलियों में आराम और ठाठ से रहनेवाले जमींदार की जेब में जा रहा था। बंदा ने वायदा किया कि वे इस व्यवस्था का तख्त-पलट जनसाधारण को न्याय दिलवाएँगे। जमींदारों की बड़ी-बड़ी जमीनें काश्तकारों में बाँटी जाएँगी, इसमें हिंदू, मुसलमान, सिख सभी का फायदा होगा और जनसाधारण को प्रशासन के शोषण से राहत मिलेगी। अस्तु, इस भले कार्य के लिए सभी को कंधा जुटाना चाहिए और यथासंभव योगदान देना चाहिए।

~2~

कुछ आगे चलकर सामने का दृश्य देख सभी के दिल सहम गए। लगा कि लोगों को किसी नई मुसीबत ने पंजा मारा है। राह पर गाँव के लोग इस ओर भागे जा रहे थे सिरों पर गठरियाँ लादे। बच्चों-बूढ़ों को बैलगाड़ियों में बैठाए। हैरानी होती थी कि इस वीरान इलाके में इतने ढेर सारे लोग कहाँ से निकल आए।

पूछने पर पता चला कि इलाके के कुख्यात डाकू मुहम्मद जलाल खान ने पूरे इलाके में आतंक मचा रखा है। उसी के एक साथी डाकू करनी सिंह ने किसी बुड्ढे आदमी का अपहरण कर लिया। फिरौती के लिए तारीख मुकर्रर की, पर उसके बीत जाने के बाद भी कुछ हाथ नहीं लगा। आखिर में एक दिन गाँव में खेत की एक मेड़ के पीछे एक बोरा ढूँढ़ लिया गया। उसके अंदर बेचारे बुड्ढे का कटा हुआ सिर था। इस खबर से सभी गाँवों में आतंक और भय की लहर दौड़ गई। कुछ दिन बाद बगल के गाँव से वहाँ के बड़े महाजन सिरजन दास के आठ वर्षीय बेटे को अगुआ कर लिया गया। सिरजन सिंह के सिर पर गाज सी आ गिरी। हाथ-पैर मारे और पता करने की कोशिशें की तो मालूम हुआ कि बच्चे की रिहाई के लिए डेढ़ लाख रुपए की माँग हुई है। दूसरे दिन ही घरवालों के जोर देने पर सिरजन सिंह ने यह रकम अदा कर दी। उसकी तिजोरी इतनी वजनदार तो थी ही। नतीजा यह हुआ कि उसे अपना जीता-जागता बच्चा सकुशल वापस मिल गया। गाँव भर में खुशी के जश्न मनाए गए।

अबकी खबर मिली है कि डाकू क्षेत्र के किसी एक गाँव पर धावा बोलनेवाले हैं। तभी से आस-पास के सभी गाँवों से पलायन करने की भागदौड़ जारी है। किसी को पता

नहीं कि अबकी किसकी बारी आनेवाली है। जो अभागे भाग नहीं पाते और गाँव में पीछे छूट जाते हैं, उनकी मौत लगभग निश्चित ही समझो। सब जानते हैं कि मुहम्मद जलाल के दिल में रहमदिली नाम की चिड़िया ही नदारद है।

बंदा बहादुर के साथ पंजाब जा रहे सिखों के जत्थे ने आपस में बैठकर विचार-विमर्श किया। आम राय से यह तय हुआ कि मुहम्मद जलाल जैसे दरिंदे डाकू को कोई-न-कोई सबक सिखाना ही चाहिए, अन्यथा उसके जुल्म जारी रहेंगे। आगे की काररवाई की जिम्मेवारी वरिष्ठ नेता बाने सिंह ने खुद सँभाली। अगले बड़े गाँव में डेरा डाला गया। गाँव लगभग खाली था। इक्का-दुक्का घरों में कुछ बूढ़े और बीमार लोग पीछे रह गए थे। जत्थे ने दबे पाँव गाँव में प्रवेश किया। सभी सिरों पर कपड़े बाँधे हुए थे। पूर्व योजनानुसार सभी सिख गाँव की मुख्य गली की राह आगे बढ़ गए। दो-दो, तीन-तीन के गिरोह खाली घरों में घुसते चले गए। लंबाई के रुख बीच के रास्ते की ओर मुख किए हुए। यहाँ उन्होंने अपने हथियार निकाल लिये और गली की ओर निशाने साधे चुपचाप इंतजार करने लगे। गली के शुरू में और अंतिम मोड़ तक खबरदारी देने के लिए दो सिख तैनात किए गए थे। पहले का काम था इशारे से सूचित करना कि डाकू आ गए हैं, जिससे सब अपनी-अपनी जगह गुप-चुप तथा और भी चौकस हो जाएँ। अंतिम इशारा देनेवाले का काम सभी को यह सूचना देना था कि अब सर्वाधिक डाकू हमारे निशाने की सीध में आ गए हैं। इस पर दल के मुखिया की जिम्मेदारी थी कि अपनी बंदूक से फायर खोल सबको सूचित करे कि सबके लिए अपने-अपने हथियार चलाने का वक्त आ गया, जिससे गोलियों व तीरों के साथ-साथ अधिकाधिक शत्रु-संख्या पर ऐन मौके पर आकस्मिकता की गाज भी गिरे और अपना दल ज्यादा-से-ज्यादा दुश्मनों को नष्ट भी कर सके।

3

सौभाग्यवश डाकू इसी गाँव की ओर चले आए। उन्हें पहले से ही सूचना मिल चुकी थी कि उनकी भेजी गई धमकी के बाद लगभग सभी गाँव खाली किए जा चुके हैं। उनके मुखबिरों ने भी उनको ऐसी ही खबर सुनाई थी। इसलिए इस-उस गाँव में बेधड़क जाकर खाली घरों में जो कुछ भी काम का मिले, उसे लूट रहे थे।

इस गाँव में भी वे बेधड़क घोड़ों पर सवार होकर आए और गली के अंदर प्रवेश कर गए।

परंतु उनका अग्रिम सवार गली के छोरवाले मोड़ तक पहुँचा ही था कि दोनों ओर के घरों की छतों पर से भीषण फायर का झंझावात आ फूटा। मस्केटों की गोलियाँ चली। सैकड़ों तीर चले। कई बल्लम-भाले भी फेंके गए और ऊपर से सिर फोड़नेवाले पत्थर भी। इस अचानक आए घमासान से डाकुओं के हौसले पस्त हो गए। अधिकतर डाकू

गोली या तीर की मार के कारण गली में ही धराशायी हो गए। कुछ के घायल घोड़े अपने-अपने सवार के साथ अंधाधुंध इधर-उधर भाग निकले। डाकुओं के गिरोह में अफरा-तफरी मच गई। ऐसा सलूक उनके साथ किसी ने भी नहीं किया था, और-तो-और डाकू गिरोह का सरदार भी मारा गया।

सिखों में खुशी की लहर दौड़ गई। उनके मनोबल में उछाल आया। नांदेड़ छोड़ने के बाद पहली बार उन्हें दुश्मन के साथ दो-दो हाथ करने का मौका मिला और इसमें संपूर्ण सफलता ने उनका माथा चूमा।

निर्विलंब गली में प्रवेश कर इन्होंने धराशायी डाकुओं के हथियारों पर कब्जा जमाया। तलाशी के दौरान उन्हें बहुत सारे पैसे और सोने-चाँदी के सिक्के भी मिले। इसमें कुछ ही दिन पहले ली गई फिरौती की बड़ी रकम भी शामिल थी।

~ 4 ~

सारे पैसे, सिक्के व हथियार बने सिंह के हवाले कर दिए गए, उन्होंने बंदा बहादुर को भी सूचित कर दिया। बंदा का आदेश था कि सारा पैसा सिख टोली की जरूरतों पर खर्च किया जाए। पैसे के अभाव के कारण न तो सिखों ने रोज भरपेट खाना खाया था और न ही उन्हें पगार मिली थी। फिर भी वे हतोत्साहित नहीं हुए थे। पर अब तनख्वाह मिल जाने पर उनके हौसले और भी बुलंद हो गए।

बंदा को भी महसूस हुआ कि जब तक वे सरकारी खजानों तथा अन्य स्रोतों से धन-दौलत अर्जित नहीं करते, बढ़ती फौज के रख-रखाव का सबसे जरूरी काम अधूरा व अपूर्ण बना रहेगा। इसलिए उन्होंने सरकारी खजाने लूटने को और जालिम जमींदारों से पैसे व धन-दौलत हासिल करने को अपनी नीति तथा भावी कार्यशैली का अभिन्न अंग बनाया। उन्होंने अपने आपको यह तर्क भी दिया कि शाही खजाने गरीबों के शोषण और उनकी खून-पसीने की कमाई से सरोबार हो रहे थे। गरीब हलवाहों और काश्तकारों से बड़ी बेदर्दी के साथ कर वसूली की जाती थी। शाही खजाने भरने के अलावा जमींदार अपने ऐश-ओ-आराम, रंगरलियों और आए दिन किसी-न-किसी बहाने जश्न मनाने के लिए भी अतिरिक्त पैसा ऐंठते थे। कई जमींदारों के इलाकों में तो ऐसा रिवाज भी था कि हर नई ब्याही जानेवाली दुल्हन को अपने विवाह की पहली रात मजबूरन जमींदार की हवेली पर गुजारनी होती थी।

~ 5 ~

गाँव छोड़ने से पहले सरदार बने सिंह ने सभी सिखों को इकट्ठा करके अकस्मात् घाती हमले पर अपनी टिप्पणी सुनाई! कौन आगे होगा, कौन बीच में और कौन पीछे! इशारों व झंडियों से संदेश भेजनेवाले कहाँ-कहाँ अपनी जगह लेंगे और किस भाँति छोटे

दलों के मुखिया साँस रोककर उनके इशारों का इंतजार करेंगे। उद्‌देश्य यही था कि कम-से-कम ताकत के साथ ज्यादा-से-ज्यादा दुश्मनों को आकस्मिक हमले की मार से हताहत किया जाए। कब किसके कैसे इशारे पर हथियार चलाया जाना एक साथ शुरू किया जाए और कब, कैसे, किस इशारे पर उसे बंद किया जाए।

प्रत्येक हमले के बाद समय रहते हमले के विश्लेषण और अच्छे-बुरे नुक्तों पर बारीकी से बहस की जाती और हिस्सा लेनेवालों के सुझाव भी सुने जाते। तदुपरांत उपयुक्त निर्णय लिये जाते और भविष्य के लिए नीतियाँ, सैनिक कार्यक्रम व कार्यशैलियाँ तय की जातीं। ऐसा करना सिख लड़ाकू सैनिकों व दलों का कवायदी काम बन गया। लक्ष्य यही था कि कम ताकत के रहते भी, कई गुणा अधिक ताकतवर दुश्मन पर कैसे हावी हुआ जाए। आखिर, शाही सेनाओं के पास जिस तरह हथियारों, तोपखाने, हाथियों, जिरह-बख्तर, घुड़सवार टोलियों आदि की जो सहूलियतें थीं, वे सिख दल स्वयं से भी हासिल नहीं कर सकते थे। अस्तु, लड़ाई का बेहतर विश्लेषण और दलों की व्यक्तिगत व सामूहिक लड़न-चरित्र की बढ़ौती से ही फतह इन युद्धवीरों का माथा चूम सकती थी। सिख नेतृत्व को इस वास्तविकता का अच्छा अंदाज था। मेहनत व मशक्कत करते रहने में वे कभी भी पीछे न हटेंगे और जीत के लिए बड़े-से-बड़ा बलिदान भी कम माना जाएगा। ऐसी थी उन सबकी सोच साथ-साथ यह भी तय हुआ कि दोगलों व घर-भेदियों की कम-से-कम सजा, सजा-ए-मौत होगी।

~ 6 ~

डाकुओं के गिरोह में से दो डाकू घायल हालत में मिले थे। उनसे कड़ी पूछताछ की गई। इस पूछताछ में उन्हें यातना देने की भी नौबत आई। घायल डाकुओं ने बताया कि जलाल खान किस जगह अपना खजाना दबाकर रखता था। एक टोली भेजकर उस खजाने पर कब्जा किया गया।

घायल डाकुओं ने दो अन्य समाचार दिए। पहला यह कि दक्षिण भारत में मराठों ने अपनी गुरिल्ला युद्ध विधियों से शाही सेना की नाक में दम कर रखा है। मराठा घुड़सवार अचानक पहाड़ों-गुफाओं से मैदान की ओर उतर, शाही फौजों के पिछवाड़ों पर हमला कर पुनः पहाड़ों की ओर भाग जाते, पर वहाँ पहुँच अकर्मण्य नहीं बैठते थे। पीछा करनेवाले दुश्मन की टोह में घात लगाकर बैठते। निकट काबू में आने पर उस पर मिलकर एक साथ टूट पड़ते। इससे शाही फौज का दुगुना नुकसान होता। पीछा करें तो नुकसान, न करें तो नुकसान।

इसी रणनीति को सिखों ने अपने भविष्य के युद्धों के लिए अपनाया। हार होने पर रणभूमि छोड़ एक ओर भाग जाना, परंतु भागते ही नहीं जाना। थोड़ी दूर जाकर दुश्मन

का सामना करने को फिर से पाँत बाँधकर खड़े हो जाना और एक बार फिर दुश्मन की ओर तेजी से दौड़कर उसे और नुकसान पहुँचाना और यदि दुश्मन पीछा करता है तो सही जगह ढूँढ़ घात लगाकर दुश्मन का इंतजार करना और फिर अचानक एक साथ भयंकर हमला कर देना।

~7~

एक और खबर मिली, जिससे पूरे सिख दल पर मातम छा गया। पता चला कि उनके पूज्य गुरु गोविंद सिंह का स्वर्गवास हो गया है। जब नांदेड़ छोड़ा था तो सबको इस बात की तसल्ली थी कि गुरुजी के पेट के घाव पर टाँके लगा दिए गए हैं और कुछ समय बाद उनको पूरा आराम आ जाएगा।

पर ऐसा हो नहीं पाया। गुरुजी को उनके एक शुभचिंतक ने एक नई कमान भेंट की। युद्धवीर तो थे ही। कमान हाथ में लेते ही उन्होंने उसकी गुणवत्ता आजमाने की कोशिश की। धनुष को हाथ में पकड़ दूसरे हाथ से प्रत्यंचा पूरी पीछे की ओर यथाशक्ति खींच बाँस-लोहे की लचक आजमानी चाही। इसी में कुछ ज्यादा जोर पड़ा उनके पेट पर लगे घाव के टाँकों पर और पेट एक बार फिर चिर गया। इसी से गुरुजी की असमय मृत्यु हो गई।

बंदा बहादुर, बने सिंह तथा अन्य सभी सरदारों व सिखों के दिल शोक में डूब गए, पर बंदा ने अपना दुःख प्रकट नहीं होने दिया, उन्होंने सबको समझाया कि गुरु के प्रति उनकी सच्ची व खरी श्रद्धांजलि यही होगी कि वे गुरुजी के सुझाए मकसद को पूरा करने में अपनी सारी शक्ति लगा दें। उनका ध्येय पंजाब के लोगों पर ढाए जा रहे शाही अत्याचार से उन्हें उन्मुक्त करवाना था। इस ध्येय की पूर्ति में वे किसी भी दरार या कमी को नहीं आने देंगे। दुःख के जज्बे अपने ही दिलों में छिपाकर रखेंगे और अन्याय को दूर करने में अपनी जान लगा देंगे।

□

विचारों-बातों की अनुगूँज

ये कठमुल्ला मुसलमान बस एक ही बात समझते हैं—तबाही की। अगर उनके किसी शहर पर कब्जा करो और फिर पूरे शहर को तबाह कर डालो, तो उन्हें झटका लगता है। उनकी उलटी बुद्धि में बात समझ में आ जाती है। जैसा करोगे, वैसा भरोगे। आखिर कड़वी सच्चाई तो यह है कि जब-जब इन कठमुल्लों ने हमारे शहरों पर कब्जा किया, उन्हें नेस्तनाबूत कर ही दम लिया। पूरी तरह लूटकर, मिट्टी में मिलाकर। हमारी स्त्रियों-पत्नियों, बहनों, माताओं, भाभियों की इज्जत पर भी हाथ डाल-डालकर। एक नहीं, सौ, हजार बार और इसके बाद भी हमसे जीवन भर चाकरी करवाने के लिए हमें गुलाम बना-बना जानवरों की तरह खदेड़, स्वदेशों में पहुँचा, कौड़ी के दाम बेचने के लिए, जैसे हम इनसान न होकर जानवरों के चमड़े की मश्कें हों। इनका सही जवाब यही है कि जीत हासिल करने पर, हम भी इनके शहर तबाह करेंगे। हाँ, इनकी औरतों, बेगमों के साथ बदसलूकी नहीं करेंगे। इन्हें गुलाम बनाकर जानवरों की तरह चाबुक-कोड़े नहीं मारेंगे। हम इनकी मसजिदें और मजार नहीं लूटते, न ही उन्हें मिट्टी में मिलाते हैं, न ही उन्हें गंदा और नापाक करके खुशी और तसल्ली हासिल करते हैं। हम अपने-अपने सिरों पर इनके हजार सालों के नरसंहार और अत्याचार का पहाड़ जैसा बोझ ढोए हुए हैं, जो हमारे मुँह से निकलता है, वह हमारे दिल की चीख है। हे राम! दुनिया में इतना अन्याय, इतना भी अनर्थ हो सकता है! क्या इतना ही काफी नहीं? इनकी खाल गैंडों से भी कई गुणा मोटी है। मगरमच्छों के जबड़ों से भी ज्यादा सख्त है। इतना भी न करें तो ऐसा लगेगा मानो चिकने घड़ों पर से पानी फिसल रहा है। यह ऐसी कौम है, जो सबक सिखाए बिना इलाज को भी इलाज नहीं मानती। तभी आज तक इन्होंने कभी अपने सदियों के अत्याचार और घिनौने बर्ताव के लिए कोई माफी नहीं माँगी, उलटे छाती फैलाकर यही सोचा कि काफिरों के लिए यही सलूक दरकार है। यही इनका मजहब है और यही इनके मजहम की सीख का निचोड़ है।

जब बोझ से लदे हुए हड्डी ढाँचे हुए गधे को उसका रखवाला डंडा मारता है तो

क्या एक पल के लिए भी सोचता है कि इस कमजोर और थकान से चूर गधे पर क्या बीत रही होगी? स्वप्न में भी नहीं, पर यदि गधा उसी राक्षस के मुँह पर एक बार पूरे जोर से लात मार दे, तो उसे बात कुछ-न-कुछ समझ जरूर आती है। भले ही बदले में वह बेचारे गधे की गरदन ही क्यों न रेत डाले।

सदियों की लगातार होनेवाली हारों के बाद हिंदू कौमवाले परतंत्रता का दमन तो चुपचात झेलते ही चले आए हैं, पर सोच-समझवाले और सिद्धांतोंवाले इनसान होने के नाते, हम गधे हैं भी और नहीं भी। नहीं, इस कारण कि दुलत्ती मारना भी नहीं आता, न हममें चूँ करने की हिम्मत जागती है। न हम कभी जानवरों की तरह एक होकर कोई काम सरअंजाम दे सकते हैं। पाँच सौ भैसों का भगदड़ खेड़ और पीछा करता लाल आँखों और लपलपाती जीभवाला एक अकेला शेर, अगर दस भैंसे भी पलटकर शेर पर झपट पड़ें तो उसे नानी की याद आ जाएगी। इतना तो पक्का मानो। पंजाब में आए हम सिखों का, गुरु गोविंद सिंह के सिखों का बस एक ही लक्ष्य है कि इन सौ भैंसों का खून पी-पीकर डकार भरे इस शेर राक्षस के मुँह पर लात मारें, जिससे कम-से-कम वह हज्बे माकूल यह सालाना नाटक न कर सके कि सौ चूहे खाकर अब हमारी बिल्ली हज को चली है! कम-से-कम समझ तो यही कहती है। आगे, परमात्मा को ही सच्ची बात पता होगी।

राघा सिंह : लछमन सिंह, तुम इतना जोश क्यों दिखा रहे हो? छाती तो तुम्हारी छज्जेदानी से बड़ी नहीं, पर उसी में गुस्से के पहाड़ भरे हुए हैं।

लछमन सिंह : यह गुस्सा नहीं, दिलजले की आह है।

दया सिंह : हमारे गुरुओं ने कहा है—'इक ओंकार नूर उपज्या, कुदरत के सब बंदे।'

राघा सिंह : सो तो ठीक है, पर अगर अच्छे-भले इनसान को कोई पागल कुत्ता काट ले तो वह पागल सा हो जाता है। भौंक-भौंककर जाता है। उसे इलाज की सख्त जरूरत है, मगर यह भी पूछो कि यह पागल कुत्ता है कौन, आया कहाँ से है, किसने इसे पागल बनाया?

दया सिंह : सो तो गुरु साहब ही जानें, पर मुझे यह भी लगता है कि हमारी जमीन पर कब्जा कर रहने के बावजूद पागल कुत्ते भी हम जैसे गीदड़ बन जाते हैं। हमारा मौसम और हमारा वातावरण ही कुछ ऐसे हैं।

सबने देखा कि थोड़ी देर में राय सिंह अपना सिर पकड़कर चुपचाप बैठ गया है। एकदम गुमसुम होकर, जैसे लकवा मार गया हो। फिर अचानक दहाड़-दहाड़ कर ऊँचे स्वर में रोते-चिल्लाते हुए अपनी ही छाती पीटने लग गया। फिर अपने मुँह पर जोर-जोर से पागलों की तरह तमाचे मारने लगा।

अरे, राय सिंह, स्यापा क्यों कर रहे हैं?

क्योंकि मेरे माँ-बाप, भाई-बहन सभी मर गए हैं, मैं राक्षसों का गुलाम बन गया हूँ। इन्हीं के हाथों बिक गया हूँ, ये मेरे मुँह पर थूकते हैं। आज मुझे बिना चूँ निकाले इनका थूक भी चाटना पड़ता है। मेरी इनसानियत खत्म हो चुकी है। इन राक्षसों को लोहे की मोटी-मोटी साँकलें अपनी पीठ पर धर-धरकर उसे लाल करने का हुनर आता है। शिया लोग अपनी ही औलाद को भूखा-प्यासा रखा जाने पर मातम मनाते हैं। उसी को याद कर लंबे-लंबे पगठ्न पढ़ते हैं। रोते-पीटते हैं। हमें भी अपने लिए कोई ऐसा ही त्योहार बनाना चाहिए। हम हर साल दशहरे के दिन रावण, कुंभकर्ण और मेघनाद के पुतले फूँकते हैं। रामायण याद करते हैं। मैं पूछता हूँ, कसूर क्या था उस बेचारे कुंभकर्ण का? मात्र यही न कि वह एक दस्यु का भाई था और साल में छह महीने गहरी नींद सोता था। यह भी कोई गुनाह हुआ? और वह 'घर का भेदी लंका ढाए' को चरितार्थ करनेवाला विभीषण! उसका पुतला क्यों नहीं फूँका जाता? आज मेरी यही प्रार्थना है कि हर दशहरे के दिन यह पुतला भी फूँका जाए, क्योंकि मैं गधा हूँ और गधे की औलाद भी हूँ, क्योंकि मैं गुलामी का बोझ चुपचाप झेलता आया हूँ। क्या यह अपराध नहीं, कुंभकर्ण के अपराध से अधिक बड़ा अपराध नहीं?

□

उत्तर भारत

पंजाब और आस-पास का वातावरण

~1~

सन् 1709 के प्रारंभ में जब बंदा बहादुर अपने साथियों के छोटे से दल के साथ पंजाब पहुँचे तो उन्हें वहाँ का वातावरण अपने भावी आचरण व काररवाइयों के लिए काफी अनुकूल लगा।

दक्षिण भारत में दशकों से लड़ रहे बूढ़े बादशाह औरंगजेब की मृत्यु के बाद उत्तर भारत के हालात और भी खराब हो गए थे। पिछले 25 वर्षों से लगातार राजधानी दिल्ली से बहुत दूर दक्षिण भारत में रहती चली आई थी। सारी फौज और बड़े-बड़े हुक्काम उसके साथ थे। वहाँ औरंगजेब शिया शाहों के राज्यों पर अपना कब्जा जमाने के लिए गया हुआ था। यों तो सुन्नी और शिया मुसलमान आपस में भाईचारा दिखाते थे, एक ही मसजिद में नमाज व दुआ के लिए जमा हुआ करते थे, पर औरंगजेब एक अजीब और बड़ा कट्टर और संकीर्ण स्वभाव का आदमी था। वह अपने आपको खालिस सुन्नी मुसलमान मानता था—इसलाम के रसूल पैगंबर मुहम्मद की तरह। रसूल की अचानक हुई मौत के बाद बहुतेक लड़ाइयों के बाद जीत; राजपाट भी सुन्नी मुसलमानों के हाथ लगा। इन्होंने अपने लिए एक नई पदवी ईजाद की, जिसका नाम खलीफा रखा गया। खलीफात की शुरुआत तत्कालीन तुर्की की राजधानी पुराने शहर कुस्तुनतुनिया में की गई। पहले खलीफा को दिवंगत पैगंबर के अंतरंग साथियों द्वारा आपसी सहमति से चुना गया। उस वक्त के इसलाम के लिए खलीफा का पद जितना महत्त्व रखता था, उसे उतना ही ताकतवर भी बना दिया गया। दिवंगत होने के पूर्व रसूल साहब अपने भीतर कई अलग-अलग बदलियाँ और पद्धतियाँ समाहित कर चुके थे। सबसे पहले तो वे इसलाम के कर्ता-धर्ता, सर्वेसर्वा और धर्मगुरु थे। बाद में 64 बड़ी लड़ाइयों में शिरकत ही नहीं, बल्कि बहादुर सिपहसालारी युद्धवीर का कठिन काम भी कड़ी माहिरियत के साथ निभा चुके थे। इसलिए प्रमुख सिपहसालार की पदवी के भी हकदार थे। कानूनी जानकारी और

शरियत की ईजाद के कारण प्रमुख काजी की पदवी के एकमात्र उत्तराधिकारी भी रसूल साहब ही थे और बादशाह की हैसियत से गद्दी पर बैठने के लिए भी रसूल साहब से अधिक ताकतवर किसी दूसरी हस्ती को चुनना नामुमकिन सा था। नतीजा यह हुआ कि रसूल साहब के अल्लाह मियाँ को प्यारे होने के बाद वे सारी जिम्मेवारियाँ उनके वारिस और आम राय से चुने गए खलीफा के कंधों पर पड़ी।

पर इसमें एक बहुत बड़ा अपवाद भी था। परिवारवाद के सिद्धांतानुसार रसूल साहब के असली वारिस का खिताब उनके सगे भानजे अली साहब के कंधों पर रखा जाना चाहिए था। स्वयं अली साहब खलीफा के नए पद के इच्छुक भी थे। उन्होंने वक्त रहते अपना दावा पेश किया, मगर उसे नजरअंदाज कर दिया गया। अली साहब के पारिवारिक सदस्यों और बच्चों के साथ बदसलूकी भी की गई।

इन्हीं कारणों, हालात और इतिहास की वजह से इसलाम में पैदा होते ही एक दरार सी पड़ गई। ज्यादा लोग आम राय से चुने गए खलीफा के पक्ष में थे और बाकी अली साहब के। स्वाभाविक था कि इसलाम की सबसे ज्यादा ताकतवर गद्दी के लिए दोनों पक्षों में पारस्परिक मतांतरण, स्पर्धा तथा वैमनस्य की नींव पड़ी। खलीफा के समर्थकों को 'सुन्नी' (खालिस) नाम दिया गया और अली साहब की तरफदारी करनेवालों को 'शिया' नाम से जाना जाने लगा। समयानुसार और वातावरणानुसार कभी इन दोनों के बीच की खाई पटती गई और कभी और भी गहरी होती चली गई। कभी सुलह होती तो कभी अंदरूनी द्वेष।

~ 2 ~

औरंगजेब के इतने लंबे अरसे तक दक्षिण में लड़ते रहने के बाद मुगल साम्राज्य के क्षेत्रफल में जितनी बढ़ोतरी हुई थी, उसका व्यापक ढाँचा भी उसी अनुपात में जगह-जगह कमजोर ही नहीं हुआ, चरमराने भी लग गया था। एक बड़ा विरोध मराठों के सरदार छत्रपति राजा शिवाजी के हाथों हुआ था। शिवाजी महाराज हिंदू धर्मियों के लिए उनके हक माँगने के प्रवक्ता थे। पहले बादशाह औरंगजेब ने शिवाजी महाराज को दिल्ली के दरबार में बातचीत के लिए भी बुलाया था। औरंगजेब ने शिवाजी महाराज से वायदा किया था कि उन्हें दिल्ली प्रवास में किसी तकलीफ का सामना नहीं करना पड़ेगा और बातचीत के बाद उन्हें ससम्मान वापस महाराष्ट्र भेज दिया जाएगा—रुतबे व इज्जत समेत।

हुआ इसका उलटा ही! दिल्ली पहुँचते ही शिवाजी महाराज को कैद करके कारागृह में बंदी बनाकर डाल दिया गया। औरंगजेब जैसे बड़े बादशाह ने अपना वायदा ही नहीं तोड़ा, अपने अतिथि के साथ धोखाधड़ी भी की और धूर्तता भी बरती। बाद में औरंगजेब ने इसी तरह का धोखा गुरु गोविंद सिंह के साथ भी किया था। ऐसी ही धूल वह राजपाट

हथियाने के लिए अपने भाइयों तथा अन्य दुश्मनों की आँखों में भी झोंकता चला आया था, यहाँ तक कि अपने सगे बूढ़े बाप को भी मृत्यु से पहले 7 वर्ष का लंबा कारावास देने के बाद इस दुनिया से रुख्सत होने का मौका दिया। फिर लोग बराबर इस गलतफहमी का शिकार हो जाने के बाद भी, यह यकीन नहीं कर पाते थे कि इतने विशाल साम्राज्य का बादशाह खुद इस कदर गिरी हुई मनोवृत्ति का मालिक हो सकता है।

~ 3 ~

सबको पता चल गया कि दिल्ली का बादशाह खुद दक्षिण भारत की सनक की बीमारी का शिकार बन चुका है और यह भी कि यह बीमारी लाइलाज है। तभी शेष भारत में अस्थिरता और कई जगह बगावत का वातावरण बनना शुरू हो चुका था।

राजस्थान में जयपुर, जोधपुर, अलवरकोटा, उदयपुर, जैसलमेर आदि के राजा अधिक आजादी की माँग करने जा रहे थे। मुकर्रर कर अदा करने और सैन्य सहयोग देने के महकमों में भी ढील आती जा रही थी। कइयों पर सालों की अदायगी उधार थी। वे हर बार अकाल और गुरबत के बहाने बना टाल-मटोल करते रहते।

~ 4 ~

असफाउद्दौला को दिल्ली का सूबेदार बनाकर पीछे छोड़ा गया था। यह बहुत ही ढीले स्वभाव का आदमी था। इसे किसी भी मुश्किल का सामना करने से परहेज था। बस अपनी दिलफरेबी में मस्त रहनेवाला आदमी था। परिणामवश पंजाब में लाहौर, करूर, मुलतान, सरहिंद आदि के हाकिमों को तो छोड़ दिल्ली से लगभग सटे हुए सोनीपत, हिसार, सहारनपुर, कैथल, घुर्टम, जलालाबाद, कयाल, पानीपत जैसी जगहों के छोटे हाकिम भी अपनी अलग बीन बजाने लगे थे। सारे जालंधर और मलेरकोटला जैसी जगहों की तो बात ही क्या!

~ 5 ~

ऐसा ही ढील और चरमराई मुगल शासन व्यवस्था का दौर हिमाचल के पहाड़ी राजाओं को भी अपनी-अपनी गरदनें उठाने को उकसाने लगा था। इनमें बिलासपुर, काँगड़ा, नाहन, चंबा, नूरपुर और जम्मू आदि के राजा शामिल थे। कइयों ने वर्षों से शाही खजाने में एक कौड़ी तक नहीं दी थी। कुछ थोड़ा-बहुत देकर बाकी अदायगी के लिए बहानेबाजी करते आए थे। सबको पता था कि दिल्ली का सूबेदार बेहद ढीली नस्ल का आदमी है। अवध, पूर्वी उत्तर प्रदेश, बिहार और बंगाल के दूर-दराज इलाकों में तो और भी बुरा हाल था। वहाँ के सभी सूबेदारों, हाकिमों और फौजदारों ने अपनी अलग-अलग

पिटारियों को सजा रखा था। यही हाल रावलपिंडी, पेशावर और काबुल तथा कश्मीर जैसे दूरस्थ इलाकों का भी था।

~ 6 ~

औरंगजेब की मौत के बाद हज्बे-मामूल उसके बेटों में गद्दी के लिए लंबी जंग छिड़ी। इसमें हरेक भाई दूसरे के गले की हड्डी बन रहा था। अंततः जीत बहादुर शाह की हुई और उसे दिल्ली बादशाह की पदवी से नवाजा गया, पर बहादुरशाह ने इस वक्त अपना सारा ध्यान दक्षिण भारत में लगा रखा था। इसकी दो वजहें थीं। पहली तो यह कि तमाम मुगलई फौज का बहुत बड़ा हिस्सा पहले से ही दक्षिण में जमावड़ा बनाए हुए था। उतनी बड़ी फौज को दिल्ली लाकर फिर जरूरत पड़ने पर दक्षिण भेजना हद दर्जे की बेवकूफी होती।

दूसरी वजह यह थी कि बहादुर शाह का सगा भाई अपनी अच्छी-खासी फौज के साथ बहादुर शाह के खिलाफ मोर्चा खोल बैठा था। वह अपने को दिल्ली की गद्दी का असली वारिस समझता था। दोनों भाइयों की यह लड़ाई 1707 से लेकर 1709 तक चलती रही। लंबी लड़ाई में बहादुर शाह की जीत हुई। वह अपनी फौज लेकर राजस्थान पहुँचा, जहाँ बगावत के लक्षण उग्र रूप धारण कर चुके थे।

~ 7 ~

ऊपर वर्णित सभी वास्तविकताओं के चलते बंदा बहादुर को यकीन हो गया कि यदि पंजाब को मुगलई शासन के दमन से उन्मुक्त कराता है तो इससे अधिक उपयुक्त दूसरा अवसर मिलना कठिन होगा। इन बातों के कारण उनके दिल में संतोष हुआ और उन्हें लगा कि यह सब गुरु गोविंद सिंह के आशीर्वाद के कारण है।

~ 8 ~

गुरु का हुक्मनामा पंजाब में कई जगहों पर भेज दिया गया था। बंदा बहादुर ने उसकी अतिरिक्त प्रतियाँ बनवाकर एक बार फिर पंजाब में भेजा, साथ ही अपनी ओर से निवेदन भी किया कि लोग उनके भले काम की सफलता के लिए पूरी मदद करें।

गुरु के हुक्मनामे का असर होना शुरू हो गया, लोग काफी संख्या में आने लगे, पर इनमें अधिकांश कुछ उजड्ड किस्म के लोग थे। जब तक उन्हें अच्छी तरह प्रशिक्षण नहीं दिया गया और उन्हें रणभूमि के कार्यकलाप की जानकारी नहीं मिली, उनसे बहुत सीमित मदद की आशा की जा सकती थी।

कुछ सैनिक टुकड़ियाँ सिखों की नई बन रही मिस्लों ने भेजी थी, पर बंदा बहादुर

की पैनी और पारखी दृष्टि को लगा कि इन पर 100 प्रतिशत भरोसा नहीं किया जा सकता था। बंदा बहादुर के मुख्य ध्येय की कामयाबी के प्रति उनकी निष्ठा काफी सतही थी। वे तो लूट-मार के प्राथमिक उद्देश्य से आए थे। जहाँ जीत हुई, वहाँ लूटमार करेंगे। जहाँ पलड़ा बराबर का लगे, वहाँ कोने में बैठकर यह देखने का इंतजार करेंगे कि किसका पलड़ा भारी होता है। पराजय की आशंका में वे साथी बने रहेंगे, इसके बारे में भी आशंका थी, फिर भी बंदा को लगा कि कुछ भी हाथ न लगने से यही बेहतर है।

बंदा के अभियान के लिए निकट आस्थावान समर्थक उसके अपने पुराने साथी और उनकी फौजी टुकड़ियाँ ही थीं। इनकी संख्या बहुत अधिक न थी।

9

अपना सैनिक अभियान चालू करने के पूर्व, बंदा बहादुर ने पूरे दक्षिण पंजाब और दिल्ली तक में अपने सूचना तंत्र का जाल बिछाना आरंभ किया। उनके जासूस और भेदिए चुनी हुई ऐन जगहों पर तैनात कर दिए गए। इन्हें आदेश था, आस-पास की राजनीतिक, सामाजिक और सामरिक गतिविधियों पर अपनी पैनी नजर रखें और उन्हें समय-समय पर सूचनाएँ भेजते रहें। इस काम की जिम्मेवारी उन्होंने भाई विनोद सिंह के कंधों पर डाली।

कौन सा मुगलई खजाना कब दिल्ली से बाहर के जिलों की ओर भेजा जा रहा है, जिससे फौजों और हाकिमों को अपनी तनख्वाहें मिलती रहें, साथ ही यह भी कि बाह्यवर्ती जिलों के कर वसूली और जिजिया आदि करों से कौन सा खजाना दिल्ली की ओर भेजा जा रहा है।

फौजी ताकत और गतिविधियों में क्या फेर-बदल कहाँ-कहाँ हो रहा है, कौन से फौजदार बगावत पर आमादा हैं, देश में किसानों की नब्ज क्या है, क्या वे प्रशासन से परेशान हैं, क्या वे बंदा के अभियान में मदद देने को तैयार हैं?

हथियार कहाँ-कहाँ बनाए जाते हैं और उन्हें क्या दे-लेकर खरीदा जा सकता है?

फौजों का मनोबल कैसा है, बादशाहत के बारे में क्या-क्या खबरें हैं, उनके इरादे कब, कैसे और क्या हैं, कौन-कौन हाकिम मौजूदा शासन से नाराज हैं और यह भी कि मुगलों का सूचना तंत्र उन्हें क्या-क्या खबरें भेजता रहता है?

□

बंदा बहादुर का पाँच प्यारों के साथ सलाह-मशवरा

~1~

बंदा : हम सब अकसर जरूरी समस्याओं पर बातचीत करने के लिए मिलते रहते हैं। अब हम कुछ ही दिनों में पंजाब की सीमा के पास पहुँचनेवाले हैं। मैं चाहता हूँ कि आप सब इस मामले में अपने दिल की बात खुले ढंग से कहें। सवाल यह है कि पंजाब पहुँचने पर हमें क्या-क्या करना चाहिए और क्या नहीं करना चाहिए, जिससे हम अपने मकसद में कामयाब हों।

बिनोद सिंह : पंजाब की राजधानी लाहौर है, वहीं से पूरे पंजाब की सरकार चलाई जाती है। लाहौर ही पंजाब के दिल की धड़कन है। मैं सोचता हूँ कि हमें अच्छी तरह तैयारी करके पहला हमला लाहौर पर ही करना चाहिए। अगर हमारी किस्मत में अच्छा लिखा है तो हो सकता है यह हमारा पहला और आखिरी हमला हो।

राज सिंह : मैं मानता हूँ कि लाहौर पंजाब के दिल की धड़कन है, पर बादशाह बहादुरशाह दक्षिण में लड़ाइयाँ लड़ने में व्यस्त है। पंजाब पर आजकल दिल्ली का नियंत्रण ढीला है, उसी तरह पंजाब में भी लाहौर के शासक की पंजाब के दूसरे शहरों और जिलों पर ढीली पकड़ है। अलग-अलग जिलों के मालिक अपनी-अपनी हाँक रहे हैं। मुँह से कुछ कहते हैं, पर असल में मनमानी ही करते हैं, मानो वे आजाद हों। सभी की अपनी अलग सोच है। यहाँ से लाहौर पहुँचने के रास्ते में और भी कई बड़े शहर पड़ते हैं। पहले हमें उन पर कब्जा करना चाहिए। लाहौर की बारी बाद में आती है।

दया सिंह : मेरी समझ में हमें पहला हमला सरहिंद पर करना चाहिए। दिल्ली से लाहौर के रास्ते में यह सबसे बड़ा शहर है। सरहिंद व्यापारियों का गढ़ है। उनके महलों और हवेलियों में बड़ी दौलत छिपी है। अगर हमें कामयाबी हासिल होती है तो वह दौलत हमारी हो सकती है। उससे हम अपनी फौज को बढ़ा सकेंगे। अच्छे हथियार भी खरीद

सकेंगे, घुड़सवार और हाथी भी रख सकेंगे।

काहन सिंह : मैं भी चाहता हूँ कि हमारा पहला हमला सरहिंद पर हो, वहाँ का हाकिम वजीर खान है। हिंदुओं और सिखों का, सबका दुश्मन है वह। हम यह भी नहीं भूल सकते कि गुरु गोविंद के दो छोटे बच्चों को इसी जालिम ने दीवारों में चुनवाकर उनकी जान ले ली। ऐसे राक्षस से हमें बदला जरूर लेना चाहिए, जिससे उस फितरत के लोगों में उनके खुदा का खौफ पैदा हो।

राज सिंह : मुझे तो लाहौर और सरहिंद; दोनों ही सही लगते हैं। यह तो 'हुकम' बताएँगे कि उनका क्या फैसला है—लाहौर या सरहिंद?

~ 2 ~

बंदा : गुरु साहब की बातें याद करते हुए मुझे यह खयाल आता है कि हमें पंजाब के जुगराफिया को नहीं भूलना चाहिए। (जमीन पर नक्शा बनाते हैं।) इस वक्त हम यहाँ पर हैं। दिल्ली हमसे कुछ दूरी पर इस जगह है (इशारा करते हैं), जरा पंजाब की नदियों की तरफ गौर कीजिए। यह रही यमुना, जिसके कंडे पर दिल्ली बसा है। दिल्ली से आगे सोनीपत, पानीपत, थानेसर और सधौरा आते हैं। फिर घग्घर नदी राह में पड़ती है। उसके पार का इलाका मालवा कहलाता है। फिर सतलुज नदी, उसके बाद सतलुज में जुड़नेवाली ब्यास नदी। दोनों के बीच का इलाका जालंधर दोआब के नाम से मशहूर है। इसके पार रावी नदी। लाहौर इन दोनों के बीच में पड़ता है। इस इलाके को माँझा कहा जाता है। जम्मू वगैरह रावी और चिनाब के बीच पड़ते हैं। सरहिंद मालवा में है। अगर हम ऊपर से नीचे आ रहे होते, तो बात कुछ और होती, पर सच्चाई यह है कि हम नीचे से ऊपर जा रहे हैं, पंजाब की दिशा में। इसलिए मैं सोचता हूँ कि हमें अपना पहला हमला इतनी दूरी पर नदियों के पार लाहौर पर किसी हालत में नहीं करना चाहिए। हमें यह फैसला करना है कि हम पहला हमला सरहिंद पर करें या सरहिंद के रास्ते में पड़नेवाले छोटे-छोटे शहरों पर करें, जैसे कि कैथल, सधौरा, सामना और इन पर कब्जा कर लेने के बाद सरहिंद को धर दबोचें।

बिनोद सिंह : हुकम, मुझे लगता है आपने ठीक फरमाया। लाहौर अभी बहुत दूर है। अभी हमारी तैयारी भी कच्ची-पक्की है, इसे और पक्की करनी चाहिए।

दया सिंह : सरहिंद पर कब्जा करने के बाद इधर-उधर के छोटे-मोटे शहर खुद-ब-खुद हथियार डाल देंगे। बिना लड़ाई के हमारी झोली में आ गिरेंगे।

काहन सिंह : पहले हमें रास्ते के इन छोटे शहरों पर कब्जा करना चाहिए। अभी न हमारी तैयारी पक्की है, न लड़ाई का तजुर्बा। गुरु साहब के हुकमनामे के बाद पंजाब से हमें कैसी मदद मिलती है, यह भी तय नहीं। अभी हमें अच्छे हथियारों और लड़ाकों,

दोनों की कमी है। ऐसे में अगर हम सरहिंद पर हमला करते हैं और हमारी हार हो जाती है तो हमारा सारा खेल खत्म किया जा सकता है।

राज सिंह : मैं भी काहन सिंह की सलाह की तरफदारी करता हूँ।

बंदा : आप सबके सुझाव सुनकर मुझे लगता है कि सरहिंद के पहले छोटे-मोटे शहरों पर हमला करना बेहतर होगा। इसमें जीत की उम्मीद ज्यादा है। हमारी फौज अभी नई-नई है। उसे लड़ाई का तजुर्बा होगा और यह बढ़ता चला जाएगा। अच्छे हथियार भी काबू में आ सकते हैं। एक बड़ा फायदा यह भी है कि बाद में जब हम सरहिंद पर हमला करते हैं तो इन छोटे शहरों की फौजें सरहिंद की फौज से मिलकर हमारी राह और मुश्किल करने के लिए नहीं होंगी।

तो क्या मैं मान लूँ कि पंचों का यही फैसला है (सबने हामी भरी) तो तैयारी भी इसी तरह होनी चाहिए, बिनोद सिंहजी।

□

सामना

~1~

अगले हमले के लिए सामना शहर को चुना गया। यह पटियाला के निकट था। शहर जितना पुराना था, उतना ही अमीर भी, आस-पास का इलाका बड़ी मात्रा में रुई उगानेवाला था। सामना में रुई से कपड़ा कातने-बनाने के अनेक कारखाने थे। घर-घर में यही काम चलता था। यहाँ की बनाई रुई की मलमल बहुत ही मशहूर थी। कहते हैं कि यह ढाका में बनाई जानेवाली महीन मलमल के मुकाबले की थी, जिसकी बनाई गई साड़ी एक अँगूठी के आर-पार की जा सकती थी। हिंदुस्तान ही नहीं, बाहर के मुल्कों में भी यहाँ के बनाए कपड़ों की धाक थी। इस कारण शहर एक तरह से कपड़े के व्यापार का केंद्र भी था। यहाँ बहुत पैसेवाले लोग रहते थे। इनमें से अग्रिम कोई बीस के लगभग मुसलमानों में गांधी जाति के माने जाने वाले सैयद अमीर थे। शहर के व्यापार का भार इन्हीं के हाथों में था। ये बड़ी-बड़ी आलीशान हवेलियों में ठाठ और ऐशोआराम से रहते थे।

असल में ये सैयद अमीर आस-पास के जमींदारों को भी अपने वश में रखते आए थे, मानो वे छोटे-मोटे नवाब हों। लगान-वसूली के पैसे इन्हीं की जेबें भरते थे। आस-पास के गाँवों में रहनेवाले किसान बहुत दरिद्र थे। वे खून-पसीना एक करके दिन-रात मेहनत-मशक्कत में लगे रहते थे, पर उनके खून-पसीने की कमाई भी इन्हीं अमीरों के पेट भरती थी।

सामना का फौजदार भी काफी नवाबी फितरत का आदमी था। यों तो उसका क्षेत्र लाहौर के सूबेदार के नीचे आता था, पर वह अपने आपको खुद ही अपना मालिक समझने लगा था। इसीलिए उसे गरीबों के साथ ज्यादती करने और ऊपरवालों को धता बताने की आदत पड़ गई थी। शाही खजाने के लिए एक तय रकम लाहौर के सूबेदार के पास सालाना भेजनी पड़ती थी। सामना जैसे दौलतमंद शहर के लिए इस रकम की अदायगी बाएँ हाथ का खेल था। इसमें कभी चूक नहीं की जाती थी। सही वक्त पर पूरी-की-पूरी मुकर्रर रकम भेज दी जाती थी। इसलिए सूबेदार के पास सामना के हाकिम पर दबाव डालने का कोई बहाना नहीं था।

~ 2 ~

अमीर-उमरा और हाकिम लोग अय्याशी में खेलते थे, जबकि आम जनता अपने आपको पददलित महसूस करती थी। सूखे मौसम के काल में त्राहि-त्राहि मची रहती थी, पर अमीर लोगों के पास किसानों और आम जनता की दुर्दशा पर सोचना फिजूल वक्त जाया करने जैसा था। जनता में भीतर-ही-भीतर गहरे असंतोष की लहर दौड़ती थी, पर हाकिम और नवाब इतने निर्दय स्वभाव के थे कि किसी की कुछ करने की हिम्मत नहीं होती थी। गाड़ी यों ही घिसटती चली जा रही थी, नवाब लोग जश्न मनाते थे और किसान व गरीब फाकशी करते रहते थे।

सामना का फौजदार था भी बड़ा घमंडी। उसने सिखों के बारे में सुन रखा था। उसे लगता था कि ये नए धर्मवाले काफिरों से भी बड़े हैवान हैं। इन्हें वह आधा पागल समझता था। सोचता था कि इन लोगों के पास दिमाग होता ही नहीं।

जब उसने सुना कि सामना पर बंदा सिंह नाम के आदमी की सिपहसालारी में कोई सिख फौज हमला करनेवाली है, तो उसने ठहाका मारकर मामला रफा-दफा कर दिया। अपने सदस्यों से कहा कि फिक्र की कोई बात नहीं। इन खबीस सिखों को तो वे टिड्डी दल की तरह मसलकर रख देंगे। उसे इस बात की बड़ी राहत थी कि पूरे शहर के बाहर एक ऊँची दीवार का घेरा है। इसके अलावा, नवाबों की हवेलियाँ अपने आपमें ही छोटे-बड़े किलों के समान हैं। हरेक के पास अपनी-अपनी फौज की टुकड़ियाँ भी हैं। सामंती सोचती जीवन शैली के उन दिनों ऐसा कर पाना कठिन ही नहीं, वक्त का दस्तूर भी था।

इनमें सबसे ज्यादा ऊँची और मजबूत किलेबंदीवाली हवेली सैयद जलालुद्दीन नाम के अमीर की थी। यह सैयद जलालुद्दीन वही था, जिसने गुरु तेगबहादुर के कत्ल के वक्त जल्लाद का काम किया था। इस काम को सही ढंग से सरंजाम लाने की खुशी में मुगल दरबार ने उसे जमीन-जायदाद से नवाजा था। बड़ी चालाकी और होशियारी के साथ वह अब इस मुकाम पर पहुँचा था कि सामना की सबसे ऊँची हवेली का मालिक अमीर कहलाए।

इसके अलावा दो अन्य शख्स भी सामना के बाशिंदे थे, जिन्हें सिखों ने खासतौर से तलाशा था। इनके नाम थे, शशाल बेग और बशाल बेग। ये वही थे, जिन्होंने गुरु गोविंद के दो अल्पायु शहजादों जोरावर सिंह और फतह सिंह को दीवारों में चुनवाने का काम किया था।

~ 3 ~

जनता इन वास्तविकताओं से भली-भाँति परिचित थी और उनके दिल में रोष और बेसब्री थी कि कैसे सिख धर्म के इन बहुत बड़े गुनहगारों से हिसाब किया जाए। इस बात

को लेकर उन सभी के दिलों में एक ऐसी आँधी का बवंडर था, जिसे रोक पाना किसी भी नेता के लिए असंभव था।

बंदा बहादुर ने सामना पर हमला करने का काम फतह सिंह नाम के जाँबाज उप-सेनापति को सौंपा। युद्धवीर के रूप में फतह सिंह का लोहा सभी मानते थे।

फतह सिंह ने जब सामना पर हमले की पूरी तैयारी कर ली तो योजनाबद्ध तरीके से 25 नवंबर, 1709 की शाम सामना से पाँच कोस दूरी पर पहुँचकर फौज का डेरा डाला। सामना के सुरक्षाकर्मियों ने अनुमान लगाया कि हमला 26 नवंबर के बाद कभी भी हो सकता है।

उधर फतह सिंह ने दिन ढलते ही अपनी फौज को कूच का हुक्म दिया। रात के अंतिम पहर यह फौज सामना शहर की दीवार के पास पहुँची। हमला उसी वक्त, दिन चढ़ने के पहले ही बोल दिया गया, चारों तरफ से।

शहर के सिपाहियों और उनके सिपहसालारों में इस अचानक हुए हमले से अफरा-तफरी मच गई, साथ ही एक बात और हुई, जिसने किलाबंदी को संघातक ढंग से कमजोर बना दिया। घबराहट के कारण अमीरों ने अपनी-अपनी फौजी टुकड़ियों को किलाबंदी छोड़ अपनी-अपनी हवेलियों की रक्षा के लिए वापस बुला लिया। इससे शहर की सुरक्षा लँगड़ा गई।

हमलावरों के पक्ष में एक और घटना घट चुकी थी। हमले की तैयारी के दिनों में फतह सिंह मुगलों की एक तोप, चालकों समेत और गोला-बारूद काबू कर लाए थे। अब इसी का इस्तेमाल पिछवाड़े की दीवार में बने एक दरवाजे पर किया गया। गोला सही निशाने पर लगा और दरवाजा टूट गया। फिर क्या था, फतह सिंह की अग्रिम टुकड़ियाँ दीवार के भीतर घुस गईं। जब मुसलमानों को इसका पता चला तो उनमें भगदड़ मच गई। थोड़ी देर में फतह सिंह की पूरी फौज शहर के भीतर घुस आई।

फतह सिंह ने पहले से ही तय कर रखा था कि उसकी फौज का एक बड़ा हिस्सा कोई दस टोलियों में बँटकर हवेलियों को एक साथ जा घेरेगा। उसका अनुमान था कि दस बड़ी हवेलियों के काबू होने के बाद बाकी बची हवेलियाँ अपने आप ही हथियार डाल देंगी।

घेराबंदी की गई हवेलियों के अंदर से भयंकर फायर आना शुरू हुआ। मस्केटों की गोलियाँ, जहरीले नोकोंवाले तीर और लोहे का भारी बल्ला। साथ-साथ पथराव, पर हमलावरों ने इस सबकी परवाह किए बगैर हवेलियों की घेराबंदी जारी रखी, आग लगाने के लिए आग की मशालें भी दागी गईं। कई घुसपैठी टुकड़ियों ने सीढ़ियों तथा भीतर जाने का भी प्रयास किया। एक-दो हवेलियों में आग भी लगा दी गई।

~ 4 ~

दूसरे दिन हवेलियों की ओर से होनेवाली गोलीबारी में भारी कमी नजर आई। शाम होते-होते दसों हवेलियों पर कब्जा कर लिया गया। इसके साथ-साथ कत्ले-आम भी शुरू कर दिया गया। संयोगवश अग्रणी दस्ते के एक सिख युद्धवीर को जलालुद्दीन नजर आ गया। उसने बगल से आगे दौड़ तलवार के एक ही वार से उसका सिर धड़ से अलग कर दिया। फिर उस सिर को बरछे की नोक पर लगा गली-गली में घुमाया गया। शशाल बेग और बशाल बेग ढूँढ़ लिये गए। उन्हें तुरंत मौत के घाट उतार डाला गया। शहर की गलियों में लाशों के ढेर-पर-ढेर जमा होने लगे।

हवेलियों से भारी मात्रा में हथियार और खजाने मिले। हथियार एक जगह जमा किए जाने लगे। खजाने को भी एक जगह जमा कर उसकी गिनती का काम शुरू कर दिया गया।

पर इस सारे विजयोल्लास में एक काँटा भी था। बाकी बची हवेलियों के अमीरों ने अभी तक आत्मसमर्पण नहीं किया था।

कुछ लोगों की सलाह थी कि इन्हें आग के हवाले कर दिया जाए, पर इस पर अमल नहीं किया गया, क्योंकि ऐसा करने से खजानों तथा अन्य कीमती चीजों के नष्ट होने की आशंका थी।

इन हवेलियों पर नए सिरे से हमले जारी किए गए। इनके अमीर व सिपाही बड़ी जिद और मर्दानगी से लड़ते रहे। उन्हें पता था कि हथियार डाल देने या आत्मसमर्पण करने के बाद उनका क्या हश्र होगा।

अगले दिन इन सभी पर काबू पा लिया गया। इनके हथियार भी जमा होने लगे, खजानों की गिनती की जाने लगी।

सामना की जीत बंदा बहादुर के लिए एक बहुत बड़ी उपलब्धि थी। उसमें शहर के कई परगने थे। इनमें सभी जमीन जमींदारों से छीनकर काश्तकारों में बाँट दी गई। हथियार फौज में बाँट दिए गए। नई टुकड़ियों का गठन किया गया। खजाने का एक हिस्सा सेना के भाड़े-भत्ते के लिए रख लिया गया। बाकी सभी रकमें लड़नेवाले सिपाहियों में बाँट दी गई। बंदा व उनके पाँच प्रमुख सरदारों ने एक पैसा भी अपने निजी खर्च के लिए नहीं रखा। यह बात बिजली की गति से सब तरफ फैलती चली गई। लोगों को पता चल गया कि महान् योद्धा होते हुए भी बंदा बहादुर स्वभाव से अभी भी संन्यासी बने हुए हैं। उन्होंने सांसारिक भोग-विलास की किसी भी वस्तु अथवा उपलब्धि की ओर हसरत की निगाह से नहीं देखा। इससे बंदा की शोहरत में पूरे पंजाब में चार चाँद लग गए। इन सभी बातों से बंदा की मदद के लिए आनेवाले सिखों, हिंदुओं और कुछ मुसलमानों में भी

भारी वृद्धि होती चली गई। इनमें कई मुसलमान इसलिए शामिल हुए, क्योंकि वे भी अपने को जमींदारी प्रथा के शोषण का शिकार मानते थे। यद्यपि यह सत्य है कि इनकी संख्या बहुत सीमित रही।

~ 5 ~

जमींदारों से छीनकर काश्तकारों में जमीन बाँटने का कार्यक्रम एकदम नया, अनहोना और अपने समय के लिए सचमुच एक महान् क्रांतिकारी कदम था। इससे पूर्व ऐसी बात अनसुनी थी और किसी की सोच में भी नहीं आता था। अपने जमाने के लिए यह एक अभूतपूर्व कदम था। (मार्क्स-एंजल्स-लेनिन के पदार्पण तो सदियों बाद हुए।)

शायद इस साहसी ही नहीं, दुस्साहसी कदम को उतना महत्त्व नहीं दिया जाता, जितना इसका हक है।

इसका एक बहुआयामी परिणाम यह हुआ कि पूरे पंजाब के किसानों की सहानुभूति बंदा की ओर होने लगी, साथ ही सिख धर्म के सद्गुणों की जानकारी प्राप्त करने के लिए उनकी जिज्ञासा भी बढ़ी। सर्वविदित है कि पाँच नदियोंवाला पंजाब प्रदेश मुख्यत: कृषि-केंद्रित है। किसान ही इसकी रीढ़ की हड्डी है और एक ही क्रांतिकारी उद्घोष में इतने ढेर सारे किसानों की सहानुभूति, हार्दिक शुभकामनाएँ और आशीर्वाद अर्जित कर लेना असाधारण उपलब्धियों की श्रेणी में आता है।

इसके बाद इस सिद्धांत का मूलमंत्र सूखे जंगल में लगी आग की तरह पूरे पंजाब में सुलगने लगा।

इस इकलौते कदम की सोच में सार्वजनिक विप्लव, एकत्रीकरण, कटिबद्धता जागरण शोषण-हीनता के उदय तथा जागरण एवं न्यायोपलब्धि के बीज निहित थे।

□

सधौरा

~1~

सधौरा एक बहुत पुराना शहर था। पहले इसका नाम साधु-वाड़ा होता था। उन दिनों, जब कलिंग विजय के बाद सम्राट अशोक के दिल में आमूल परिवर्तन आया और वे राजपाट को एक ओर रख भारत में बौद्ध धर्म के प्रचार में संलग्न हुए और देश के कई कोनों में लिखित शिलाखंड स्थापित करने लगे, साधु-वाड़ा एक महत्त्वपूर्ण साधु-स्थली और डेरा बन गया। बाद में यह पठानों के कब्जे में आ गया। मुसलमानी सल्तनत के दिनों यहाँ पीरों की यादगारें भी बनाई गईं और यह बड़े-बड़े मुसलमानों का डेरा बन गया।

साधुओं तथा पीर-फकीरों की नगरी होने के कारण यहाँ हिंदू-मुसलमानों के आपसी संबंध सह-अस्तित्व के थे, पर बाद में जब कट्टर मुसलमान शासकों ने शहर की बागडोर सँभाली तो ये संबंध बिगड़ते चले गए।

औरंगजेब के राजकाल में तो ये संबंध बहुत ही खराब हो गए। शहर का शासक उस्मान खान नाम का एक कठमुल्ला पठान था। उसने अपने आपको यह मानने पर राजी कर लिया था कि अल्लाह मियाँ ने उसे इस सर-जमीन पर तमाम गैर-मुसलमानों को इसलाम कबूल करवाने के भले और नेक काम के लिए भेजा है। काफिरों के लिए उसके दिलो-दिमाग में सख्त नफरत थी। वह जितने काफिरों को मुसलमान बनवाता; उसे लगता, वह खुद उतना ही खालिस-खुदा से खौफ खानेवाला और निहायत नेक मुसलमान बनता जा रहा है। यह सोच उसकी छाती फख्र और तसल्ली से फूलती चली जाती। उसे यह भी यकीन हो चला था कि इस जिंदगी के खत्म होने के बाद उसे जन्नत की मरुभूमि में ठंडे पानी की नहरों और बाग-बगीचों के अलावा 72 की जगह 73 हूरें भी नसीब हो सकती हैं।

मसजिद में नमाज अदा करते हुए उस्मान खान को कभी-कभी राह में देखे हिंदू भिखारियों और कोढ़ियों की गंदी और नापाक शबीलें नजर आतीं तो उसका मन घिन

से भर उठता। कितने खबीस और कम्बख्त हैं ये सारे काफिर! ऐसा सोचना उसके सिर्फ अपने मन की उपज नहीं थी। ऐसा मुसलमानों की कुरान शरीफ नामक मजहबी किताब में लिखा हुआ था। सबको पता है कि कुरान शरीफ इनसानी दिमाग की उपज नहीं है। उसे गेब्रियल नाम के फरिश्ते ने खुद अल्लाह के अपने मुँह से, लफ्ज-ब-लफ्ज सुनकर गुफा में बैठे प्यारे रसूल के कानों में उड़ेला था, थोड़ा-थोड़ा करके। उस्मान खान सिर्फ छह साल का था, जब उसके माँ-बाप ने उसे पूरा कुरान शरीफ जबानी रटवा दिया था। वह उन्हें सुनाता तो खुश हो जाते वे। वे दूसरे मुसलमानों की बैठक में भी अपने होनहार बच्चे को कुरान की आयतें सुनाने को कहते। सुननेवाले खुश हो जाते। माँ-बाप का दिल बल्लियों उछाल ले लेता।

छोटी उम्र में पढ़ी और रटी गईं कुरान की आयतें उस्मान खान के दिल पर बहुत गहरी और अमिट छाप छोड़ गई थीं।

एक आयत में साफ-साफ कहा गया था कि काफिरों से इसलाम कबूल करवाओ और अगर वे दुनिया की एकमात्र और अकेली सीधी राह देखने-पहचानने में असमर्थ हों तो उन्हें जहाँ देखो, वहाँ मार डालो।

2

उस्मान खान ने कसम खा रखी थी कि सधौरा जिले में जितने गैर-मुसलमान हैं, उन सभी को मरने से पहले मुसलमान बनवाकर ही दम लेगा। इसी मकसद को हासिल करने के लिए उसने जिले के तमाम हिंदुओं पर औरंगजेब द्वारा फिर से लगाए जजिया कर की रकम और भी बढ़ा दी थी। इन दिनों का लागू कानून ही ऐसा था। पूरे मुल्क में जजिया की रकम क्या होगी, यह दिल्ली का बादशाह तय करता था। उसके बाद सूबों और जिलों के हाकिमों को छूट दी थी कि वे जितना मुनासिब समझें, इस रकम में इजाफा कर सकते हैं।

हिंदुओं पर लगाए गए जजिया की वसूली के लिए उन्हें तीन श्रेणियों में बाँटा गया था। पहली श्रेणी आम आदमी की थी, जैसे कि किसान, कारीगर, मेहतर, चमार। दूसरी श्रेणी थी उनकी, जिनकी कमाई उनके परिवारों के लिए खान-पान के साधन जुटा पाने में समर्थ थी, जैसे कि आम दुकानदार, अच्छी कमाई करनेवाले कारीगर, छोटे-मोटे महाजन और बनिए। तीसरी श्रेणी हिंदुओं की थी। इन तीनों श्रेणियों से जजिया वसूली की रकमें अलग-अलग थीं। नियम यह था कि यह रकम महीने में एक बार जरूर अदा की जाए। अदायगी सरकार द्वारा बनाए चाँदी के सिक्कों के अलावा किसी दूसरे ढंग से करने की मनाही थी। अदायगी के लिए परिवार के हर मुखिया को नंगे पाँव वसूली अधिकारी के सामने जाना पड़ता था। मुसलमान अधिकारी ऊँची

जगह पर बनी गद्दी पर बैठा होता था। हिंदू को उसके सामने नंगे पैर हाजिर हो, सिर झुकाकर सलाम करना पड़ता था और वसूली की गिनती-अदायगी तक उसे खड़ा ही रहना पड़ता था। इरादा दुधारी-तिधारी था, पैसे की खाल उधेड़ अदायगी, दूसरा अपमानित महसूस करवाए जाने की पीड़ा, तीसरा इसलाम कबूलने का दबाव।

उस्मान खान का पेट सिर्फ जजिया के बढ़ाए जाने से ही नहीं भरा। उसने हिंदुओं से एक तीर्थयात्रा कर भी वसूलना शुरू कर दिया। बाहर से सधौरा आने के लिए एक और छोड़कर जाने के लिए दूसरा! यह कर साधु-संतों के ऊपर भी कड़ाई से लागू किया जाने लगा।

इसके अलावा उस्मान खान ने हिंदुओं का जीवन दुश्वार करने के लिए कई और हुक्मनामे जारी किए। पहला यह था कि कोई भी हिंदू सरकारी मुलाजिम की नौकरी नहीं पा सकता। दूसरा यह कि हिंदू संतानों को ऊँची पढ़ाई सिखलानेवाली संस्थाओं में प्रवेश पाने पर रोक लगा दी गई। तीसरे हिंदुओं पर यह बंदिश लगाई कि वे अपने परिवारों में घटित प्रत्येक नए जन्म, मृत्यु और विवाह का ब्योरा नियुक्त किए हुक्कामों के पास लिखित रूप में दर्ज करवाएँ। हिंदू व्यापरियों के तमाम आयात-निर्यात पर भी नए कर लागू करवा दिए गए। मकसद यह था कि हिंदू यह आभास करने लगें कि उनका हिंदू बने रहना असंभव सा होगा और बेहतर यही है कि वे अपने परिवारों सहित जल्द-से-जल्द इसलाम कबूल कर लें। नतीजा यह हुआ कि कमजोर मनोबल वाले कई हिंदू मुसलमान बन गए और बाकी में से अधिकांश सधौरा छोड़कर चले जाने पर मजबूर हुए। अब गिने-चुने हिंदुओं के सिवा, सधौरा मुसलमानों की बस्ती बना रह गया था। इसका मुख्य कारण उस्मान खान का सबसे नया हुक्मनामा था।

सधौरा में कई बरस पहले बनी सूफी-फकीरों की मशहूर दरगाह थी। यह शहर की दो प्रमुख गलियों के जोड़ पर थी। नया कानून यह था कि इन गलियों में से गुजरनेवाली हरेक मृतक हिंदू की अर्थी पर अंतिम संस्कार के दाह-कर्म पर रोक लगा दी गई। तर्क यह था कि इसलाम के बड़े पीर और सूफी फकीर मौन के बाद शव का आग के हवाले करना कतई बरदाश्त नहीं कर सकते। हाँ, अगर हिंदू अपने मृतकों के शवों को मुसलमानों की तरह मिट्टी में दफनाना चाहें तो इसकी इजाजत मिल सकती है।

~ 3 ~

उस्मान खान ऊँचे-लंबे कदवाला, हट्टा-कट्टा, बेहद जिद्दी और हठी, सख्त, कड़े स्वभाववाला कद्दावर फौजदार था। उसके भेदियों ने उसे खबर दे दी थी

कि सिखों के नेता किसी बंदा सिंह की छोटी-मोटी फौज उस पर हमला करने की बेवकूफी करनेवाली है। यों तो उस्मान घमंडी था, पर उसने अपनी तरफ से पूरी तैयारी करनी शुरू कर दी, सधौरा-सामना शहर में एक अच्छा किला था। उस्मान खान ने फैसला किया कि उसकी फौज इसी किले की किलेबंदी कर दुश्मन का मुकाबला करेगी।

उस्मान के पास 1500 अच्छे सिखलाई-प्राप्त घुड़सवारों का काफिला था और कोई 10,000 के लगभग पैदल सिपाही। बंदा बहादुर के पास 8000 के आस-पास पैदल सिपाही थे और केवल 400 घुड़सवार। आमतौर पर यह माना जाता है कि सुरक्षाकर्मी की अपेक्षा आक्रमणकर्ता के पास तीन गुना अधिक सैनिक होना आवश्यक है। ऐसा न होने पर हमले की कामयाबी के बारे में कुछ कह पाना कठिन होता है।

पर बंदा ने सोचा कि चूँकि उस्मान खान किलेबंदी करने जा रहा है, उसके 1500 घुड़सवारों का फायदा उतना नहीं मिल पाएगा उसे, जितना आमने-सामने की मैदानी लड़ाई में मिलता।

ऐसे नाजुक समय बंदा को एक खुशखबरी मिली, जिससे उसका और उसकी फौज का मनोबल काफी ऊँचा हो गया। गुरु साहब के भेजे हुक्मनामे और बाद में स्वयं बंदा द्वारा पंजाबियों से मदद माँगनेवाली चिट्ठियों ने अपना रंग दिखलाया। पता चला कि बहुत बड़ी तादाद में पंजाबी किसानों की कई टोलियाँ उसकी मदद करने के लिए अपने-अपने गाँवों से रवाना हो चुकी हैं। उनकी पहली दो टोलियाँ तो पास ही के एक जंगल में जमा हो चुकी थीं। यह भी पता चला कि हथियारों के नाम पर न उनके पास बंदूकें (मस्केट) हैं, न तीर-कमान, न भाले-बरछे, न तलवारें, पर वे लोहे के सिरोंवाली लाठियों से लैस हैं। इसके अलावा कइयों के पास घास काटने की दराँतियाँ, हलों के लक्कड़ आदि और कुछ छुरे व किरपाण भी हैं, पर उनकी सबसे बड़ी ताकत उस्मान खान के अत्याचारों से तंग आकर उनके दिलों का गुस्सा और रोष है। वे हर हालत में उस्मान खान व उसके कट्टर इसलामी समर्थकों का सफाया करने को प्रोत्साहित होकर दूर-दूर से पैदल चलकर यहाँ आ रहे हैं। बंदा ने इस देन के लिए परमात्मा का शुक्र अदा किया।

~ 4 ~

बंदा बहादुर ने दो दिन और इंतजार किया। तब तक किसानों का एक बहुत बड़ा हुजूम जंगल के इलाके में जमा हो चुका था।

बंदा को पता लगा कि किले के आठ बड़े दरवाजे हैं। इसलिए उसने किसानों

को आठ टोलियों में बाँटा और उनके हमलों के लिए दरवाजे मुकर्रर किए। अपनी फौज को भी उसने इसी प्रकार बाँटा कि जहाँ कोई दरवाजा फतह हो, वे उसमें प्रवेश कर किले में भीतर बने मोर्चों पर हमला करें।

किसानों से यह भी कहा गया कि वे अच्छे मोटे पेड़ों के तने काटकर तैयारी की हालत में रहें, जिससे उनका इस्तेमाल कंधे पर उठाकर दरवाजे तोड़ने के काम में लाया जा सके।

इससे पहले कि बंदा का हमला शुरू किया जा सके, उस्मान खान के हुक्म पर उसके घुड़सवार और पैदल फौजी दस्तों की कई टुकड़ियाँ किले से बाहर निकल किसानों के निकट आते समूहों पर टूट पड़ीं। मस्केट, तलवारों और तीर-कमानों की भीषण वर्षा का घमासान किसानों पर गाज की तरह गिरने लगा। सामने की पंक्तिवाले ढेरों किसान धराशायी होते रहे, पर किसानों का जोश और गुस्सा इतना गजब का था कि वे टिड्डी दल की तरह आगे बढ़ते ही गए। जल्द ही अधिकांश घुड़सवारों को घेरकर मार डाला गया। पैदल फौज के साथ भी हाथापाई हुई और उनके हौसले भी पस्त कर दिए गए। बाकी बचे घुड़सवारों और पैदल सिपाहियों ने वापस किले की ओर जाना शुरू कर दिया। किसान और बंदा की फौज उनके पीछे-पीछे।

दोनों ओर से बहुत सारे लोगों की जानें गईं। कई गुना अधिक जख्मी हुए। सबसे ज्यादा नुकसान किसानों का हुआ, पर इससे उनकी आँखों की लाली और बदला लेने की भावना बढ़ती ही चली गई। अब उन सभी का एक ही सपना था किले के भीतर जा सभी कुछ तहस-नहस करने का। भले ही इसके लिए उन्हें अपने प्राण ही क्यों न गँवाने पड़ें।

अब युद्ध का घमासान किले के भीतर होना शुरू हुआ। किसानों के भारी हुजूम के आगे मस्केटों, तलवारों, बरछों, तीरों की एक न चली। किसानों और बंदा की फौज को बढ़त पर बढ़त मिलती गई। तभी एक खबर हवा में बिजली की तरह फैली : उस्मान खान मारा गया है!

यह सुनते ही बंदा की फौज और भी जोश के साथ आगे बढ़ती चली गई। जल्दी ही बहुतेरे मोर्चों पर काबू पा लिया गया, बाकी मोर्चेवालों ने अपने हथियार डाल दिए और कुछ भाग खड़े हुए।

किसान अपने अनेक साथी मौत के घाट उतरते हुए देख चुके थे। अस्तु उनके दिल बदला लेने की आग में जलते जा रहे थे। किला फतह करने के बाद ये टोलियाँ शहर की हवेलियों की ओर बढ़ीं। दो-तीन बड़ी दरगाहों को छोड़ शहर की अन्य इमारतों व हवेलियों को मिट्टी में मिला दिया गया।

~5~

उस्मान खान के मजबूत गढ़ के खिलाफ यह बंदा बहादुर व उनके साथियों की बहुत बड़ी विजय थी।

शहर और जिले पर कब्जा पाने के साथ-साथ बंदा बहादुर ने अपने मुखिया को आदेश दिए कि आज से यहाँ जमींदारी प्रथा का अंत हो। सभी जमीन खेतिहर हलवाहों में बाँट दी गई। इसके बाद बंदा ने शहर से जो दौलत मिली थी, अपने सिपाहियों में बाँट दी। खुद के लिए उसने फिर एक पैसा भी न रखा। शूरवीर सेनापति हो जाने के बावजूद उसका स्वभाव अब भी वैरागी का रहा। अपने पहनने के लिए उसे अपने सादे लंबे नीले चोगे के अतिरिक्त और किसी चीज की जरूरत नहीं थी। न हीरे-मोती जड़े कीमती खादी जामे पहन शान दिखाने का लालच, न रत्नजड़ित राजमुकुट पहनने का चाव।

□

सरहिंद की लड़ाई

~1~

सधौरा की फतह के बाद अब बंदा बहादुर का पूरा ध्यान सरहिंद की तरफ गया। बंदा को खबर मिल चुकी थी कि अब कुछ ही समय में बहादुर शाह का दक्षिण अभियान खत्म होनेवाला है। उसके बाद वह वापस उत्तर भारत की ओर मुँह करेगा। रास्ते में हो सकता है कुछ समय राजस्थान में रुके, क्योंकि वहाँ के विभिन्न राजपूत राजाओं के द्वारा मनमानी करने की खबरें काफी समय से आ रही थीं। राजपूत राजा औरंगजेब की हिंदू-विरोधी नीतियों से काफी असंतुष्ट और नाराज थे। कइयों ने कर की अदायगी में ढील कर रखी थी। कुछ ने कर देना और साथ-साथ माँगे जाने पर सैनिक दस्ते भेजने की सहायता भी बंद कर दी थी। बहुत संभव था कि बहादुर शाह उत्तर भारत लौटते समय राजस्थान के राजाओं को भी सबक सिखाने की कोशिश करे।

पर इतना तय लगता था कि वह दिन दूर नहीं, जब मुगल साम्राज्य की विशाल फौजी और आर्थिक ताकत पंजाब में पनप रहे बगावत जैसे हालातों को ठीक करने के लिए अपना सारा जोर इस ओर लगा दे। इसलिए जो करना है, उसे पूरा करने के लिए उपयुक्त समय के अवसर कब तक जारी रहेंगे, इसका कोई भरोसा न था, जो कुछ भी करना है, जल्दी ही करना चाहिए।

~2~

उन दिनों सरहिंद एक पुराना बड़ा और मशहूर शहर माना जाता था। इसकी शुरुआत कब हुई और पुराना नाम क्या था, किसी को खास पता नहीं। शहर का महत्त्व इसलिए भी बढ़ता रहा था, क्योंकि यह काबुल-लाहौर को गंगा-यमुना क्षेत्र की उपजाऊ तथा घनी आबादीवाले क्षेत्र के बड़े-बड़े शहरों को परस्पर जोड़नेवाले राजमार्ग तथा व्यापार मार्गों पर स्थित था।

पुरातन तथा विख्यात चीनी पर्यटक ह्वेनत्सांग ने इसके बारे में लिखा था, "सरहिंद अत्यंत वैभवशाली शहर है। यहाँ बड़े-बड़े धनाढ्य व्यापारी, पैसे का लेन-देन करनेवाले रईस तथा छोट-छोटे व्यापारियों का महत्त्वपूर्ण डेरा है। इसके साथ-साथ यह ऊँचे विद्वानों, धार्मिक ज्ञानियों एवं साधु-संतों का भी बसेरा है।"

दिल्ली में मुसलमान सुल्तानों के शासनकाल के दौरान, सरहिंद को एक बड़ी सीमांत सैनिक चौकी होने का मान भी मिला। तब यहाँ एक बड़ी फौजी छावनी भी बनाई गई। बादशाह फिरोज तुगलक ने शहर को एक बड़े और सुदृढ किले के घेराव में डाला। नदी से एक बड़ी नहर भी निकाली गई यहाँ। तब से शहर के बाहरी भागों में बाग-बगीचों का भी बड़ा विस्तार होता चला गया। शीघ्र ही इसे 'बागबानीवाला शहर' होने का खिताब भी मिल गया।

सल्तनत के ही दिनों, सरहिंद में मशहूर पीरों के मकबरे और दरगाह भी खड़े किए गए। शहर में तब कोई 360 मसजिदें थीं। उस समय प्रत्येक गली के मोड़ पर एक-न-एक मसजिद थी। रिवाज यह था कि मसजिद के ही साथ-साथ उसी से सटा हुआ इसलामी मदरसा भी बनाया जाए। अस्तु, जितनी मसजिदें थीं, उतने ही मदरसे भी। तब से सरहिंद की किस्मत और भी चमकी। यह मुसलमान यात्रियों के लिए एक तीर्थस्थल बनता चला गया, यहाँ इसलाम को सिखाने के लिए एक वृहत् विश्वविद्यालय भी स्थापित किया गया जैसा कि कभी नालंदा में हुआ करता था।

अकबर के शासनकाल में सरहिंद के हाकिम ने शहर में बहुत सारी नई और शानदार इमारतें भी बनवाईं। नतीजा यह हुआ कि शहर में जमीन-जायदाद की कीमतें दिल्ली और लाहौर की कीमतों से कंधा मिलाने लगीं।

~ 3 ~

कहने को तो पंजाब की राजधानी लाहौर थी और कानूनन लाहौर का सूबेदार बाकी शहरों के हाकिमों से बड़ा और ऊँचा माना जाता था, पर वास्तविकता यह थी कि लाहौर का मौजूदा सूबेदार, सयद खान, कुछ ढुलमुल तबीयत का आदमी था। लंबे अर्से से औरंगजेब के दक्षिण भारत में रहने के कारण सूबेदार की ताकत भी काफी ढीली और कमजोर हो चुकी थी। करूर, गुलतान, सागना, साधौरा, सरहिंद, सहारनपुर आदि के हाकिम अब अपनी-अपनी हाँकने के आदी हो चुके थे, उनकी एक-दूसरे से कम ही बनती थी। बंदा बहादुर स्वयं देख चुके थे कि सोनीपत, सामना, सधौरा, कपूरी आदि पर किए हमलों के दौरान किसी भी निकटवर्ती शहर का हाकिम उनकी मदद के लिए नहीं आया था। इसलामी भाईचारे के चलते यह भी कुछ अजीब बात थी।

~ 4 ~

सरहिंद का मौजूदा हाकिम वही पुराना वजीर खान था। अच्छे-खासे तजुर्बेवाला और बहादुर सेनापति किस्म का वह आदमी था, पर फितरत का कट्टर, संकीर्ण और औरंगजेबी ढाल का सुन्नी मुसलमान। उसके दीवान का नाम सुच्चानंद था, जो एक काँइयाँ स्वभाव का चंट-चालाक और कुटिल-कपटी ब्राह्मण माना जाता था। 1704 में गुरु गोविंद के दो बालकुमारों की निर्मम हत्या इन दोनों की मिली-भगत से करवाई गई थी। बच्चों को सरहिंद के किले की ही एक दीवार में जीते-जी चुनवा डाला गया था। इसी हृदय-विदारक दृश्य को देखने से मर्माहत हुई बच्चों की बूढ़ी दादी (गुरु तेगबहादुर की धर्मपत्नी) ने भवन की ऊँची खिड़की से नीचे कूदकर अपनी जान दे दी थी। (कुछ अन्य लोग मानते हैं कि उन्होंने जहर खा लिया था।)

औरंगजेब के आदेशानुसार अब वजीर खान सरहिंद का हाकिम था और फौजदार भी। इस नाते उसकी ताकत लाहौर के हाकिम की ताकत से भी बढ़ गई थी और वह अपने को पूरे पंजाब का सबसे खास व उम्दा हाकिम मानने लग गया था। इसलिए सरहिंद को फतह करना एक तरह से पूरे पंजाब में मुगलई हुकूमत के गढ़ पर कब्जा जमाने के समान था।

~ 5 ~

नंदेड़ में जब गुरु गोविंद सिंह ने बंदा बहादुर को पंजाब से मुगल राज्य की जड़ें उखाड़ फेंकने का लक्ष्य दिया था तो उन्होंने बंदा बहादुर के साथ अपने पाँच चुनिंदा सरदारों से बंदा बहादुर का मरते दम तक पूरी वफादारी से साथ निभाने का वायदा करवाया था। इन पाँचों वीरों को शपथ दिलाई गई थी कि वे बंदा बहादुर का वैसा ही आदर-सम्मान करेंगे, जैसा वे स्वयं गुरु साहब का करते आए थे। शपथ-पत्र में यह भी कहा गया था कि वे सर्दी-गरमी, दुःख-सुख, युद्ध अथवा युद्ध की तैयारी के दौरान अपनी संपूर्ण शक्ति, सामर्थ्य के साथ बंदा बहादुर का साथ देंगे। जब-जब बंदा बहादुर उनकी सलाह या राय माँगे, वे निर्भीक दिल से मन की सारी बात उजागर करेंगे, परंतु बाद में जब बंदा बहादुर कोई निर्णय ले लें, तो उनका यह धर्मिष्ठ कर्तव्य होगा कि वे अपने नेता द्वारा निर्धारित पथ पर पूरे तन-मन और धर्म की शक्ति के साथ वफादारी से गतिशील होंगे। यह मानकर कि निर्णय बंदा का ही नहीं, बल्कि अब उनका अपना भी है कि बंदा बहादुर की हिफाजत के लिए यदि उन्हें अपनी जान से भी हाथ धोना पड़े तो वे ऐसा करने से कभी रत्ती भर भी न कतराएँगे। वे भी अपने अगुआ की तरह सीधे, सरल और वैरागी जैसी जीवन शैली अपनाएँगे। संसार की लोभ, मोह और अहंकार उभारनेवाली परिस्थितियों से अपने आपको दूर रखेंगे।

~ 6 ~

गुरु गोविंद सिंह के हुक्मनामे में यह घोषणा की गई थी कि आज के बाद पंजाब में हो रही हर गुर-सिखी काररवाई के लिए बंदा सिंह बहादुर ही उनके नुमाइंदे, वारिस और सेनापति हैं। इसलिए सभी खालिस सिखों का कर्तव्य बनता है कि वे तन-मन-धन से बंदा बहादुर के अभियान में अपना-अपना योगदान दें। हर जिले व शहर के सिखों से आग्रह किया गया था कि वे बंदा बहादुर की लड़ाई के लिए यथासंभव फौजी दस्ते और हथियार भेजें। उनके खाने-पीने और गोली-बारूद का सामान भी बैलगाड़ियों, ऊँटगाड़ियों, ताँगों आदि में भर-भरकर भेजें। हर शहर से अपेक्षा की जाती थी कि वे कम-से-कम एक लड़ाकू जत्था तो हर हालत में भेजेंगे (एक जत्थे की संख्या, एक हजार सिपाहियों के लगभग थी)। इसके अलावा यथासंभव शक्ति से घुड़सवार भी भेजेंगे। हो सके तो हाथी भी भेजें। सिपाहियों के लिए ढाल-तलवार व जिरह-बख्तर भी भेजें। अगर कोई एक बार में इतना कुछ न भेज सके तो आदेश था कि जब जैसा मौका मिले, वे मदद भेजने का काम तब तक जारी रखें, जब तक पूरे पंजाब में खालसा पंथ की फतह नहीं हो जाती। जिनके पास हथियार नहीं थे और जो किसान थे, उनसे अनुनय की थी कि वे लोहे के बरछे, लोहे की मूँठवाली लाठियाँ, यहाँ तक कि घास काटनेवाली दराँतियाँ भी भेज सकते हैं।

~ 7 ~

बंदा बहादुर गुरु साहब का हुक्मनामा तो पहले ही पंजाब की ओर रवाना कर चुके थे। अब उसकी नकलें उतरवाकर अलग-अलग बड़े गुरुद्वारों में भी भेजी और यह विनती की कि इसे हर गुरु-सभा में सबको सुनाने के लिए ऊँची बोली में पढ़कर बार-बार सुनाया जाए।

इसके अलावा बंदा बहादुर ने अपनी तरफ से भी आग्रह पत्र बनवा-बनवाकर भेजे। इनमें गुरु साहब के आदेशों को अनुनय के रूप में दोहराया गया था, साथ में यह भी जोड़ा गया था कि आम आदमी और खासकर पंजाब के मेहनतकश किसान मौजूदा हुकूमत के जुल्म से बहुत पीड़ित, परेशान हैं। जब वे सब अपना खून-पसीना बहाते हैं तो उनके चुनिंदा मुसलमान हुक्मरान महलों में अय्याशी फरमाते हैं। एक जमींदार होता है और उसके इशारों पर चलनेवाले हजारों बेचारे किसान जिनकी गरदन हर तरफ से मरोड़ी जाती है। शोषण की यह अन्यायपूर्ण व्यवस्था ताकत और फौज के जोर पर लाखों-करोड़ों किसानों पर जबरन लादी गई है। इन्हें बेगार में सुबह से शाम तक खेतों में काम करना पड़ता है। फिर जमींदार के पास कर की भारी रकमें देनी होती हैं। गैर-मुसलमानों को अपमानित कर-करके उनसे जिजिया कर वसूला जाता है। यदि वे पुष्कर-प्रथम

काशी आदि की तीर्थयात्राओं पर जाएँ, तो अलग से एक नया कर और वसूला जाता है। इस तरह मेहनतकश, किसानों की चमड़ी उधेड़ी जाती है। कोई जुल्मी मुँह खोले तो उसकी जुबान खींच ली जाती है। उसका परिवार आतंकित किया जाता है। आखिर यह जुल्मो-सितम कब तक चलेगा? हाथ पर हाथ धरकर बैठे रहने से यह जानेवाला नहीं। इसके लिए तमाम गुरु सिखों ने निर्णय लिया है कि वे इस जालिम और दुश्मानी व्यवस्था के खिलाफ तब तक लामबंद रहेंगे, जब तक इसकी जड़ें नहीं उखाड़ फेंकी जातीं।

साथ-साथ बंदा बहादुर ने यह खास वायदा भी किया कि उनकी फौजों के द्वारा फतह किए गए सभी इलाकों से जमींदारी का खात्मा कर दिया जाएगा। जमीन उसी को बाँटी जाएगी जो उसका हकदार काश्तकार है। इसमें धर्म और जात-पाँत का कोई भी भेदभाव नहीं बरता जाएगा। अगर काश्तकार सिख है तो जमीन उसी को मिलेगी। कोई हिंदू है तो भी उसी को मिलेगी, जाट या चमार है तो उसको मिलेगी, मुसलमान है तो उसको। मुसलमान के लिए सुन्नी-शिया अगरफ-अशरफ जैसे कोई भी भेदभाव नहीं बरता जाएगा। न ही इस बिना पर कि कौन मुसलमान खबीस सैयद, कुरैशी, ईरानी, अफगानी है या यहीं की जमीन के साँवले हिंदुओं से इसलाम कबूल करवा-करवाकर मुसलमान जबरन बनवाया गया या सूफियों द्वारा डोरे डाले जाने के बाद।

~ 8 ~

"जमीन खेतिहर किसानों में बाँट दी जाएगी, जालिम जमींदारों से छीनकर"—यह खबर बिजली की तेजी के साथ पूरे पंजाब में फैलती चली गई। आम जनता के दिलो-दिमाग पर इसका भारी असर होने लगा। धीरे-धीरे ऐसे लोगों की तादाद बढ़ती चली गई।

मुसलमान हाकिमों ने दुष्प्रचार किया कि लोगों की आँखों में धूल झोंकने के लिए ये फरजीपने से झूठे वायदे किए जा रहे हैं। लोगों को सब्जबाग दिखलाए जा रहे हैं। यह सुनकर कई लोग संशय में पड़ गए।

पर बाद में, जब बंदा बहादुर की सेनाओं ने सामना और सधौरा पर कब्जा करके नए सिख हाकिम मुकर्रर किए तो आदेशानुसार उनका पहला काम ही यही था कि जमीन जमींदारों के चंगुल से छुड़ा-छुड़ाकर गरीब खेतिहरों में बाँट दी जाए। ऐसी कारवाई पूरी होते ही यह खुशखबरी भी पंजाब के अंदर दावानल की प्रचंडता से फैलने लगी। मुसलमान हाकिमों के लिए ऐसी खबरें बेहद खतरनाक और गंभीर साबित होने लगीं। उन्हें लगा जैसे उनकी हुकूमतों की नींव में सेंध लगानेवाला कोई वलवला सा आ रहा है और उसका जोर दिनोदिन बढ़ता जा रहा है।

"हम जो लड़ाई लड़ रहे हैं, वह हमारी अपनी जंग तो है पर उससे भी कहीं ज्यादा

यह आप सबकी लड़ाई भी है। असल और सच्ची बात कहें तो यह हम सबकी साझी लड़ाई है। मीर कासिम, गजनी, गोरी, खिलजी, इन सब दरिंदों के वक्त से हम सब गुलामी की जिंदगी जी रहे हैं। यह हमारी कमजोरी है और हमारी दुर्बलता है कि हम सब इस गुलामी की जिंदगी सिर नवाकर और जी-हजूरी के हाथ जोड़-जोड़कर मंजूर करते आए हैं।" हमारे ऊपर हमारा अपना नहीं, पराए विदेशों से आए बर्बर हमलावर दरिंदों का राज है। आप सबको, आपमें से हरेक इनसान, हरेक मर्द-औरत को, बूढ़े और बच्चे को यह फैसला करना है कि हम अपने बनाए स्वर्ग में रहना चाहते हैं या दुश्मनों के थोपे इस नरक के पाताल में, सोचिए! आपको अपने मंदिर-गुरुद्वारे बनाने की छूट नहीं है आज। हर चीज पर कर लगा हुआ है। आपके लाखों तादाद में मंदिर नष्ट कर डाले गए हैं। हर मुकाम में, हर मोड़ पर, हर लड़ाई में आप सबकी हार पर हार होती आई है। सदियों से! क्या यह जिंदगी इनसानों के रहने लायक जिंदगी है ? मुझे तो लगता है कि यह जिंदगी हैवानों के जीने के लायक भी नहीं है। इनसान को तो छोड़ो, एक अदनी चिड़िया भी आजादी पसंद करती है। एक भी चिड़िया ऐसी नहीं, जिसे अबाध आकाश में उड़ने की आजादी की जगह एक पिंजरे की कैद में गुलामों का जीवन बिताना पसंद हो। पिंजरे में बंद शेर की जगह तो सियार बनकर खुले जंगल में घूमना सौ गुना अच्छा है। अपना ही नहीं, आप अपने बच्चों का ही सोचिए। क्या आप चाहेंगे कि आपकी आनेवाली पीढ़ियाँ भी आपकी तरह गुलामी की जंजीरों में बँधे अपना जीवन काटें ? क्या यह हमारा कर्तव्य नहीं बनता, क्या यह हमारा धर्म नहीं बनता कि हम औलाद पैदा करने से पहले अच्छी तरह सोच लें कि वह आजादी की हवा में साँस लेगी या गुलामी के नरक में। आप सबको अच्छी तरह पता है कि हमारे ऊपर दोस्तों का नहीं, दुश्मनों का राज है और सदियों से रहा है। क्या कोई दुश्मन हमारा भला चाहेगा ? हमारे सारे हाकिम हमको 'काफिर' करार दे हमसे सख्त नफरत करते हैं और हमेशा करते रहेंगे। इनकी चिकनी-चुपड़ी सूफियाना बातों में आना बेवकूफी होगी। ये लोग काफिरों के साथ धोखाधड़ी करने को जायज मानते हैं। हमारे सामने इन्होंने सिर्फ दो ही रास्ते खोल रखे हैं : या तो हम इसलाम कबूल करें या फिर काफिरों के नाते गुलामी और जानवरों से भी बदतर सलूक को सहन करते रहें। हमने गुरुग्रंथ साहब पर हाथ रख यह कसम खाई है कि हम इन जालिमों की जड़ें उखाड़कर ही दम लेंगे। भले ही ऐसा करते-करते हमारी जान ही क्यों न चली जाए।

सोच-समझकर आप सबको फैसला करना है कि आप हमारी जी-भरकर मदद करेंगे या नहीं। फैसला आप सबके हाथ में है। इसी फैसले पर आपकी आनेवाली पीढ़ियों का भविष्य निर्भर है।

बोले ऽऽऽ सो निहाल! सत्श्री अकाल!! आप सबको 'चड़दियाँ कलाँवाँ' दियाँ शुभकामनाएँ।

~ 9 ~

जब बंदा बहादुर सरहिंद पर चढ़ाई की तैयारियों में व्यस्त थे; तो सरहिंद का हाकिम फौजदार वजीर खान भी सिख हमलावरों के दाँत खट्टे करने की योजनाएँ बनाने में मशगूल था।

उसने अपनी फौज की सिखलाई और कवायद तेज कर दी थी। जगह-जगह जासूस भेज रखे थे, जिससे बंदा बहादुर की सेना की गतिविधियों की खबरें उसके पास बाकायदा पहुँचती रहें। हथियारों की सफाई और देख-रेख पर भी पूरा ध्यान दिया जा रहा था। गोली-बारूद इकट्ठा किए जा रहे थे। बरछे और तलवारें बनानेवाले कारीगर रात-दिन काम पर लगाए हुए थे। तोपखाने, घुड़सवारों और हाथियों की फौज पर भी पैनी नजर रखी जा रही थी।

दुश्मन को चकमा देने के लिए वजीर खान के शातिर दिमाग ने एक खुफिया योजना बनाई। उसने हुक्म दिया कि उसके हिंदू दीवान सुच्चानंद के भानजे की कमान में उसके ही कोई एक हजार सिपाहियों का दल बागी होने का नाटक-फरेब करे, उसे पता था कि बंदा को सिपाहियों की सख्त जरूरत है और वह जो मिलता है, अच्छा-बुरा, उसे फौरन अपनी फौज में शामिल कर लेता है।

पर बंदा भी सयाने निकले। उन्हें दाल में कुछ काला नजर आया। इसलिए उन्होंने इस नए दस्ते को अपनी फौज में शामिल तो कर लिया, पर बाकी सिपाहियों से घुलने-मिलने नहीं दिया। इनको बाकी फौज से दूर एकदम अलग ही रखा गया। इस कारण भविष्य में इनकी कपट चालें चलने की योजना कुछ लँगड़ा सी गईं और इन्हें अपनी ही फौज पर एक अलग दिशा से हमला करने पर मजबूर भी कर डाला गया। ऐसे में मरता क्या न करता। धोबी का कुत्ता न घर का रहा, न घाट का।

~ 10 ~

वजीर खान की तैयारी का दूसरा कदम था पूरे सूबे में डोंडिया पिटवाना और परवाने भेजना कि "इसलाम खतरे में है!" उसने कहा कि बंदा बहादुर के सिख सैनिक सिर्फ उसे हराने के लिए ही तैयारियाँ नहीं कर रहे, बल्कि उनका मकसद इसलाम को हिंदुस्तान से हटाने का भी है।

इसके जवाब में पूरे पंजाब से बहुत सारे गाजी (धर्म के लिए लड़नेवाले मुसलमान) वजीर खान की फौज में शामिल होने लगे। वजीर खान ने इन सबके अलग-अलग दस्ते बनवाए, जिससे वे अपने इलाके जात और जान-पहचान के आसरे और भी दिल लगाकर लड़ सकें।

सरहिंद इसलाम का गढ़ तो था ही। और तीर्थस्थान भी। वजीर खान ने मुल्ला-

मौलवियों को इकट्ठा करके उनसे कई फतवे जारी करवाए। इनका मजमून यही था कि सिख और हिंदू काफिर आपस में मिलकर इसलाम पर धावा बोल उसकी ताकत को नेस्तनाबूत करने की वहशियाना कोशिश में लगे हैं। ऐसे में पूरे सूबे के हर एक मुसलमान का फर्ज बनता है कि वह एन गलीच काफिरों के खिलाफ 'जिहाद' की मजहबी जंग में कंधे से कंधे मिलाए और कुरान शरीफ के इसलाम की हिफाजत करे।

सर्वविदित था कि जिहाद का फतवा सुनते ही मुसलमान बेतहा बेसब्र हो उठते हैं। इतना ही नहीं, जो शरीर से काबिल मुसलमान इस जिहाद में शामिल होने से आनाकानी करे, किसी-न-किसी बहाने उसकी गरदन भी कटवा दी जाती है। परिवार का हुक्का-पानी भी बंद कर दिया जाता है। पहले लड़ाई सल्तनत के जुल्म और बेचारे शोषित गरीब किसानों के बीच की थी, पर जिहादी फतवों के बाद यह लड़ाई मुसलमान और काफिर के बीच की जंग में बदल गई।

इधर बंदा बहादुर को खबर मिली के उत्तर-पश्चिमी पंजाब से मझाली सिखों के कई दस्ते उनकी फौज में शामिल होने के लिए रवाना हो चुके हैं, पर सतलुज नदी पार करने तक बंदा को उनका इंतजार करना पड़ेगा। बंदा बहादुर ने इन दस्तों द्वारा सतलुज पार करने के लिए रोपड़ नगर के पास ही कुछ जगहों को चुना, जहाँ नदी का घाट सँकरा था और दोनों ओर नावों के भी पुराने अड्डे थे। उन्होंने मझाली सिखों को सतलुज पार करवाने में मदद देने के लिए कुछ फौजी टुकड़ियाँ भी रोपड़ रवाना कर दीं।

वजीर खान को भी मझाली सिखों के आगमन की भनक लग चुकी थी। मलेर कोटला के नवाब के साथ वजीर खान के दोस्ताना ताल्लुकात थे। उसने मलेर कोटला से मदद माँगी। मलेर कोटला ने पठान सैनिकों की कई टुकड़ियाँ रोपड़ की दिशा में रवाना करवा दीं। इन पठानों के साथ उस इलाके के कई रंघड़ भी शामिल हो लिये। 'रंघड़' उन मुसलमानों को कहा जाता था, जो पहले हिंदू राजपूत थे और बाद में मुसलमान बने। इनकी औलाद भी इसी नाम से जानी जाती थी। खालिस मुसलमान रंघड़ों को अपने मुकाबले में कुछ कम किस्म का मुसलमान मानते थे (जैसे बाद में अंग्रेज 'एंग्लो इंडियंस' को मानने लग गए थे।) पर हिंदू व सिख काफिरों को इसलाम की परंपरागत नफरती नजर से देखने में ये रंघड़ खालिस मुसलमानों से भी चार कदम आगे थे। पठान लड़ाकुओं की कमान शेर मुहम्मद खान नाम के आदमी के हाथ में थी, जिसने खिज्र खान को अपना सेनापति बनाया था।

~ 11 ~

हालात कुछ अजीब से बनते जा रहे थे। एक ओर मझाली सिखों के बहुत सारे दस्ते थे, जो नदी पार कर बंदा बहादुर की फौज से आ मिलना चाहते थे। दूसरी तरफ

शेर खान के पठान और रंघड़ थे, जो नदी के दक्षिणी घाट पर चौकियाँ बना और कवायदी दस्ते भेजकर उनको रोकना चाहते थे। तीसरी थी बंदा की फौजी टुकड़ियाँ, जिन्हें नदी पार करने में मझाली सिखों की मदद के लिए भेजा गया था। पठानों को यह भी चिंता सताने लगी थी कि कहीं वे गलती से दोमुँही मूसली की मार से न पिस जाएँ।

रोपड़ के पास बंदा की टुकड़ियों और पठानों की फौज में लड़ाई शुरू हो गई। पठान जहाँ अच्छे हथियारों से लैस थे, वहाँ सिखों का मनोबल और बलिदान भावना प्रतिद्वंद्वियों से कहीं उत्कट थी। दोनों फौजों में घमासान मारा-मारी हुई। दोनों पक्ष बहुत बहादुरी से लड़े। शीघ्र ही दोनों पक्षों में आमने-सामने हाथापाई की लड़ाई की नौबत आ गई। ऐन मौके पर प्रकृति की शैली में अचानक बदलाव आया। मूसलाधार बरसात के साथ भयंकर अंधड़ ने दिशाएँ काली कर डालीं। दिन के समय में भी अंधकार का वातावरण छा गया। जिन सिखों को यह महसूस होने लगा कि बेहतर हथियारों की वजह से वे पठानों के विरोध में ज्यादा देर खड़े नहीं रह पाएँगे, उन्हीं को अचानक सूझ आई कि अंधड़ बरसात के रूप में उनके गुरुओं ने उन्हें शुभकामनाएँ और आशीर्वाद भेजे हैं।

उधर, अंधकार का फायदा उठाकर कुछेक मझाली जत्थे नदी पार करने में कामयाब हो गए और वे भी बंदा बहादुर की सिख फौज की मदद के लिए इकट्ठा हो गए। कुछ ही देर में पठानों को लगा कि वे जीतती बाजी हारने लगे हैं। तभी किसी के धनुष से पूरे वेग के साथ छोड़ा गया एक बाण पठानों के सेनापति खिज्र खान के गले के आरपार हो गया। वह लुढ़ककर घोड़े से नीचे आ गिरा। इसका पता लगते ही पठानों की फौज में भगदड़ मच गई और उन्होंने जीतती बाजी हार डाली। बहुत सारे पठान व सिख हताहत हुए, मगर पठानों के पाँव उखड़ गए। सिखों की जीत हुई।

अगले दिन बाकी मझाली जत्थे भी नदी लाँघने में सफल रहे और सब मिलकर बंदा की फौज में शामिल होने के लिए बढ़ने लगे।

तभी एक घुड़सवार संदेश लाया कि मझाली जत्थे बंदा की फौज से कुछ दूरी बनाए रख अपनी अलग जगहों पर डेरा डाले रहें। अगला संदेश मिलने के बाद ही वे आगे बढ़ें, तब तक उनके मुखियों को बंदा बहादुर के सामने पेश होने का हुक्म मिला।

~ 12 ~

बंदा बहादुर ने सरहिंद पर हमला करने की योजना पर सोच-विचार करने के लिए अपने प्रमुख सरदारों की बैठक बुलवाई, इस बैठक में बंदा बहादुर ने सरदारों को बताया कि उनके जासूसों ने खबरें दी हैं कि वजीर खान सरहिंद की किलाबंदी को और भी मजबूत और पुख्ता करने की कोशिशों में लगा है। बंदा ने जमीन पर ही किले का

खाका बनवा रखा था। उसे सभी सरदारों को दिखाने-समझाने के बाद उन्होंने बाकी कारवाई शुरू की।

प्राप्त खबरों के अनुसार किले के गिर्द चारों ओर बड़ी मजबूत और मोटी दीवार का घेराव है। एक ओर हंसला नदी है और दूसरी ओर पानी से भरी नहर। किले के छह दरवाजे हैं। दीवार खूब मोटी है और उस पर जगह-जगह तोपें खड़ी की गई हैं। दीवारों में बरकंदाजों और तीर-कमानवाले सिपाहियों के लिए जगह-जगह झरोखे बनाए गए हैं। किले के अंदर पानी के तीन गहरे कुएँ हैं और गोदामों में छह महीने तक का अनाज व गोला-बारूद जमा है।

वजीर खान के पास 1,500 घुड़सवार हैं और 9,000 के लगभग पैदल सिपाही जिनमें 1,000 के पास बंदूकें हैं। उसके पास 200 हाथी भी हैं, पर उनका क्या उपयोग होगा, इसकी कोई सही खबर नहीं है। शहर के अमीर-उमरा और धनाढ्य व्यापारी काफी डरे हुए हैं। वे सामना और सधौरा और अब रोपड़ में हुई हमारी जीत की खबरों से वाकिफ हैं। उन्हें यह भी पता है कि लगातार बढ़ती संख्या में गाजी लड़ाके, रंघड़ और जिहादी उनकी मदद के लिए आ रहे हैं। पर किले के अंदर घेराबंदी की हालत में इतने सारे बाहर से आए लोगों के खाने-पीने का क्या होगा, इसका किसी को कुछ ठीक पता नहीं। उनके आ जाने से छह महीने चलनेवाला खाने का भंडार शायद एक ही महीने में खत्म हो जाए, कोई कह नहीं सकता। इसलिए ये सारे अमीर-उमरा लोग टिके रहने के साथ-साथ सही मौका देखते ही शहर छोड़ अलग-अलग कहीं-न-कहीं बाहर भागकर पलायन करने की भी तैयारी कर चुके हैं। वजीर खान की उम्र अब 80 के लगभग है। फिर भी उसका दिमाग सही काम करता है। तजुर्बेकार फौजदार भी है और सेनापति भी। दिलेर भी है। जाहिर है कि दुश्मन हमें हराने की कोई भी कोशिश नहीं छोड़ेंगे।

~ 13 ~

राम सिंह : हमें किले को चारों तरफ से घेर लेना चाहिए।

मान सिंह : ऐसा कैसे हो सकता है ? किले के एक तरफ नदी है और दूसरी तरफ नहर। ऐसे में इसे सिर्फ दो तरफ से घेरा जा सकता है। घेराव के लिए हमें कोई 20,000 सिपाहियों की जरूरत पड़ेगी, मगर हमारे पास हैं सिर्फ 8,000, बाकी कहाँ से आएँगे ?

काहन सिंह : हमारे पास किले की मोटी दीवार तोड़ने के लिए सिर्फ चार तोपें हैं। इन कम तोपों से क्या होगा। गोले भी लोहे के हैं। बारूद से फटनेवाले नहीं। न ही हमारे पास दरवाजे तोड़ने के लिए हाथी हैं, कटे पेड़-तनों को सिपाहियों के कंधों पर रख दरवाजों पर धकेलमारी की जा सकती है। सीढ़ियों से नहर पार कर कुछ जाँबाज वीरों

को मशालों के साथ दरवाजों में आग लगाने के लिए भी भेजा जा सकता है, पर किले के अंदर सुरक्षा की कितनी तहें हैं और कहाँ-कहाँ किस दिशा में हैं, इसका हमें कुछ पता नहीं। उनका बावजूद-घर कहाँ है, इसका भी पता नहीं, वरना उसमें आग लगवाने की कोशिशें की जा सकती हैं।

नाहर सिंह : ऐसी हालत में हमें किले के अंदर तक जानेवाली एक या दो सुरंग बनवाने की भी तैयारी कर लेनी चाहिए। उसके लिए जो हथियार-औजार चाहिए, उनकी भी, साथ-साथ अगर कोई घर भेदिया मिल सके, उसकी भी, जो अशर्फियाँ लेकर किले का कोई दरवाजा लुके-छिपे खुलवा दे।

नाहर सिंह : घेराव कब तक चलेगा, इसका कोई भरोसा नहीं। आगे यह भी आशंका है कि घेराबंदी के बाद, जो गाजी, रंघड़ और जिहादी बाहर से आएँगे, वे हम पर सीधे हमले करेंगे।

बिनोद सिंह : सबने नई-नई समस्याएँ बताईं, पर किसी ने हल नहीं बताया ? मैं समझता हूँ कि हमें पूरे किले की घेराबंदी का खयाल ही छोड़ देना चाहिए। हमें दो-तीन दरवाजे चुनकर उन्हीं पर अपनी सारी ताकत झोंक देनी चाहिए, साथ-साथ हमें जितनी हो सके, उतनी और तोपें हासिल करनी चाहिए। हमें यह कोशिश भी करनी चाहिए कि दुश्मन को आखिरी घड़ी तक न हमारी सही नफ्री का पता चले, न हमारे असली इरादों का! बाकी तो सब वाहे गुरु के हाथों में है।

इसके बाद सब चुप होकर बंदा बहादुर की ओर देखने लगते हैं।

बंदा बहादुर : मेरी समझ में तो यही आ रहा है कि अभी हमारे पास किले की कारगर नाकाबंदी करने की ताकत नहीं है। इसलिए हमें कोशिश करनी चाहिए कि किसी तरह दुश्मन खुद किले से बाहर आकर हमारे साथ खुले मैदान में लड़े, जिससे हम उस पर हावी हो सकें। इसके बारे में हम सबको कुछ और सोचना चाहिए, अगली बैठक कल होगी।

~ 14 ~

दूसरे ही दिन अगली बैठक हुई।

बिनोद सिंह : हमारा मकसद क्या है ? मेरी समझ तो यही कहती है कि इस वक्त हमारा मकसद है वजीर खान की किलाबंद फौज को किले से बाहर निकलवाना। किसी भी तरह और फिर खुले मैदान में उस पर हावी होकर उसे तबाह करना और फतह हासिल करना।

राम सिंह : मुझे भी यही लगता है, मैं भाई बिनोद सिंह से पूरी तरह सहमत हूँ।

बिनोद सिंह : मेरा सुझाव यह है कि किले के बाहर परगनों के कोई 12-13 गाँव

हैं, इधर-उधर फैले हुए। इनमें सबसे ज्यादा आबादी हम पर जुल्म ढानेवाले मुसलमानों की है। जब तक वजीर खान की फौज किले की चारदीवारी के अंदर बंद है, वह इन गाँवों की हिफाजत के लिए कुछ भी नहीं कर सकती। हम उनकी इस मजबूरी का फायदा उठा सकते हैं। अब हमें यह सोचना है कि कैसे?… इसका एक तरीका यह है कि हम इन गाँवों के लोगों को तंग करना शुरू करें। उन पर जोर डालना कि रुपए-पैसे से हमारी मदद करो और अगर वह ऐसा करने से इनकार या आनाकानी करते हैं, तो हमें चाहिए कि उनके साथ बदसलूकी करके उनको राजी करवाएँ। इसका नतीजा यह होगा कि इनकी फरियादें वजीर खान के कानों तक जा पहुँचेंगी, आज नहीं तो कल और फिर वह इनकी मदद के लिए किलाबंदी में ढील कर अपनी फौजें बाहर भेजने पर मजबूर होगा।

गुलाब सिंह : मैं तो यहाँ तक कहूँगा कि हम रोज किसी-न-किसी गाँव के दो-चार लोगों को सूली पर चढ़ाना शुरू कर दें और इन गाँववालों को मजबूर करें कि वे वजीर खान तक यह संदेश पहुँचाएँ कि वह अपने दीवान सुच्चानंद को हमारे हवाले कर दे। मजबूर हो या तो वह सुच्चानंद को हमारे हवाले करेगा, नहीं तो हमें सजा देने के लिए अपनी फौज बाहर भेजेगा।

रतन सिंह : क्यों न हम गाँववालों पर जोर डालें कि वे एक हफ्ते के अंदर कम-से-कम एक तोप, पाँच बंदूकें और बीस घोड़े हमारे सामने हाजिर करें, वरना …!

काहन सिंह : वजीर खान ने अपने मुल्ला-मौलवियों को डरा-फुसलाकर उनसे फतवे जारी करवाए हैं कि सूबे के तमाम मुसलमान सिखों और हिंदुओं के खिलाफ जिहाद की जंग बोल दें। इसकी बड़े पैमाने पर तामील की जा रही है और बहुत सारे जिहादी मुसलमान किले के अंदर पहुँच चुके हैं, जहाँ उनको हथियार और जंगी तालीम मुहैया करवाई जा रही है। फतवे में यह भी ऐलान किया गया है कि पगड़ी-दाढ़ी वाले सिखों को जहाँ देखें, उनका कत्ल कर डालें। यह उनका सबसे अहम मजहबी फर्ज बना दिया गया है। सरकार के मुलाजिम सभी हिंदुओं को यह हुक्म भी दिया गया है कि वे फौरन से पेश्तर अपनी दाढ़ियाँ मुँड़वा डालेंगे, ताकि पता चले कि इनमें कौन गुरु सिख है और कौन दाढ़ीवाले हिंदू। इस काम के लिए उनके द्वारा मुकर्रर किए हुए नाई भी बस्ती-शहर घूम रहे हैं। हम क्यों न इन जुल्मों का जवाब दें?

लाम सिंह : जो जिहादी गाजी और रंघड़ किले में आने थे, वे आ चुके, पर अभी और कई और भी आएँगे और कई रास्ते में भी होंगे। क्यों न हम जगह-जगह टोलियाँ भेजकर इन लोगों पर लुकछिप अकस्मात् हमले करने की तजवीजें बनाएँ? इस तरह कई नए हथियार हमारे हाथ लग सकते हैं और सब जानते हैं कि हथियारों की हमें कितनी सख्त जरूरत है।

बंदा बहादुर : मैंने आप सबकी बातें बड़े ध्यान से सुनी हैं और उनसे बहुत कुछ सीखा भी है। आप सबको यह भी पता है कि किलेबंदी के कई दिन पहले से ही वजीर खान, अपने दीवान सुच्चानंद की चालबाजियों के कहने में आकर, सारे इलाके के जमींदारों और रईसों की कई मजलिसें करवा चुका है। हर मजलिस में उन्हें यह कहकर धमकाया और उकसाया जाता रहा कि मुगलई सल्तनत का सितारा डूबते ही उन सभी की जिंदगी हराम हो जाएगी। मुगलई सरकार के जाने और सिखों के राज के आने के साथ ही उन सबकी किस्मतें ही उलट-पलट हो जाएँगी। इसका भी डर है कि खाने-पकाने के लिए उनके लिए हलाल गोश्त का मिलना भी दुश्वार हो जाए। उनकी जमीन-जायदाद उनसे छीन ली जाएगी और फिर बाद में सिख सरदारों में बाँट दी जाएगी और उनका बेड़ा गर्क कर दिया जाएगा। क्या वे निकम्मे बन यह सब भुगतने के लिए तैयार हैं? गर हैं, तो लानत है उनकी जिंदगी पर। खुदा का खौफ नहीं है क्या उन सबको, क्या अपनी लूटपाट देख बुजदिल ही बने रहेंगे वे सारे के सारे? जो उन्होंने अपना खून-पसीना एक कर कमाया है, अपनी आँखों से और अपने होश-व-हवास में हाथ से छिनता देखकर चुपचाप बैठे रहेंगे क्या? यह सारी जमीन-जायदाद और मनसब मुगलई सल्तनत की देन है उन्हें। उनके अपने पुरखों की कमाई है। क्या वे अपने हक को खैरात में बाँट देंगे?

इस तरह की बातें बार-बार कहकर इन सब जमींदारों और रईसजादों को उकसाया गया था। उन्हें दिलासा दिया गया था कि वजीर खान की हुकूमत तहे-दिल से उनकी मदद करने को तैयार है, बशर्ते वे सब अपनी-अपनी हैसियत के मुताबिक रुपया-पैसा, हथियार और सिपाही पेश करें।

इस तरह के अभियानों से सुच्चानंद बड़ी दौलत इकट्ठा कर चुका था। इसमें कुछ का इस्तेमाल हथियारों की खरीद और फौज का भत्ता अदा करने में खर्च हुआ, बाकी उस ढीठ पापी की जेब में गया। यह भी सुना है कि उसने अपनी हवेलियों में सोने-चाँदी के कई जखीरे दबा रखे हैं।

इन सब असलियतों के मद्दे-नजर मेरे प्यारे पंच पियारो! मैंने फैसला किया है कि अगले दो दिनों के अंदर हम इन गाँवों पर हमले बोलकर इनके सभी जमींदारों को अपने कब्जे में लेकर इनकी जमीनें उन सभी गरीब और किसानों में बाँट देंगे, जिनका असली हक उनसे छीन लिया गया है।

बिनोद सिंह : बोलऽऽऽ सो निहाल! सतश्री अकाल! राज करेगा खालसाऽऽऽ।

राम सिंह : बंदा सिंह बहादुरजी की जय! बंदा सिंह बहादुरजी की जय!! बंदा सिंह बहादुरजी की जय!!!

~ 15 ~

जयकारों के एकदम बाद, हरेक गाँव के लिए फौजी टोलियाँ मुकर्रर की गईं और उन्हें अपना-अपना काम करने के लिए रवाना कर दिया गया।

गाँव-गाँव में जैसे भूचाल सा आ गया हो। इन खबरों के साथ सनसनी फैलती चली गई। गाँव-गाँव में जैसे तूफान सा आ गया हो। मशकूर लोगों के सैलाब से उमड़ने लगे। कुछेक जमींदारों को तो फौज ने काबू किया, पर बाकी को गाँव के पददलित किसानों ने खुद ही पकड़ना-पकड़वाना शुरू कर दिया। कुछ घोड़ों पर चढ़कर अपनी-अपनी पोटली साथ ले भाग खड़े हुए।

इस काम में गाँवों के भंगियों और चमारों आदि ने खास मदद की। ये बेचारे वर्षों से इन्हीं जमींदारों का मैला कमाने आए थे। घर-घर के चप्पे-चप्पे और कोने-कोने से अच्छी तरह वाकिफ थे। इन्हें अच्छी तरह पता था कौन, कब, कहाँ मिलेंगे। कुछ को तो यह भी अंदाज था कि घर के किस हिस्से या दीवार के किस कोने में धन-दौलत दबा-छिपाकर रखी गई है।

जब यह अभियान खत्म हुआ तो भाग न पानेवाले सभी जमींदार पकड़े गए। जमीन के बँटवारे में कुछ वक्त लगा। जिन भंगियों-चमारों ने खास मदद की थी, वे बंदा सिंह के दरबार में पेश होने के बाद, अपने-अपने लिए गाँव के मुखिया बनाए जाने के मोहर लगे हुक्मनामे लेकर लौटे। लौटने पर सुनने में आया कि सभी गाँववालों और ऊँची जातवालों ने भी इनका खैर-मकदम किया।

गाँव-गाँव के लोग धीरे-धीरे बंदा बहादुर के वश में होते चले गए। उन्होंने जताया कि वे सिखों की हर तरह से मदद करने को तैयार हैं।

~ 16 ~

उधर रोते-चिल्लाते, हाय-हाय करते और अपनी छातियाँ पीटते जमींदार, उनके परिवार तथा चेले-चपाटे सरहिंद किले के दरवाजे खटखटाने लगे। वे यह कहते भी सुनाई दिए कि वजीर खान, जब तुमने हमारी मदद माँगी थी, तो हमने हर तरह से तुम्हारी सहायता की। अब तुम्हारी बारी है कि तुम हमारी मदद करो। नहीं तो हम कैसे मानेंगे कि खुदा के रहते, मुगलई सल्तनत के वफादार मुसलमान कारिंदों को खुलेआम लूटा जा रहा है और हाकिम गहरी नींद में सोए नहीं पड़े हुए?

ये लोग घर-घर, गली-गली जाकर रो-रोकर अपना दुखड़ा सुनाने लगे। छाती पीटते, जो-जो मिलता, उसको अपने लीरा-लतड़े कपड़े दिखलाते और फरियाद करते कि इतने बड़े हाकिम के राज में उनका कुछ नहीं रहा। उनकी इज्जत-आबरू, दौलत, घर-बार, जमीन-जायदाद सब लूट लिया गया। उन्हीं के खादिम अब उनके घरों के

मालिक बन बैठे हैं। जो कल भंगी-चमार और भिखारी थे, वे ही आज सबकुछ के मालिक बने बैठे हैं। इतनी बड़ी सल्तनत में इंसाफ नहीं रह गया अब। वे कहाँ जाएँ, किसके आगे फरियाद करें, हाथ फैलाएँ, कोई सुननेवाला नहीं। रोने-धोने से किले के अंदर इन सबके लिए सहानुभूति उमड़ी। साथ-साथ उन फौजी सिपाहियों में, जो आस-पास के इन्हीं गाँवों से थे, कुछ खलबली भी मची। उन्हें लगा कि आज वे टके-टके के सरकारी नौकर बने हुए हैं। अगर फौज में न आकर अपने गाँवों में रहे होते तो आज वे भी अपनी जमीन के मालिक होते।

दो दिन से जब-जब अस्सी साल का बूढ़ा वजीर खान रात के वक्त अपने जनाना हरम में पहुँचता तो वहाँ भी उसे बेगमों के उलाहने सुनने पड़ते। सब फबतियाँ कसतीं कि अस्सी साल के बावजूद अब भी आपके खून में गर्मजोशी दौड़ती है। ऐसे में क्या यह मुनासिब है कि इतना बड़ा और बहादुर चुपचाप छिपकर किले की चारदीवारी के अंदर बैठा रहे। खुद रहना हो तो बेशक रहे, पर गाँवों में हुई नाइनसाफियों को दुरुस्त करने के लिए अपनी फौज तो बाहर रवाना कर ही सकते हैं। अगर वह ऐसा करने से भी कतराएगा तो लोग कहेंगे कि वह भी लाहौर के हाकिम की तरह दिल का कमजोर है।

परिणामवश, वजीर खान ने फैसला किया कि वह अपनी फौज के बड़े हिस्से के साथ किले के बाहर जाकर दुश्मन का मुँह काला करेगा और यह भी कि इस फौज की सिपहसालारी वह खुद करेगा। हुक्म जारी कर दिए गए।

शुरू में जब वजीर खान ने बंदा बहादुर का नाम सुना था और यह भी कि वह सर्वशक्तिशाली मुगल साम्राज्य के गढ़ से लोहा लेने आ रहा है, तो वह हँसे बिना नहीं रह सका था। कल का संन्यासी आज बड़ा सेनापति बनने का नाटक खेलने आ रहा है! उसे हम मक्खी-मच्छर की तरह मसलकर रख देंगे। उसने अपने दरबारियों से कहा कि ये हिंदू काफिर लोग फितरत से ही बुजदिल होते हैं। नहीं होते तो सदियों लंबी हमारी गुलामी किस तरह हमारी जी-हजूरी करते हुए सह लेते? इन जाहिलों-बुजदिलों में से अगर आज कोई माई का लाल बनने का नाटक करने के लिए बहुरुपिया बनकर आया है तो उसका नापाक सिर हम अपने हाथियों के पैरों तले कुचलवा देंगे।

ये सारी बातें करते हुए वजीर खान की नजर अपने दीवान सुच्चानंद की ओर गई तो गौर किया कि वह हामी भरने के लहजे में अपना सिर हिलाता जा रहा था। यह नजारा देखकर वजीर खान के दिल में बड़ा सुकून आया। उसे लगा कि ये काफिर ऐसे कपड़े के बने हैं कि जितना पत्थर पर मारो उतना और भी निखरते जाते हैं।

पर बाद में सामना और सधौरा में बंदा की जीतों के खुलासे सुनकर उसके कान कुछ खड़े हुए। फिर भी उसने अपने आपको यह मानने पर राजी किया कि ये जीतें बंदा

की फौज की भारी नफ़्री और सिखों के पागल जुनून की वजह से अंजाम आई थीं। पर अबकी जो सबक वह बंदा को सिखाएगा, उससे उसको अपनी नानी याद आ जाएगी।

~ 17 ~

जासूसों ने वजीर खान को बताया था कि बंदा के पास एक हजार घुड़सवारों और चार हजार पैदल सिपाहियों की असली नफ़्री है। ये सब वे लोग हैं, जिनके पास तलवार, बल्लम, तीर-कमान और पचास के आस-पास मस्केट (बारूदी लंबी नली वाली बंदूक) जैसे हथियार हैं। इन सिपाहियों को थोड़ी-बहुत फौजी सीख भी मिल चुकी है, पर बंदा की बाकी फौज बड़े अनाप-शनाप लोगों की भीड़ से बढ़कर नहीं। इनकी नफ़्री कोई दो-तीन हजार टट्टू-सवार व चार हजार दूसरे लोगों से ज्यादा नहीं। इनमें आस-पास के बहुतेरे भंगी-चमार और नीची जाति के लोग शामिल हैं। इनमें बंगोर भी हैं। और काफी जेलों से छूटकर निकले डाकू-लुटेरे-चोर भी। ज्यादा नफ़्री गाँवों के अनगढ़ गँवारों की है, जिन्हें ढंग से लाठी चलाना भी नहीं आता और इनमें हमारे भेजे हुए एक हजार घर-भेदियों की नफ़्री भी शामिल है, जो ऐन मौके पर इनके लेने के देने करने की काबिलीयत रखते हैं।

तोप के नाम का इनके पास कोई भी हथियार नहीं। सामना व सधौरा से दो-चार तोपें काबू कर भी ली हों तो हैरानी की बात नहीं, पर इनके पास तजुर्बेकार तोपचियों के न होने से इन तोपों की कारगर ताकत न के बराबर होगी।

दूसरी तरफ, हमारे पास आठ हजार मँजे हुए घुड़सवार और पंद्रह हजार पैदल सिपाही हैं। सभी उम्दा से उम्दा किस्म के हथियारों से लैस हैं। इनकी सिखलाई मैं खुद अपनी नजर में करवाता आया हूँ। हमारे पास तीस बड़ी तोपें हैं और हमारे तोपची व उनके साथी अपने हुनर में इतने माहिर हैं कि उनकी जितनी तारीफ की जा सके उतनी कम है। हमारे पास गोला-बारूद की कोई कमी नहीं है, बल्कि भरमार है। काफी गोला-बारूद हमारे किले में महफूज है। इसके अलावा हमारे पास सौ बख्तरबंद हाथियों की भी फौज हैं। बेशुमार ऊँट और बैलगाड़ियाँ हैं। इन सबके ऊपर हमें यह नहीं भूलना चाहिए कि हिंदुस्तान ही नहीं, पूरी दुनिया की सबसे बड़ी और ताकतवर बादशाहत भी हमारे पीछे खड़ी है। हमारे सरदार लड़ाई के मँजे हुए खिलाड़ी हैं। दस हजार गाजी हमारी फौज के साथ आ मिले हैं और हमारे साथ कंधा-से-कंधा मिलाकर मजहब की जिहादी जंग लड़ने के लिए अपने सिर हथेली पर रखे हुए हैं। बहुत सारे रंघड़ हमारे साथ हैं जिनको लड़ाई का अच्छा-खासा तजुर्बा है। ऐसे हालातों में किसी को ज्यादा सिर खपाने या फिक्र करने की जरूरत नहीं। हमें हर घड़ी अपने खुदा को नाज के साथ याद करना चाहिए और यह कभी नहीं भूलना चाहिए कि हमारी लड़ाई

इसलाम की लड़ाई है। यह लड़ाई इसलाम के दुश्मन इन सारे नापाक और गलीज काफिरों के साथ है। खुदा हमेशा हमारी मदद करता आया है। हमारी जीत की फेहरिस्तों की गिनती करना नामुमकिन है। हम खुदा बंद ताला के खाल्लीस और सच्चे नमाजी हैं! इंशाअल्लाह जीत अब भी हमारी होगी और हम इन नापाक काफिरों को नेस्त-नाबूत करने में कामयाब होंगे।

वजीर खान के दिमाग में इस बात की पूरी तसल्ली थी कि उसके पास एक बढ़िया फौज है। लड़ाई कहाँ होगी, इसका फैसला भी कर लिया था। उसने सरहिंद के पूर्व की ओर लगभग दस कोस की दूरी पर छप्पर छीरी नाज के मैदानी सपाट इलाके को लड़ाई के लिए सही समझा। यहाँ कहीं-कहीं वृक्षों के झुरमुट थे, सो भी एक ओर। बाकी सारा इलाका बंजर सपाट था। अब उसका दिमाग इस सोच से उथल-पुथल हो रहा था कि फौज को किस ढंग से खड़ा करना सबसे अच्छा और फायदेमंद साबित होगा।

बख्तरबंद हाथी की पाँत सामने रखी जा सकती थी। ये एक ऊँची दीवार का काम भी करते। इससे सामने खड़े दुश्मन को कम ही पता चलता कि हाथियों के पीछे क्या-क्या है। दुश्मन के पास हाथी नहीं हैं, इसलिए भी यह फायदेमंद होता, पर दुश्मन के पास तो तोपखाना भी नहीं है या नहीं के बराबर है। ऐसे में तोपखाने को ही सबसे आगे क्यों न रखा जाए। हाथियों के पीछे रखने से तोपचियों को सामने का इलाका सही ढंग से नजर न आ पाएगा। यह भी हो सकता है कि तोपों से छोड़े गए गोले अपने ही हाथियों के पिछवाड़े घाव दे जाएँ।

उसके पास हजारों की तादाद में बरकंदाज भी थे। क्यों न इन्हें तोपों के एकदम पीछे या तोपों के बीच की खाली जगह में खड़ा किया जाए और कितनी पाँतों में तैनात किया जाए?

रिसालों को दुश्मन के घुड़सवारों को खत्म करने का काम दिया जाए या अपनी फौज को अगल-बगल महफूज रखने के लिए? दुश्मन की टोह लेने और नब्ज पर हाथ रखने के लिए कि घुड़सवारों को कहाँ-कहाँ आगे भेजा जाए?

तीर-कमान व भाले चलानेवाली पैदल फौज को कहाँ-कहाँ मुकर्रर किया जाए, जिससे दुश्मन का ज्यादा-से-ज्यादा नुकसान किया जा सके?

आखिर में फैसला यह किया गया कि तमाम फौज को तीन हिस्सों में बाँटा जाए। बायाँ हिस्सा मलेर कोटला नवाब की कमान में। दाएँवाला दीवान सुच्चानंद की कमान में और बीचवाला सबसे बड़ा हिस्सा खुद वजीर खान की कमान में। हाथियों, बरकंदाजों और पैदल फौज को भी इसी हिसाब से बाँट दिया गया। तोपखाने को वजीर खान ने अपने साथ बीच के हिस्से में रखना मुनासिब समझा। दस हजार गाजियों को भी तीन हिस्सों में बाँट दिया गया।

वजीर खान के लंबे तजुर्बे का एक निचोड़ यह भी था कि लड़ाइयाँ न ज्यादा नफ़्री से जीती जातीं, न सिर्फ जुनून और जोश की वजह से। दो फौजों को आमने-सामने जैसे-जैसे, ढंग-बेढंग से खड़ा कर, हुक्म दे देना कि 'जाओ! भिड़ जाओ आपस में, जब तक जीत हासिल न हो!' सरासर बेवकूफी होगी, इसमें अपना नुकसान और दुश्मन का फायदा ज्यादा होगा। लड़ाइयाँ जीती जाती हैं उस्तादी कारीगरी और हुनर के साथ। उम्दा हथियारों की मौजूदगी और उनके बेहतर इस्तेमाल के साथ। फौज की अच्छी सिखलाई के साथ, अच्छी जासूसी जानकारी के साथ, जंग के खास उसूलों का अच्छा इस्तेमाल करने के साथ। लड़ाई के शुरू में सही-सही और खुलासेदार हुक्म देने और उनके बदले जाने पर बिना अफरा-तफरी मचाए, बजा लानेवालों के कानों में जल्द-से-जल्द पहुँचाने के वाजिब तरीकों के साथ।

~ 18 ~

दूसरी ओर, बंदा बहादुर की फौज अभी तक लड़ाई के मैदान से कुछ पीछे ही तीन-चार हिस्सों में बँटी हुई थी। फौज को आगे कूच करने का हुक्म देने से पहले बंदा बहादुर ने खुद आगे जाकर रणभूमि का निरीक्षण करना उचित समझा। शाम तक वे अपने कुछ चुनिंदा साथियों के साथ वजीर खान की फौज के सामने के खाली मैदान के एक ओर स्थित वृक्ष-झुरमुट में पहुँच चुके थे। दुश्मन की फौज पर नजर डालने के लिए उन्होंने जंगल के पिछवाड़े का एक छोटा टीला चुना। घोड़े पर सवार वे उसकी चोटी के निकट पहुँचे। वहाँ घोड़ा बाँध, ऊपर चढ़ वहाँ की एक चट्टान के पीछे छिपकर उन्होंने वजीर खान की फौज को देखा।

उनकी आँखों ने भाँप लिया कि कैसे वजीर खान की फौज तीन हिस्सों में बँटी हुई है। सबसे बड़ा हिस्सा बीच का है जहाँ तोपखाने का जमावड़ा है। बाकी बरकंदाज, पैदल सिपाही, हाथी दस्ते और घुड़सवार लगभग बराबर-बराबर बाँट दिए गए हैं।

उन्होंने मन-ही-मन कुछ फैसले लिये। पहला यह कि अपनी सारी फौज को दुश्मन की फौज के ऐन सामने ला जमा करना, दुश्मनों को फायदा पहुँचाने का एक तरीका होगा। उन्होंने फैसला किया कि उनकी फौज ठीक सामने न खड़ी होकर, दाईं तरफ सामने से कुछ हटकर तिरछी होकर जमा होगी। फौज चार हिस्सों में बाँटी जाएगी। तीन हिस्से तिरछी पाँतों की गहराई में होंगे और चौथा हिस्सा स्वयं उनकी कमान में बाईं ओर दुश्मन की फौज की बगल में जाकर खड़ा होगा, पेड़ों के झुरमुट में छिपकर। इस तरह सामने का कुछ हिस्सा (बाईं ओर का) खाली छोड़ दिया जाएगा। इस तरह से जमावड़े करने से दुश्मन की फौज का कम और अपनी फौज का ज्यादा फायदा होने की संभावना है।

बीचवाले दस्तों की कमान भाई फतह सिंह, करम सिंह, धर्म सिंह और अंती सिंह के हाथों सौंपी।

भाई राज सिंह को तिरछी पाँतों के दाईं ओर की कमान सौंपी गई। इसमें अधिकांश भाग माझा के सिखों का था। बरकंदाजों का सबसे बड़ा जमघट भी इसी मध्य भाग में था।

~ 19 ~

क्या होते हैं बरकंदाज? चीन में जब बारूद का आविष्कार किया गया तो इसके विभिन्न प्रयोग दुनिया के अन्य हिस्सों में भी होने लगे, खासकर मध्य एशिया और यूरोप में। कुछ ही दिनों में लोहे की नली के भीतर से बारूद के जरिए गोली दागनेवाली 'मस्केट' (पुरातन बंदूक) का आविष्कार किया गया। इसके तीन बड़े हिस्से होने थे। एक तो लोहे की बनाई लंबी गोल नली, जो भीतर से खोखली-खाली होती थी। दूसरा इसके पीछे जुड़ा लकड़ी का मजबूत कंधा, जिसे कंधे पर टिका गोली दागी जाती थी। तीसरा इन दोनों के जोड़ के बीच बना 'ट्रिगर' नामक एक लिवर, जिसके सहारे मस्केट चलाई जाती थी (घोड़े को खींचकर) और दो-टूक अधखोली भी।

गोली मजबूत ठोस लोहे की बनी एक गोल पौन इंची गोली होती थी, जिसे अलग से नली के मुँह से भीतर डाला जाता था। बाद में इसी गोली के पीछे बारूद भरने के लिए धातु का बना एक खोल भी जोड़ा जाने लगा। इसका काम होता था फटकर गोली को आगे निकलने की गतिशीलता देना।

बीच में लगे ट्रिगर को अधखोल, नली के पेंदे में अलग से अल्प मात्रा में अतिरिक्त बारूद भरने का बंदोबस्त था। इसको माचिस की तीली के सहारे मोटी रस्सी के छोटे टुकड़े में आग लगाई जाती थी, जिससे वह धीरे-धीरे सुलगकर आगे बढ़ती हुई पीछे के बारूद को ध्वस्त कर सके। ऐसा होने पर गोली और इसे चलानेवाले बारूद के बीच जोड़ी गई बारूद की वृहत् मात्रा में भी विस्फोट होता था, जो गोली को तेजी के साथ आगे को धकेलता था।

ये तो तीन मुख्य भाग थे। कुछ छोटे भाग अन्य भी थे, एक था ठोस लोहे की एक पतली लंबी छड़ी, जिसके सहारे गोली को नली के मुँह में दबा-दबाकर ठूँसा जाता था। यह मुख्य नली के नीचे लगी होती थी और बार-बार निकाली व पुनः वापस लगाई जा सकती थी। इसके अतिरिक्त कई साफ-सफाई करनेवाले औजार थे, जिन्हें कमर की पेटी में जुड़े पॉकिटों में रखे जाने की व्यवस्था थी।

मुख्य नली की लंबाई लगभग अड़तालीस इंच हुआ करती थी। कहीं-कहीं नली के अग्र भाग को सहारे के लिए सामनेवाले सिपाही के कंधे पर टेकने का भी रिवाज

था। कहीं-कहीं इस प्रकार का सहारा देने के लिए लकड़ी की पहियोंवाली तिहाइयाँ भी बनाई जाने लगीं।

शुरू-शुरू में इस पैचलाक की कारगर मार मात्र पचास गज थी। बाद में यह बढ़ाई जाने लगी। मुख्य बात यह थी कि इस तरह दागी गई गोली पशुओं की खाल से बनी ढालों और जिरह-बख्तर के आर-पार होने की शक्ति रखती थीं, परंतु बाद में ढालों के ऊपर लोहे की परतें चढ़ाई जाने लगीं।

गोली का आयत नली से कम होने के कारण इससे सही निशाना साध पाना कठिन होता था। गोली निशाने के दाएँ-बाएँ, ऊपर-नीचे कहीं भी लग सकती थी। इसलिए एक गोली; एक जानवाला काम बनता नहीं था। ढेरों सारी गोलियाँ एक साथ दागने से उम्मीद की जा सकती थी कि दाएँ-बाएँ कई जगह नुकसान पहुँचाएगी।

फिर भी पैचलाक तलवार, तीर-कमान, बरछे और रिसाले के आक्रमण के मुकाबले कहीं अधिक विध्वंस ढाने की क्षमता रखती थी और इसका ईजाद एक तरह से क्रांतिकारी उपलब्धि थी।

इस पैचलाक में सबसे बड़ी कमी यह थी कि एक बंदूक से गोली दागने के बाद, अगली गोली दागने तक कोई तीन मिनटों का समय लगता था। इस अंतराल में गोलंदाज बेहद असुरक्षित हो जाते थे और उनके सहारे के लिए लंबे बर्छों से लैस अतिरिक्त पैदल सेना की नियुक्ति लाजिमी थी।

बाद में 'फ्लिंटलाक' बनने लगे। इनकी नली के भीतर लोहे में झिर्रियाँ गुदी होती थीं, जिससे गोली को कहीं और अच्छा निर्देशन, गति तथा मार की दूरी जैसे फायरों से बेहतर बनाया गया। अब इनसे सौ गज से भी ऊपर तक काफी सही निशाना साधा जा सकता था, क्योंकि गोल-गोल घूमती गोली वायु के विरोध पर अच्छा काबू पा सकती थी।

एक गोली दागने के बाद इन दोनों हथियारों में नली के भीतर बारूद की तहें जम जाया करती थीं, जिनकी सफाई किए बिना अगली गोली को भीतर ठूँसना बहुत कठिन होता था। इस सफाई में बहुत वक्त जाया होता था।

20

बंदा बहादुर के पास ज्यादा बरकंदाज नहीं थे, पर जो थे, उनकी सीख, अभ्यास तथा हुनर में बंदा स्वयं अपने निरीक्षण में कुछ तब्दीलियाँ लाए थे, जिनका बड़ा फायदा हुआ।

पहला बदलाव तो यह था कि बंदा बहादुर ने अपने बरकंदाजों को दस-बारह गहरी पाँतों में खड़ा होना सिखलाया। अगुआ पाँत एक साथ फायर करती और तुरंत

बाद पीछे हटकर अंतिम पाँत में जाकर अपनी गोली की तैयारी करने लगती। इसी तरह बाकी भी। इस सिलसिले का फायदा यह होता कि दुश्मन पर गोलियों की घनी बौछार जारी रखी जा सकती थी।

उन्होंने हरेक बरकंदाज को कपड़े की थैली में लिपटा छह गोलियों का एक पुलिंदा देना शुरू किया, जिसमें सबसे बड़े आयतवाली गोली सबसे ऊपर होती और उसके बाद इनकी गोलाई सिलसिलेवार घटती चली जाती थी। छठी गोली आकार में काफी छोटी होती थी। इसका सबसे बड़ा फायदा यह था कि बिना नली की साफ-सफाई पर समय नष्ट किए एक के बाद दूसरी, छह गोलियाँ दागी जा सकती थीं।

तीसरा बदलाव बंदाजी की अचूक फौजी सूझ का परिचायक था। उन्होंने लंबे भाले की नोक को काटकर पैचलाक की नली के अग्रिम भाग में मजबूत तारों से बाँधना शुरू करवाया, जिन्हें संगीन की तरह इस्तेमाल किया जा सकता था।

निरंतर अभ्यास के माध्यम से गोलियाँ भरने और नली की साफ-सफाई करने का समय भी घटता चला गया।

~ 21 ~

फौजी काम में बंदा बहादुर की कोशिश हर बार कुछ ऐसा करने की रहती, जिससे दुश्मन हैरान रह जाए और सकते में रहे कि आगे क्या होनेवाला है। अभी तक उनके फौजी जत्थे तीन अलग जगहों में जमावड़े लगाए हुए थे। उन्हें आदेश दिए गए कि वे दिन में सोएँ और आराम करें, क्योंकि असली काम रात को शुरू होगा।

दिन ढलते ही इन जत्थों को छप्पर छीरी की ओर कूच करने के हुक्म दिए गए। इस काम में मदद करने के लिए मार्गदर्शक पहले से ही मुकर्रर कर दिए गए थे। रातोरात चलते हुए ये जत्थे रात के आखिरी पहर तक दुश्मन की फौज के सामने पहले से ही तय की हुई जगहों पर जा पहुँचे। वजीर खान को पता चल गया कि उससे मुकाबला लेने के लिए बंदा की फौज जमा हो रही है, पर इस फौज की नफ्री क्या है, इसका कुछ ठीक पता उसे नहीं लग पाया, न ही यह कि मैदान में कौन किस-किस जगह जमावड़ा बना रहा है।

बंदा की ज्यादातर फौज तिरछी पाँतों में दाईं ओर खड़ी थी। बीच का भाग खाली रखा गया था। बंदा और उनके घुड़सवारों की खास टोली ने अपनी जगह बाईं ओर के झुरमुटों में छिपने के लिए चुनी थी। पर शत्रु को धोखा देने के लिए शुरू-शुरू में ढेर सारे घुड़सवार वजीर खान की फौज के ऐन सामने के खाली इलाके में भेज दिए गए। इन्हें आदेश था कि दुश्मन की पहली तोप का गोला चलने के साथ ही सारा रिसाला अपनी जगह छोड़कर बाईं ओर बंदा बहादुर की झुरमुट में छिपी फौज में जा शामिल होगा, सरपट दौड़ते हुए।

पौ फटते ही जब वजीर खान के सिपाही या तो सो रहे थे या दिशा-मैदान को निकले थे, बंदा की तिरछी पाँतोंवाली सेना ने हमला बोल दिया। सबसे पहले बरकंदाजों ने अपने मस्केटों से वॉली पर वॉली फायर खोला, इसके खत्म होते ही भारी तादाद में पैदल सिपाही आगे बढ़े।

थोड़ी देर में वजीर खान के तोपचियों ने अपना पहला गोला सामने की ओर दागा। कुछ घुड़सवार धराशायी हुए, पर बाकी सरपट दौड़ते हुए झुरमुट की ओर जा भागे। उन पर कारगर तौर पर गोले दागना नामुमकिन था। तोपों के गोले काफी देर तक सामने खाली मैदान की मिट्टी ही थरथराते रहे, पर शीघ्र ही उन्होंने अपने निशाने बदल तिरछी खड़ी पाँतों की खबर लेना शुरू कर दिया। इससे उन्हें काफी सफलता मिली। सिख काफी संख्या में हताहत होते रहे। पर इसके बावजूद उनका जुनून कम न हुआ। टोली पर टोली तोपों को काबू करने के लिए आगे बढ़ती गई। हताहत होती गई, पर फिर भी आगे बढ़ती रही। वजीर खान के बरकंदाजों ने बड़ा कहर ढाया।

इसी वक्त वजीर खान ने अपने रिसाले की पूरी ताकत लड़ाई में झोंक दी।

एक तरफ धुआँ, मिट्टी और लोगों के सिर धड़ों से अलग कर हवा में उछालते तोप गोले। दूसरी तरफ गोलियाँ दागते उसके बरकंदाज। इनके सामने की पाँत घुटने टेक नीचे झुककर फायर करती और पीछेवाली खड़े-खड़े। थोड़ी देर इनके मुँह बंद रहते, जब तक नई गोलियाँ ठूँसी जा रही थी, फिर यही सिलसिला शुरू हो जाता। हाथियों ने आगे बढ़ते हुए बहुत सारे सिखों के सिर पाँवों तले कुचल डाले। हौदों में सवार बरकंदाजों और तीर-कमानवालों ने अलग से ढेरों सिखों की जानें लीं। घुड़सवारों ने तलवारों और बरछों से अफरा-तफरी मचा रखी थी। एक घड़ी ऐसी भी आई जब कई सिखों के पाँव उखड़ने लगे।

बंदा ने यह भी देखा कि सुच्चानंद के भानजे के नेतृत्व में भेजे दस्ते एक ओर हटकर अकर्मण्य होते जा रहे हैं।

फिर भी ढेरों हताहतों व खून-खराबे के बावजूद सिख किसानों ने न हिम्मत छोड़ी, न अपने आगे बढ़ते रहने की चाल। शीघ्र ही उन्होंने तोपखाने पर काबू पा लिया। इसके बाद दोनों ओर की फौजें आपस में हाथापाई की लड़ाई में जूझने लगीं। एक ओर तलवारें व बरछे, दूसरी तरफ लाठियाँ और दराँतियाँ! लड़ाई निणायक दौर पर पहुँच गई थी। हार-जीत का फैसला किसी भी पक्ष को सफलता दे सकता था।

~ 22 ~

बंदा बहादुर लड़ाई के उतार-चढ़ावों पर पैनी नजर रखे हुए थे। उन्हें महसूस हुआ कि यही वह मौका है, जिसके वे इंतजार में थे। उन्होंने पहले से ही भाई बिनोद सिंहजी

को इस घुड़सवार दस्ते का दायित्व भार सौंप रखा था, इस बृहत् दस्ते में बंदा बहादुर के सबसे चुनिंदा सैनिक घुड़सवार शामिल थे। भाई बिनोद सिंह को आगे बढ़ने का इशारा करने के साथ-साथ बंदा बहादुर ने अपने घोड़े को एड़ लगाई और वे नंगी तलवार हाथ में लिये बिजली की तेजी से लड़ाई के मैदान में कूद पड़े। अपने जत्थे का नेतृत्व करते हुए, सबसे आगे। बंदा बहादुर हाथ में तलवार लिये दल के आगे-आगे घोड़े को सरपट दौड़ाते हुए और पीछे-पीछे उसी रफ्तार से सरपट दौड़ते घुड़सवारों की प्रलंयकारी फौज! सिख सिपाही और किसान, जो अनगिनत साथियों के हताहत होने के बाद भी दुश्मन की ओर दाईं ओर से लगभग जोर बनाए हुए थे, इसे सबने जो बाईं ओर से सरपट दौड़ती घुड़सवारों का दृश्य देखा और यह भी पाया कि उनके परम-पूज्य नेता बंदा बहादुर खुद इस विशाल सामूहिक उलका की अगुआई कर रहे हैं, तो उन सबके दिलों में हर्षोन्माद की लहर सी दौड़ गई। उनका रोम-रोम पुलकित हो उठा, बिजली की एक कड़कती कौंध में उनका लड़ने और शत्रु के दाँत खट्टे करने का जुनून मानो सातवें आसमान पर चढ़ गया हो। हजारों कंठों से 'बोले सो निहाल' की शत्रु-हृदय कँपकँपानेवाली ध्वनि फूट पड़ी।

घुड़सवारों का यह सामूहिक तथा भयंकर आक्रमण शुत्र के सेनानियों को मानो लाल धधकते लोहे की कौंध के साथ चीरता चला गया। युद्धभूमि नंगी तलवारों और बरछों की कौंध से चमचमा उठी। दोनों ओर से सिर कटने लगे, परंतु बंदा बहादुर के घुड़सवारों का सामूहिक आक्रमण इतना भयानक था कि दुश्मन हक्का-बक्का रह गया। इस आक्रमण की मार से दुश्मन की फौज का बिचला और पिछला हिस्सा आहत होने लगा। आक्रमण के प्रबल वेग के सामने पुराने फौजियों के पाँव भी शीघ्रातिशीघ्र उखड़ते चले गए।

~ 23 ~

तभी घुड़सवारों के एक विशिष्ट दल का नेतृत्व कर रहे सरदार फतह सिंह ने गुत्थम-गुत्था के बीच एक ऊँचे कद-काठीवाले घुड़सवार को देखा, जिसका चेहरा पक्की उम्र का लगता था। उसकी वेशभूषा और अंदाज से फतह सिंह को लगा कि हो न हो, यही वजीर खान है। इस बात की दाद देनी चाहिए कि वजीर खान इतनी उम्र के बाद भी किसी ऊँचे हाथी के हौदे में न बैठ घोड़े पर सवार था और इस वक्त लड़ाई के सर्वाधिक खून-खराबेवाले मोर्चे पर अपनी फौज का नेतृत्व कर रहा था। फतह सिंह का अनुमान सही निकला।

उसी घड़ी दोनों घुड़सवार एक-दूसरे की ओर लपके। दोनों ने एक-दूसरे पर तलवारों के वार किए, पर पहली बार दोनों ही बच निकले। दोनों फुर्ती के साथ अपने-अपने घोड़े मोड़कर फिर एक-दूसरे के आमने-सामने हुए। अबकी बार वजीर खान ने पूरी ताकत के साथ अपना बल्लम फतह सिंह की ओर फेंका, पर फतह सिंह ने

अनहोना करतब दिखाया और यह बल्लम अपनी बाँह को पीछे की ओर घुमाते हुए दाएँ हाथ में पकड़ लिया। वजीर खान का यह वार खाली गया। तभी फतह सिंह ने बल्लम को घुमाकर वापस वजीर खान की ओर फेंका। बल्लम वजीर खान को तो नहीं लगा, पर वह उसके घोड़े के सिर में जा चुभा और वहाँ से खून की धार फूट निकली। घोड़े ने झटका खाया और वजीर खान जमीन पर औंधा हो नीचे आ गिरा। उसी समय पास खड़े सरदार वीर सिंह ने अपनी तलवार की वेगवती मार से वजीर खान पर वार किया, जिससे उसके कंधे पर गहरा घाव हो गया। अपनी तलवार के दूसरे वार में वीर सिंह ने वजीर खान का सिर धड़ से अलग कर डाला।

यह करने के साथ ही वीर सिंह ने वजीर खान का सिर अपने भाले की नोक पर ऊपर उठा लिया। फतह सिंह ने पास खड़े दुश्मन के हाथी के महावत को मार डाला। हौदे में वीर सिंह को बैठा दिया। वीर सिंह ने हौदे पर सवार होते ही वजीर खान के सिर को भाले पर ऊँचा उठाया। आस-पास के मुगल फौजियों ने देखा कि वजीर खान शहीदी की शराब पी चुका है। उनके अंदर निराशा और हतोत्साह की लहर दौड़ गई। थोड़ी देर में यह खबर पूरी मुगल फौज में फैल गई। इससे उन सब के पाँव उखड़ गए। बहुत सारी टुकड़ियाँ पीछे को मुड़कर भागने लगीं, पर सिखों ने उनका पीछा न छोड़ा।

सिखों के पाँच हजार से अधिक सैनिक मारे गए थे, जख्मियों की संख्या तो और भी ज्यादा थी। किसी का सगा भाई खेत हुआ था, किसी बाप का बेटा, किसी का परिजन तो किसी का दोस्त अथवा पड़ोसी। गाँववाले एक दूसरे को अच्छी तरह जानते थे। जाने-पहचाने लोगों के कहीं गले, कहीं बाँह तो कहीं धड़ और पाँव कटे शव देख-देखकर आहत होना स्वाभाविक था। सारी रणभूमि घायलों की कराहों के बोझ तले दब रही थी।

स्वाभाविक था कि सिखों के मन में बदला लेने की आग लपलपा रही थी। अत: जंग में जीत हासिल कर लेने के बाद भी उनकी लड़ाई जारी रही। मुसलमानों की फौज का कत्लेआम शुरू हुआ और देर तक चलता रहा। बहुत लोग ऐसे थे, जो जान बचाकर भागने में सफल रहे। इसके साथ-साथ घायलों की मरहम-पट्टी और मृतकों के दाहकर्म का काम शुरू किया गया। रणभूमि का एक बड़ा भाग श्मशान भूमि बनता चला गया।

इतने सारे हृदय-विदारक दृश्य देख-देखकर सिखों के दिलों में बदला लेने की आग और भी भड़क उठी। उन्होंने दो दिन के भीतर ही आगे बढ़ते हुए सरहिंद के किले पर धावा बोल दिया।

~ 24 ~

छप्पर छीरी की लड़ाई में सिखों के हाथों मशहूर मुगल फौज की हार हुई थी। यह अब तक उनकी सबसे बड़ी हार थी, क्योंकि अभी तक मुगलई सेना को अजेय माना जाता

रहा था। इस लड़ाई ने सिद्ध कर दिया कि सही नेतृत्व के मिलने पर काफिर भी खालिस मुसलमानों पर हावी होने का जिगर रखते हैं। मुगल फौज एक हौवा है, ऐसी छवि जमीन में दफना दी गई थी। इससे पूरे पंजाब के गैर-मुसलमानों में एक नई जागृति और उम्मीद पैदा हुई, साथ-साथ बंदा बहादुर की सेना का मनोबल भी आसमानी ऊँचाइयाँ छूने लगा।

~ 25 ~

वजीर खान की मौत और मुगलई फौज की करारी हार की खबर से सरहिंद के किले में मातम सा छा गया। जिनके पास साधन-सुविधाएँ थीं, वे सब अपना थोड़ा-बहुत सामान लेकर बैलगाड़ियों, घोड़ागाड़ियों, ऊँटगाड़ियों में सवार हो सरहिंद से भाग निकले। इनमें शहर के नामी-गिरामी रईस और अमीर-उमरा शामिल थे। अधिकांश ने दिल्ली की राह पकड़ी और वहीं जाकर पनाह ली। इनमें वजीर खान का पूरा परिवार और उसके पुत्र शामिल थे।

जब सिखों ने छप्पर छीरी युद्ध के दो दिन बाद सरहिंद किले पर धावा बोला तो वहाँ के सैनिकों के हौसले पस्त हो चुके थे। थोड़ी देर में किले के दो दरवाजे सिखों के कब्जे में आ गए।

बदला लेने की चाह से आगबबूला हुई सिख फौज किले के भीतर जा धमकी, जो सामने आया, उसे मौत के घाट उतार दिया जाने लगा।

वजीर खान के महल पर हमला बोला गया। महल में रहनेवाले तो पहले ही जान बचाकर भाग निकले थे, तलाशी के दौरान बड़े-बड़े खजाने हाथ लगे।

इसके बाद सुच्चानंद की हवेली पर धावा बोला गया। सुच्चानंद वजीर खान की फौज की एक बड़ी टोली का नेतृत्व कर रहा था, पर लड़ाई शुरू होने के कुछ देर बाद वह मौका देखकर भाग निकला था और अपनी हवेली में आ गया था। सरहिंद किले की सिख आक्रमण की खबर सुनते ही वह अपने घर के अनाज गोदाम में छिपा बैठा था, पर उसकी बदकिस्मती कि वह ढूँढ़ लिया गया। उसे पीड़ित करने का न सिखों में धैर्य था, न मंशा। फौरन उसे मौत के घाट उतार दिया गया।

वजीर खान का दीवान होने की हैसियत से उसने बहुत सारा माल-मत्ता इकट्ठा कर रखा था। उसके नौकरों ने ही सिख सरदारों को बताया कि जमीन में दबाने और दीवारों में चुनवाने की कौन-कौन सी जगहें हैं।

वजीर खान के महल, सुच्चानंद की हवेली तथा अन्य अमीरों के घरों से कोई दो करोड़ रुपए के सोना-चाँदी और सिक्के-अशर्फियाँ मिले। उस जमाने में दो करोड़ का मूल्य बहुत ही ज्यादा हुआ करता था।

सिख हमलावर अपने साथियों की हाल में देखी मौतों से और घायलों की कराहें

सुन-सुनकर तथा गुरु गोविंद सिंह के बच्चों के जीते-जी दीवारों में चुनवाए जाने की यादों से उग्र हो बदला लेने की आग में पागल से हो चुके थे। उन्होंने शहर में बचे-खुले लोगों का कत्लेआम करने में कोई कसर नहीं छोड़ी। यदि बंदा बहादुर या उसके सरदार इन सैनिकों को अनावश्यक मारधाड़ से रोकना भी चाहते तो उनकी सुननेवाला कोई नहीं था। सरहिंद को पूरी तरह से तबाह कर डाला गया। मसजिदें, मदरसे, मकबरे, हवेलियाँ किसी को भी छोड़ा नहीं गया। तब जाकर सिखों के दिलों में जलती भयानक आग कुछ शांत हुई।

सरहिंद पर हासिल की गई इस जीत के बाद यमुना से घग्घर नदी के बीच का सारा मालवा कहलाया जानेवाला इलाका बंदा बहादुर के कब्जे में आ गया था। इसकी वार्षिक आय कोई बत्तीस लाख रुपए के लगभग थी। दिल्ली से सटे सोनीपत से लेकर अंबाला-लुधियाने तक दक्षिण पंजाब का पूरा इलाका अब बंदा बहादुर के शासन के तले आ गया था। बंदा बहादुर की ख्याति चारों ओर फैलती चली गई।

पहले एक संन्यासी-वैरागी, फिर एक अनहोना युद्धवीर और अब इतने बड़े इलाकेवाले राज्य को फतह करनेवाला पातशाह! बंदा की जीत सचमुच एक अनहोनी सी उपलब्धि थी।

पर बंदा बहादुर ने अपने को पातशाह कहे जाने के प्रति विरक्ति दिखलाई। उन्होंने नए राज्य स्थापित किए जाने की खुशी में सिक्के भी जारी करवाए और एक नया कैलेंडर भी। सिक्कों पर गुरु नानक और गुरु गोविंद सिंहजी के गुण गाए गए थे। प्रत्यक्ष था कि सिक्के उन्हीं की याद में जारी करवाए गए थे। प्रथम सिख राज्य की स्थापना की याद रखने के लिए यह था। खुशी जाहिर करने के लिए भी।

~ 26 ~

इस नए राज्य की स्थापना का एक बड़ा नतीजा यह हुआ कि अब शेष पंजाब के सिखों में से बहुत बड़ी तादाद में लोग बंदा बहादुर की फौज में भरती होने लग गए।

दूसरा बड़ा नतीजा यह निकला कि बहुत सारे मुसलमानों ने सिख धर्म स्वीकार करना शुरू कर दिया। ऐसा हिंदुस्तान के इतिहास में पहली बार हो रहा था। इनमें अली सिंह, मीर नासिर सिंह, दिंदार सिंह जैसे बड़े और लड़ाकू सरदारों के नाम शामिल थे। यह अपने में ही एक अनहोनी और क्रांतिकारी उपलब्धि थी।

~ 27 ~

इन सबके साथ बंदा बहादुर ने जमींदारों से जमीन छीनकर उसे काश्तकार किसानों में बाँटने की मुहिम में ढील नहीं आने दी। कब्जे में आए नए इलाकों में यह कार्यक्रम तेजी के साथ लागू किया जाने लगा। इस मुहिम ने अलग से बहुत सारे हिंदुओं

और कई मुसलमानों को सिख धर्म अपनाने के लिए प्रोत्साहित किया।

लोगों को यही लगता था कि इस धर्म संप्रदाय के माननेवालों में दिखावा कम और काम ज्यादा है। जो सोचते हैं, वही कहते हैं और करते भी वही हैं। फालतू का आडंबर नहीं। सेवाभाव भी प्रचुर मात्रा में है। जैसे गुरुद्वारे में, वैसे ही लंगर में सब एक साथ बैठते हैं। एक साथ एक ही तरह का सादा शाकाहारी भोजन करते हैं। आपसी भाईचारे की भावना सच्ची और सरल है। गुरुद्वारे जाओ तो जूते उतारते समय कई बार बड़े-बूढ़े सफेद दाढ़ीवाले बुजुर्ग आपके जूते सँभालते हैं। बुड्ढों के भी, स्त्रियों के भी, बच्चों के भी। अनेक बार रईस और खानदानी घरों के लोग भी गुरुद्वारे के अहाते में विनम्र सेवा भाव से बुहारी फेरते दिख जाते हैं। लंगर में पाँतें बाँधकर खाना खाने के लिए बैठो तो कितनी बार छोटे-छोटे लड़के और बालिकाएँ बालटी से दाल परोसती नजर आती हैं तो कभी पच्छी से गर्मागरम रोटियाँ बाँटतीं।

इस प्रकार बारी-बारी से सब मिल-जुलकर गुरुद्वारे में आने-जानेवालों की सेवा में रत रहते हैं। लंगर के भीतर बीसों छोटी-बड़ी उम्र की औरतें आटा गूँधती, रोटियाँ बेलती-सेंकती दिखाई दे जाती हैं। कोई पूछनेवाला नहीं कि आप हिंदू हैं, सिख हैं, मुसलमान, क्रिस्तान या यहूदी हैं। आप ब्राह्मण जात के हैं या भंगी-चमार जात के। सब पुरुषों को सादर सिर जरूर ढँकना पड़ता है। गुरुद्वारे के भीतर का वातावरण सफाई तथा सादगी के सम्मिश्रण के कारण शांत व स्निग्ध बना रहता है। न बैंड, न बाजा। एक ढोलक, एक बाजा और एक गायक। बस इन तीन रागियों से काम चलाया जाता है। शबद-कीर्तन चार-चार, पाँच-पाँच घंटे तक नहीं चलते कि सुननेवाले ऊबकर उबासियाँ भरने लगें या आपसी बातचीत में निमग्न हो जाएँ। शबद-कीर्तन में गिने-चुने भजन ही सुनने को मिलते हैं। इनमें विभिन्न भारतीय संतों की वाणियों का आधिक्य होता है। सभी रागों पर आधारित होते हैं। रागी अच्छी सिखलाई जाने के बाद ही सार्वजनिक उपस्थिति में गाने का जोखिम उठाते हैं। एक भी भद्दा या बेसूरा गानेवाला ढूँढ़े भी नहीं मिलता। गायकों की तारीफ करनेवाले, सुनकर विभोर होनेवाले और उन्हें प्रोत्साहित करनेवाले चुपचाप उठकर दान-पेटी में कुछ-न-कुछ अर्पित करते चले जाते हैं। पूजा स्थली के गर्भ में न कोई तसवीर, न कोई बुत, न खाली चौखट या दीवार। होती है तो मात्र एक आदरणीय पुस्तक। एक ग्रंथ, एक पोथी जिसे सिर पर रखकर इधर-उधर ले आया जाता है। पुस्तक का नाम है : 'गुरु ग्रंथ साहिब'।

धर्म के अनुयायी दो-तीन कारणों से अपने को सराहना का पात्र माने जाने में गर्व महसूस करते हैं। सादगी और सेवा भाव। विनयशीलता, बलिदान का अंकुर, कड़ी मेहनत और सदाचार से पाई गई धन-दौलत के साथ-साथ भिखमंगी की प्रथा का लगभग संपूर्ण निष्कासन। एक ओंकार और एक सच्चा पादशाह और एक नाम के गुणों

को अद्‌भुत चमत्कार मानने की मनोभावना। ये इस धर्म के अनुयायियों के प्रधान गुण हैं। इसके साथ रणभूमि में वीरता का भी संपुट हो तो सोने पर सुहागा हो जाता है।

~ 28 ~

कई लोगों ने बंदा बहादुर को सलाह दी कि वे सरहिंद को ही अपनी नई राजधानी बना लें। एक स्वचालित सिख प्रदेश की पहली राजधानी, मगर यह बात बंदा बहादुर को जँची नहीं। जिस शहर में गुरु गोविंद के लाड़लों को दीवार में चुनवाकर मार डाला गया था, उस शहर को वे अपनी राजधानी कैसे बना सकते थे?

यह सही था कि रोज हजारों सिख उनकी सहायता करने के लिए आगे आ रहे थे और उनकी ताकत बढ़ती चली जा रही थी। इसी गुमान में उड़ने की अपेक्षा बंदा बहादुर ने तय किया कि उनकी नई राजधानी पूर्वोत्तर के पहाड़ी प्रदेश की तलहटी में बनी मुखालिसपुर नगरी में बनाई जाए और उसको 'लौहगढ़' का नया नाम दिया जाए। ऐसा करने का एक बड़ा फायदा यह था कि मैदानी क्षेत्र में न होकर, पहाड़ी क्षेत्र में किलाबंदी करने से संभावी मुगलई आक्रमणों का बेहतर मुकाबला किया जा सकता था और बहुत जरूरत पड़ने पर पहाड़ों की घाटियों में तितर-बितर होना भी संभव था।

~ 29 ~

कई सरदारों का यह भी विचार था कि सरहिंद की फतह के बाद अब जल्दी-से-जल्दी मौके का फायदा उठा, लाहौर और दिल्ली को भी फतह कर लेना चाहिए। हो सकता था कि उनके इस इरादे में दम हो, पर बंदा बहादुर को इस किस्म की जल्दबाजी रास नहीं आई। उनका विचार यह था कि इस समय जो इलाका उन्होंने फतह किया है, पहले उसका शासन-प्रशासन सही ढंग से चलाया जाए और नई बनाई गई। नींवों को पहले मजबूत कर लिया जाए। उन्होंने सरहिंद, थाणेसर व सामना के नए प्रशासक नियुक्त किए और उन्हें आदेश दिया कि वे अपनी नई हुकूमत की जड़ें मजबूत करने में कोई कसर न छोड़ें। ऐसा करने के बाद उन्हें जमींदारी उन्मूलन का काम शुरू करना चाहिए। जमींदार मुसलमान बादशाहों के बड़े नामी-गिरामी मोहरे थे, इसके साथ-साथ जागीरदार भी, छोटे और बड़े। कई जागीरदार हजारों एकड़ों के मालिक बना दिए गए थे। इन्होंने या इनके पुरखों ने जरूर किसी-न-किसी वक्त अपनी फौज की लड़ाई में कामयाबी की वजह से बादशाहों का रहमो-करम पाया था और उन्हें बड़े-बड़े भू-भाग जागीर के रूप में बाँट दिए थे। अब यह उनका पुश्तैनी हक बन गया था। पीढ़ी-दर-पीढ़ी अपनी जागीर पर मनमर्जी का राज चलाना। इन बड़े जागीरदारों की मानसिकता वैसी ही थी, जैसी दिल्ली के बादशाहों की। निन्यानबे फीसदी प्रजा को नीच जात का माना जाता था, मानो वे पाँवों तले

रौंदे जाने और बेजान से काम करनेवाले जानवरों जैसे हों। उनके किसी भले या कल्याण या जरूरतों के बारे में सोचना भी मानो कोई गुनाह हो। अधिकांश प्रजा हिंदू थी। कुछ को हिंदू बनाकर भेदभाव के बीज बो दिए गए थे। इन हिंदुओं का मूल्य कौड़ी के बराबर था। जो शासक हिंदुओं के बने बनाए मंदिर तोड़ना अपना जन्मसिद्ध अधिकार मानते आए थे। वे नई मसजिद पर मसजिद बनाए जाने के साथ-साथ दो-एक मंदिर बनवाने का सोच भी किस दिमाग से सकते थे। हिंदुओं के बच्चों के लिए पाठशाला बनाना तो मानो कोई बहुत बड़ा जुर्म हो। जब नालंदा जैसे इल्म के गढ़ को निर्दय बर्बरता के साथ जला डाला गया (तक्षशिला के विद्यालयों को भी) तो हिंदुओं की शिक्षा-प्रशिक्षा अथवा उत्थान के लिए कोई नए विद्यालय के बनाने का सवाल ही नहीं उठता।

बादशाह और मुसलमान हमेशा इस तलाश में रहते थे कि कब कैसे हिंदुस्तान से सनातन धर्म की जड़ें समूल नष्ट कर सारे लोगों को इसलाम कबूल करवा दिया जाए। अरब देश के आस-पास के सभी देशों-प्रदेशों में हमले करने के दौरान भी हमलावरों का मुख्य लक्ष्य उनके लोगों को मुसलमान बनाना ही रहा था। इस अभियान में मिस्र के सभी बाशिंदों को मुसलमान बना लिया गया। यही काम ईरान में भी किया गया और फलस्वरूप वहाँ के घरासियों को भागकर हिंदुस्तान में शरणागत बनना पड़ा। तुर्की, सीरिया, इराक, अफगानिस्तान आदि में भी यही किया गया, पर हिंदुस्तान में आकर मानो सरपट दौड़नेवाली इसलामी गाड़ी दलदल में आ धँसी। ये गलीज, कम्बख्त, नापाक और बुजदिल हिंदू मानने को ही राजी न हुए। न तलवार का जोर, न पद के लालच का, न जिजिया से छूट का, न अपरोक्ष जबरदस्तियों का, न सूफियों के गोल-गोल नचैया पीर-फकीरों के फलसफे का कि सच्चे प्रेमियों की असली मुलाकात मौत के बाद मुहैया होनेवाले बहित में ही हुआ करती है (उदाहरणत: हीर-राँझा, सोहिणी-महिवाल, सस्सी-पुन्नू)।

हिंदुओं की पढ़ी-लिखी ऊँची जातिवालों पर तो इसलाम के मनोनीत मियाँ मिट्ठू जादू का कोई प्रभाव न पड़ा। सदियों की कोशिशों और बर्बर नरसंहार के बावजूद, केवल निचली जाति के······हिंदुओं पर इसलामी जादुई घड़ी ने थोड़ा-बहुत कमाल दिखाया। निर्भय व कपटपूर्ण फौजी बादशाहों के सिलसिले के बाद सिलसिले चलते रहे, लगभग आठ सौ से लेकर हजार वर्षों तक, पर अधिकांश हिंदुओं ने इसलाम कबूल करने की बजाय हजार तंगियों, परेशानियों और मुसीबतों को सहते रहना अधिक अच्छा समझा। यह वस्तुत: इसलाम की हर छोटी-मोटी जीत के बावजूद वृहत् स्तर पर इसलाम की सबसे बड़ी और शर्मनाक हार थी।

बंदा बहादुर की फतह के बाद ढेरों मुसलमानों का स्वेच्छा के साथ सिख धर्म स्वीकार कर लेना इसी परिप्रेक्ष्य में देखा जाना चाहिए।

□

बंदा बहादुर का स्वप्न

~1~

बंदा बहादुर का विश्वास था कि देश में लुटेरों का राज है, जो अपने पड़ोसी की धन-दौलत, उसके घर और उसकी जमीन-जायदाद पर लालच की नजर डाले और जरबदस्ती, अपमानित, जुल्म करता हुआ उसे हड़प ले, वह इनसान के नाते कितने पानी में होगा? क्या वह इनसान कम और हैवान ज्यादा नहीं है, क्या वह हैवान से भी बदतर नहीं है, उसे डाकू नहीं तो क्या कहेंगे, लुटेरा नहीं तो क्या कहेंगे, चोर नहीं तो क्या कहेंगे!

उस पर तुर्रा यह कि हिंदुस्तान उनका पड़ोसी मुल्क भी नहीं था। दूर का मुल्क था, पर लालच बुरी बला है। ये दरिंदे देखते थे कि हिंदुस्तान की तरफ से कपड़ों, मसालों और उमदा कारीगरी की कमी नहीं थी, दस्तकारियों से ऊँटों के लंबे काफिलों पर लदे कितने ढेर सारे कारवाँ उनके इलाकों से गुजरते थे। वहाँ खरीद-फरोख्त भी करते थे। तभी इन दरिंदों के मुँह में पानी आने लगा। उनकी लंबी जीभें ललचाने लगीं। उन्होंने सोचा कि क्यों न हिंदुस्तान जाकर उनकी धन-दौलत को लूटा जाए।

तब वे बर्बर किस्म के लोग सिर्फ एक ही पेशे से वाकिफ थे। लड़ने-लड़ाने के। तलवार चलाकर विपक्षी का सिर काटने में माहिर थे। चोरी-चकारी के हुनरों में भी। तीर-कमान व बरछी हाथ में पकड़ शिकार करने का शौक तो पैदाइशी था इनका।

हिंदुस्तान के रहनेवाले हिंदू ही हैं, काफिर, यानी इसलाम के पैदाइशी दुश्मन। वे हैं भी मूर्तिपूजक, इसका मतलब दुश्मन से भी बदतर दुश्मन और हैं भी अपनी पसंद या अपने ही कायदे से लड़ाई लड़नेवाले। यह भी सुना है कि उनके पूजागृह मसजिदें नहीं मंदिर होते हैं। ये मंदिर मसजिदों की तरह खुले-खुले और खाली नहीं होते। मंदिरों में बहुत सारी किस्म-किस्म की मूर्तियाँ होती हैं। कोई सोने की बनी, कोई चाँदी की। इन मूर्तियों को हीरे-मोतियों के बने वस्त्रों से सजाया भी जाता है। यह भी सुनते हैं कि इन मंदिरों पर रोज-के-रोज बड़ी मिकदार में चढ़ावा भी चढ़ाया जाता है। बड़े अंधविश्वासी

हैं ये सूअर समान हिंदू काफिर। मंदिरों में पत्थर की बेजान मूर्तियों पर इतना पैसा चढ़ाने में इन्हें परहेज भी नहीं होता। न हिचक कोई। खुले दिल से चढ़ावे चढ़ाते हैं। कई मन्नतें भी माँगते हैं कि शादी हो गई, बेटा हो गया तो इतना-उतना चढ़ाएँगे। यह सारी दौलत मंदिरों के अंदर ही खुफिया जगहों पर जमीन के नीचे दबाई जाती है या दीवारों में चुनवाई जाती है। पुजारियों के गले दबोच और उनकी बाँहें मरोड़ यह जान लेना मुश्किल नहीं होगा कि ये खजाने कहाँ-कहाँ छिपाए गए हैं।

हमारे मुल्ला-मौलवी भी खुश होंगे कि हमने मूर्तिपूजक घिनौनी कौम के काफिर हिंदुओं को ठिकाने लगाया है।

इतना ही नहीं, उन्हें इसलाम की एकमात्र सही राह भी दिखलाई है। अब आगे उनकी बदकिस्मती है कि सही राह दिखा दिए जाने के बाद भी ये कम्बख्त काफिर अंधे, बहरे और जाहिल बने रहे, पर ऐसा होने पर वे दोहरी मार के हकदार हैं। एक काफिर होने का संगीन जुर्म, दूसरे सही राह दिखाए जाने और समझाए जाने के बाद भी काफिर बने रहने की बेवकूफाना जिद करनेवाले।

मारो उनको; काटो उनको; लूटो उनको।

ऐसा करने से हम नेक और खलिस मुसलमान कहलाने के हकदार ही नहीं, बहिश्त में अच्छी जगह पाने और ज्यादा-से-ज्यादा हूरें काबू करने के भी हकदार होंगे, क्योंकि अल्लाह रहमदिल भी है और कृपा करनेवाला भी और उसे सबकुछ पता है।

एक पंथ दो काज; हमलावर भी खुश, मुल्ला-मौलवी भी सुकूनयाफ्ता। सिपाहियों की तो मौज-ही-मौज। जहाँ दिल करे, मारो, लूटो, खसूटो। तुम्हारी बीवियाँ तुमसे दूर हैं। कोई हरज नहीं। न कोई फिक्र की बात। फतह किए काफिरों की औरतें बड़ी खूबसूरत हुआ करती हैं। उन्हें छीनो, झपटो और मौज-मस्ती मनाओ। बाद में गुलाम बनाकर बगदाद के बाजारों में व्यापार के लिए भेज दो। यों भी इसलाम एक ही वक्त में चार-चार बीवियाँ रखने की इजाजत देता है। काश, ऐसी ही इजाजत उनकी औरत की किस्मत में भी लिखी होती!

विदेशों से भारत आए आक्रमणकारी मुसलमान लड़ाकों को बताओ कि उनकी तो हर तरफ से मौज-ही-मौज है। दूसरे देश में जाकर उनकी जमीन मारकाट कर अपनी बनाओ। उनके घर भी जायदाद भी। मंदिर तोड़कर धन-दौलत कमाओ। मसजिदें बना-बनाकर अल्लाह की मेहरबानी। बुत तोड़-तोड़कर मुल्ला-मौलवियों की मेहरबानी। बड़े-बड़े महलों-हवेलियों में ऐयाशी से रहो और मौज-मस्ती करो। गुलामों के व्यापार से अलग दौलत कमाओ। सिपाहियों को भी मनमानी लूट-खसोट करने की छूट दो, जिससे उनका मनोबल बना रहे। मालिक भी खुश, उनके कारिंदे भी खुश, सिपाही भी खुश। चारों तरफ खुशी-ही-खुशी। उन्हें लगता है कि उनके किए शुभकार्यों के कारण

सातवें आसमान पर चढ़ा बैठा अल्ला मियाँ उनसे बेहद खुश है। यह सारा जादू कुरान, रसूल और इसलाम की ही देन है। हमने दुनिया को दिखा दिया है कि अल्लाह मियाँ में हमारा (अंध) विश्वास हमें हर लड़ाई और हर मुकाम से फतह-ही-फतह के सेहरे पहनाता रहता है। ऐसे में किसी की मजाल जो कहे कि इसलाम छोड़कर अल्लाह का बनाया कोई दूसरा मजहब भी है।

अपने घमंड और ताकत के नशे में चूर ये आसुरी वृत्ति के लोग यह सोच ही नहीं पाते थे कि जिनके घर, जमीन व जायदाद इन्होंने छीने हैं, जिनकी औरतों की इज्जत सरेआम लूटी है, मंदिर तोड़े हैं, गुलाम बना-बनाकर व्यापार से पैसे वसूल किए हैं, उन बेचारों के दिलों पर क्या बीत रही होगी? उनकी विधवा स्त्रियाँ और अनाथ बच्चों के गहरे जख्म कौन, कैसे और कब भरेगा? उनके टूटे दिलों से निकली ठंडी आहें किसे लगेंगी?

न, ऐसा सोचना उनके दिमाग के काबू में न था, उन्हें अपने कुकर्मों पर अफसोस नहीं था। उलटे उनकी छातियाँ यह सोचकर फूली रहती थीं कि उन्होंने इसलाम की सेवा में इतना ज्यादा गोश्त चढ़ाया है। उन्होंने कभी न पश्चात्ताप जताया, न कभी महसूस ही किया। यदि यह उनकी आसुरी वृत्ति का प्रमाण नहीं तो फिर क्या हो सकता है?

2

गुरु गोविंद सिंह की तसवीर देखें। नीले (सफेद) घोड़े पर सवार एक पुरुषोत्तमीय, तेजस्वी-उज्ज्वल व्यक्तित्व। खूबसूरत-रोबदार चेहरा-मोहरा। सिर पर पगड़ी। पगड़ी में कलगी। पगड़ी के ऊपर मजबूत लोहे का चक्र। तलवार की धार को कुंद करनेवाला। सुगढ़ मूँछें और लंबी दाढ़ी। चील जैसी दूर देखनेवाली दैवी-पारखी आँखें। छाती, कंधों और हाथों पर लोहे के नक्काशीदार जिरह-बख्तर। पीठ पीछे ढाल के साथ कमान और तीरों से भरा तरकश। बाएँ हाथ में लगाम। दाएँ हाथ में मजबूती से पकड़ी लंबी तलवार की मूठ। एड़ी-पंजों में रकाब। लगाम पकड़े बाएँ हाथ की मूठ पर बैठा एक सचेत, धवल श्वेत परोंवाला बाज।

बंदा बहादुर की नजर दिल में गुरु गोविंदजी को प्रणाम करती हुई, उस सफेद बाज पर आ केंद्रित होती है। कैसी सजग और सचेत देह है इस बाज की। लंबी तीखी चोंच और गोल आँखों से निकलनेवाली नजर में से मानो चिनगारियों के फव्वारे फूट रहे हों।

बस मालिक गुरु साहब के हलके से इशारे की देर है और बाज बिजली की तेजी से उड़ता हुआ गुरु साहब का हर हुक्म बजा लाएगा। अलादीन के चिराग की तरह लैंप के शीशे पर धूल पहुँचते ही एक बड़ा दैत्य सामने आ खड़ा होता था। वह झुककर सलाम करता और पूछता, मालिक मेरे लिए क्या हुक्म है? (उसका तात्पर्य होता कि आपके

हुक्म की देर है, अगर आप चिड़े का दूध चाहें, तो वह भी ले आऊँगा मैं, आपका अपना खादिम)।

बाज की ओर अपलक प्रशंसा से टकटकी लगाकर घूरते हुए बंदा के मन में एक विचार कौंधा—कहीं मैं तो नहीं हूँ गुरु साहब की मुट्ठी पर बैठा यह बाज?

जितनी बार सोचा, उतनी बार बंदा की मूक जिज्ञासा का उत्तर हामी में मिला।

बंदा बहादुर को अपनी छाती में गर्व तथा संतोष की अमिट भावनाएँ अनुभूत हुईं।

बंदा बहादुर को लगा कि अब और उसे मार्गदर्शक की तलाश नहीं है।

□

सिख राज्य का विस्तार

~1~

पंजाब के एक बड़े भाग में सिख राज्य की स्थापना हो चुकी थी। पंजाब के ढेर सारे हिंदुओं तथा मुसलमानों ने सिंह धर्म अपनाकर दाढ़ी, मूँछ बढ़ा, सिर पर पगड़ी बाँधनी शुरू कर दी थी। इन सभी क्षेत्रों में जमीन जमींदारों और जागीरदारों के हाथों से छीनकर हल जोतनेवाले किसानों के बड़े समूह में बाँट दी गई थी।

इन सारी वास्तविकताओं का पंजाब तथा आस-पास के क्षेत्रों पर क्या प्रभाव हुआ होगा ?

आस-पास के क्षेत्रों में भी आम जनता में अपने हक के लिए संघर्ष तथा लड़ाई लड़ने का जुनून जाग उठा।

अभी तक बंदा के कब्जे में यमुना और घग्घर नदियों के बीच का सारा इलाका आया था। अब पंजाब के दक्षिण-पूर्व की और युमना पार के क्षेत्र में भी जनता में कुलबुलाहट जोर पकड़ने लगी। यमुना पार के महत्त्वपूर्ण नगर सहारनपुर से गुज्जरों के दूत बंदा के पास संदेश लेकर आने लगे कि बंदा बहादुर उनके क्षेत्र को भी जागीरदारों व नवाबों के शोषण से विमुक्त करें। वे इस अभियान में उनकी हर संभव सहायता करेंगे।

इस बीच खबर मिली कि बादशाह बहादुर शाह दक्षिण भारत में अपना अभियान समाप्त करने के बाद अब उत्तर की ओर बढ़ने लगा। यह सुनकर बंदा के कान चौकस हो गए। तभी खबरें मिलीं कि बहादुर शाह राजस्थान में रुक गया है, वहाँ के राजपूतों के विद्रोह को शांत करने। बंदा ने निर्णय किया कि यही मौका है, जब विस्तार की लड़ाई चालू की जाए। तब पंजाब के मालवा क्षेत्र में वातावरण ऐसा हो गया था कि तलवार काढ़े घोड़े पर सवार सिख योद्धा को देखते ही लोग आतंक और भय से थरथरा उठते थे।

बंदा बहादुर ने अपने सदस्यों की सभा बुलाकर विचार-विमर्श किया। फैसला किया गया कि सिख सेनाएँ सहारनपुर को आततायियों के चंगुल से बचाने के लिए कूच करेंगी।

सहारनपुर क्षेत्र में घमासान लड़ाई के बाद सिखों की जीत हुई। दुश्मन के बहुत से सिपाही खेत रहे। सहारनपुर जिले का सारा क्षेत्र बंदा बहादुर के राज्य में शामिल कर लिया गया। ऐसा होते ही बहुत बड़ी संख्या में आस-पास के इलाकों के जमींदार-जागीरदारों और अमीर-उमरा का पलायन शुरू हुआ। वे सभी भागकर अवध के नवाबी राज्यों में शरण लेने लगे।

इसके बाद अगला निशाना जबलपुर पर साधा गया, जहाँ मुगलई राज का एक बहुत बड़ा और मजबूत किला था। दो महीनों तक किले की घेराबंदी जारी रखी गई और दोनों सेनाओं के बीच घमासान लड़ाई चलती रही। दोनों ओर से कई बड़े-बड़े सरदार और सिपाही हताहत हुए। दोनों ओर से बहादुरी के कारनामों के अनेक उदाहरण देखने को मिले।

इन्हीं दिनों बंदा बहादुर के पास जालंधर दोआब के लोगों की फरियाद पहुँची कि वे भी उनकी मदद के प्रार्थी हैं।

जून की गरमी दिनोदिन बढ़ती चली जा रही थी। अनुमान था कि कुछ ही दिनों में बरसात का मौसम शुरू हो सकता है। तब नदियाँ पार करना असंभव सा हो जाएगा।

बंदा बहादुर को कठोर निर्णय करना पड़ा। फैसला किया गया कि सिख फौजें जलालाबाद का घेरा छोड़, वापस यमुना नदी को पार कर समय रहते जालंधर दोआब की दिशा में प्रस्थान करेंगी।

~ 2 ~

सिख फौज का एक बड़ा हिस्सा जालंधर दोआब की ओर रवाना कर दिया गया, साथ-साथ एक दूसरे छोटे हिस्से ने मलेर कोटला पर धावा बोल दिया।

मलेर कोटला के नवाब ने लड़ाई की अपेक्षा सुलह कर लेने में ही अपनी भलाई समझी। अस्तु, वहाँ बिना लड़ाई किए ही सुलह कर दी गई। इस सुलह के लिए नवाब साहब से एक काफी बड़ी रकम तलब की गई, पर वे दौलत और सूझ के इतने बड़े धनी निकले कि यह शर्त स्वीकार कर ली गई। दोनों ओर सह-अस्तित्व के हालात कायम कर दिए गए।

सवाल उठता है कि मलेर कोटला के पठान लड़ाकों ने इतनी जल्दी सिखों की शर्त क्योंकर मान ली? इसकी बड़ी वजह यह थी कि कुछ ही समय पहले रोपड़ की लड़ाई में पठान सिखों के कमाल देख चुके थे। उन्हें भलीभाँति ज्ञात था कि ये ऐसे लोग हैं, जो हार-पर-हार हो जाने के बाद भी कभी हार नहीं मानते। लड़ते रहने के लिए उनका धीरज, उनका सब्र और उनकी दृढ निष्ठा कमाल की हुआ करती है। दुश्मन के अस्थायी दबाव के कारण यदि उन्हें कभी एक जगह से या एक दिशावर्ती आक्रमण से मैदान

छोड़ना भी पड़े, तो ऐसी गैर-हाजिरी अल्पकालिक और अस्थायी हुआ करती है। शीघ्र ही वे हमेशा पलटवार करने से कभी नहीं चूकते। एक पलटवार व्यर्थ भी जाए, तो वे परवाह नहीं करते। जब तक देह में प्राण हैं, वे पलटवारों का सिलसिला कभी नहीं छोड़ते।

दूसरा बड़ा कारण यह था कि जीत की हालत में सिख सम्राट् अशोक की तरह अपनी जीवनदिशा नहीं बदल लेते, वे भगवान् बुद्ध के 'अहिंसा परमो धर्मः' माननेवाले भिक्षुक नहीं बन जाते, जो देह में प्राण रखने के लिए भी दर-दर भीख माँगने पर मजबूर हों।

पठानों को पता था कि सिखों की जीत की अवस्था में उनके शहर और उनके घर-बार को तबाही का मुँह देखना पड़ेगा।

इतिहास के प्रारंभ से सैकड़ों आक्रमणकर्ता इसी नीति को ही अपनाते रहे हैं कि जीत के बाद सार्वजनिक कत्लेआम, लूटमार, आगजनी और जबरदस्ती तथा निर्दय नृशंसता की ऐसी छवि और उनके भावी आक्रमणों का क्रम अपेक्षाकृत सरल हो जाए और शहर के बाद शहर बिना लड़े ही सुलह का सफेद झंडा फहरा हथियार डालकर आत्मसमर्पण के लिए तैयार हो जाए।

आखिर सिकंदर के साथ-साथ 'सिकंदरे आजम', सिकंदर महान् तथा ग्रीक लेखकों के मुँह से 'सिकंदर दि ग्रेट' कहे जाने का भी मूल कारण यह निर्दय नृशंसता थी। बाद में अनेक मुसलमान आक्रमणकारियों के लिए यह कुकृत्य नीति न रहकर उनकी आदत में तब्दील हो गया था।

जब बाबर हिंदुस्तान पर हमला करने के लिए अपने स्वदेश फरगना से पंजाब की ओर बढ़ रहा था तो उसे अफगानिस्तान के इलाके से गुजरना पड़ा था। राह के आस-पास पठानों के बसेरे थे। पठान लड़ाई में पारंगत होने और जाँबाजी दिखाने के लिए जगविख्यात हुआ करते थे। शहरों के लोग उनके आगमन की खबरें सुनकर डर से काँपने लग जाते थे।

परंतु अपनी जीवनगाथा 'बाबरनामे' में बाबर ने उल्लेख किया है कि जब उसकी फौज पठानी इलाकों से होकर गुजरती तो पहाड़ों की तलहटी में बसे गाँव छोड़कर पठान पहाड़ों के ऊपर चढ़ शिखरों के समीप अपने नए डेरे बना लिया करते थे। बाबर को यह देखकर हैरानी भी हुई और कुछ हँसी भी आई। उसने अपने मन में जब कारण ढूँढ़ने की कोशिश की तो उसने पाया कि पठानों की इस करनी और भगदड़ के पीछे बाबर के वंश का बड़ा हाथ था। वह विश्वविख्यात योद्धा चंगेज खान की पीढ़ी का अनुज माना जाता था और पठान चंगेज खान के नाम से ही काँपने लगते थे।

इसका एक निचोड़ यह भी निकला कि युद्ध तथा वीरों में बाप का भी बाप हुआ करता है। चंगेज खान के जमाने तक मध्य एशिया के समृद्ध तथा सशस्त्र 13वीं शताब्दी के पहले ही अपनी उत्कट लड़ाकू छवि पर मोहर लगवा चुके थे। हिंदुस्तान में बारंबार

की गई लूट की दौलत से उनके रेगिस्तानी शहर समृद्ध हो गए थे। वहाँ बड़ी-बड़ी इमारतें, महल, मसजिदें, मदरसे और बाजार बनने लग गए थे। लड़ाई के महकमे में वे किसी को भी अपना सानी नहीं मानते थे। ऐसे में चंगेज खान के मंगोल आक्रमणों के रास्ते में उनके समृद्ध शहर नेस्त-नाबूत कर डाले गए थे। पर मुसलमानों की फौजों के हर मुकाम पर हार-पर-हार का अपमान झेलना पड़ा था। इसका दूसरा निचोड़ यह भी निकला कि जब तक सारी दुनिया के लोग एक साथ बौद्ध धर्म के 'अहिंसा परमो धर्मः' पंथ को स्वेच्छा से अंगीकार न कर लें, ताकत का तोड़ काटने का एकमात्र ही तरीका बच जाता था, वह था, ईंट का जवाब पत्थर से देने का।

मलेर कोटन के पठानों को रोपड़ की लड़ाई ने यही सबक रसीद करवाया था।

~3~

इसी बाबर की पठान-भगाऊ फौज ने पानीपत में 1526 में लड़ी लड़ाई में बादशाह इब्राहीम लोदी की कई गुना बड़ी फौज को परास्त किया। कारण यह बताया जाता है कि बाबर लोदी के मुकाबले में अधिक युद्ध-कौशल जनरल था। उसकी फौज में बहुत बेहतर इंजीनियर थे, अनुशासन था और फौज की अच्छी कवायद व सिखलाई थी।

पर एक ही साल बाद जब बाबर की इसी विजित फौज को खुनआ के मैदान में एक राणा सांगा की राजपूती फौज का सामना करना पड़ा तो अचानक उसके हौसले पस्त हो गए और हाथ-पाँव ठंडे पड़ने लगे। उसका मनोबल भी घत में जा मिला।

बाबर जैसे कुशल जनरल ने अपनी फौज की यह नब्ज तुरंत पहचान ली। उसने उनमें मनोबल फूँकने का एक अद्वितीय नाटक रचा। फौज को इकट्ठा कर उसने उनकी आँखों के सामने अपनी सारी शराब की बोतलें व पीने के पात्र तोड़ डाले, यह दरशाने के लिए कि फौज की जीत के लिए उनका प्रिय नेता कितना बड़ा बलिदान कर सकता है। इसके बाद अपने भाषण में बाबर ने कुरान का सहारा लिया। उसने कहा आज नहीं तो कल हरेक पैदा होनेवाले को एक-न-एक दिन मरना ही होता है। यदि लड़ाई में पीठ दिखाकर मरो तो आजीवन अपमान भुगतना पड़ता है। पर यदि आस्था के साथ लड़ते हुए जान दे डालो तो शहीदी का दर्जा नसीब होता है और इस छोटे अदने से जीवन के बाद जन्नत की सुख-सुविधाएँ नसीब होती हैं।

विचित्र है कि विभिन्न शब्दावली में ऐसा ही संदेश गीता में भी दिया गया है।

~4~

अतः ऐतिहासिक विवरणों में यह भी उजागर होता है कि रणभूमि में सफलता के लिए नेतृत्व का कितना बड़ा हाथ हुआ करता है। इसमें नेतृत्व वही उत्तरदायित्व निभाता

है, जो माता-पिता अपने बच्चों के लालन-पालन और पोषण के लिए अदा करते हैं।

वह नेतृत्व किस काम का कि हाथी पर सवार सेनापति हेमू की आँख में तीर जा लगा तो उसकी भीमकाय फौज को मैदान से भागने पर मजबूर कर दिया गया। वजीर खान का कटा सिर भाले की नोक पर चढ़ा ऊपर हिला-हिलाकर दिखाया गया तो उसकी सारी फौज के पाँव उखड़ गए।

फौज के नेतृत्व में सीढ़ी-दर-सीढ़ीवाला सिलसिला हुआ करता है। बड़े-बड़े दस्तों से लेकर छोटी-छोटी श्रेणियों-बुकड़ियों से भी। सेनापति के हताहत होने पर उप-सेनापति को निर्विलंब उसकी जगह और जिम्मेदारी उठानी पड़ती है। उप-सेनापति के हताहत होने पर उसके नीचेवाले ओहदेदार को। यही अनुशासन व परंपरा टोलियों में चलनी चाहिए।

अगर ऐसा भी होता तो प्रत्यक्ष है कि माता-पिता अपनी संतान का पालन-पोषण सही ढंग से नहीं किया। इस अभाव को हार का असली कारण न मान, हेमू की आँख में तीर लगनेवाली किंवदंती, अपने आपको धोखे में ही रखने के समान है। इसका मतलब यह होगा कि एक दस हजार की संख्यावाली सच्ची तरह अनुशासित हथियार से लैस और सिखलाई प्राप्त तथा अनुभव-संपन्न फौज का सामना दस गुणा संख्यावाली भीड़ से हो और भीड़ के पाँव उखड़ जाएँ, तो त्रुटि किसकी है, ऐसे मनन-चिंतन की आवश्यकता हमेशा बनी रहती है, अन्यथा लोग यही लांछन लगाएँगे कि लोग अनगिनत असफलताओं के बाद भी कोई सबक सीख पाने के नाकाबिल हैं। इनकी हार पर हार इस कारण से होती है कि ये लोग हार पर हार के ही काबिल हैं।

~ 5 ~

एक राज्य का सम्राट् लड़ाई के मामले में नौसिखिए से भी बदतर था। आस-पास के राज्यों मे जब पारस्परिक युद्धों के घमासान होते रहे, तो वह शांति दूत बनकर चुप ही बैठा रहा। युद्धों के समापन के बाद पुनः जब शांति का वातावरण लौटा तो इस सम्राट् ने शांतिदूत कहलाने के लिए अपने को आगे किया। आस-पास के राज्यों में उसकी बड़ी प्रसिद्धि हुई। वह भी फूला न समाया।

एक बार उसके सेनापति ने राज्य की उत्तरी सीमा पर दुश्मन के खतरनाक जमादारों की खबर सुनाते हुए, जब उसने अतिरिक्त फौज और हथियारों की माँग की तो सम्राट् आग-बबूला हो उठा।

"अतिरिक्त फौज, किसके लिए? आस-पास के सभी प्रदेश हमारे मित्र हैं। हममें भाईचारा है। मैं अपनी जनता की भलाई के लिए इतने कार्य कर रहा हूँ, क्या तुम्हें उसका कोई होश नहीं। बड़े आए हथियार माँगनेवाले। जाओ, अपना रास्ता नापो।"

सेनापति इस प्रकार अपमानित किया जाने का कड़ुवा घूँट पीकर सिर झुकाए दरबार

से बाहर निकल आया। वह अपना धीरज और मनोबल दोनों खो बैठा था। उसने अपने पद से इस्तीफा दे दिया, जिसे सहर्ष मंजूर भी कर लिया गया। दूसरे सेनापति की नियुक्ति की गई, जो सम्राट् की हाँ-में-हाँ मिलाने का आदी था। उसने सम्राट् की कमजोरी जानते हुए, उत्तरी सीमा के खतरों की चर्चा करना ही बंद कर दिया।

"और अधिक फौज और हथियारों की माँग सरासर पागलपन है। है! हमें तो मौजूदा फौज की भी छुट्टी कर देनी चाहिए। हम अपने नागरिकों के हाथ में लाठियाँ पकड़ाकर ही अपना काम चला लेंगे। बड़े आए हैं और पैसे और हथियार माँगने।" राजा दरबारियों से बार-बार मखौल में कहता।

फिर एक दिन जब खबर मिली कि उत्तरी राज्य ने सीमा पार कर इसी प्रदेश में चौकियाँ बनाना शुरू कर दिया है तो सम्राट् ने छड़ी घुमाते हुए सार्वजनिक ऐलान किया और डोंडी पिटवाई कि "मैंने फौज को दुश्मन को बाहर निकाल फेंकने के आदेश दे डाले हैं!"

इसके बाद दोनों प्रदेशों में लड़ाई का घमासान हुआ और सम्राट् की सेना को करारी हार का मुँह देखना पड़ा। सम्राट् की सेना का इतना भयंकर अपमान पहले कभी नहीं हुआ था, पर चापलूस दरबारियों और पेशेवर भाटों ने सम्राट् की ख्याति की इतनी किंवदंतियाँ रचीं और ऐसे-ऐसे गीत गाए कि लोगों की आँखों में धूल-ही-धूल पड़ती रही।

एक दिन अपने अहंकार में मगन इस सम्राट् की मौत हो गई, पर उसके दैवी गुणों की गाथाओं का समापन न हुआ।

~ 5 ~

बंदा बहादुर जलालाबाद छोड़कर वापस पंजाब आ रहे हैं। इस खबर ने पंजाब के किसानों में एक नई जान फूँक दी। किसानों की फौज ने राहों के मुसलमान फौजदार को लड़ाई में हरा दिया। इसके बाद उन्होंने जालंधर और होशियारपुर दोनों बड़े शहरों पर कब्जे जमा लिये। अक्तूबर 1710 तक पूरे जालंधर दोआब का उपजाऊ क्षेत्र बंदा बहादुर के कब्जे में आ गया।

बंदा बहादुर की फौज के संग-साथ किसानों ने अपनी फौजें भी बना ली थीं। इनका लक्ष्य था पूरे माफा क्षेत्र पर कब्जा जमाना। शुरुआत अमृतसर से की गई। अमृतसर के बंद कई दस्ते पूर्ववर्ती पहाड़ी क्षेत्र की ओर बढ़े। शीघ्र ही इन्होंने कलानौर, बटाला और पठानकोट पर काबू पा लिया।

पर उनकी तसल्ली इन्हीं विजयों से नहीं हुई। उन्होंने आगे बढ़ते हुए सतलुज और रावी नदियों के बीच पड़नेवाले इलाके को भी अपने अधिकार में कर लिया।

नतीजा ? नतीजा यह हुआ कि पूरे पंजाब के किसानों की हलचल से मुगल राज्य

की नींव लड़खड़ा उठी। लाहौर के बाहरी गाँव भी इनकी पकड़ में आ गए। यदि नहीं आए तो केवल लाहौर शहर और अफगानों के आधिपत्यवाला कसूर शहर। इन दो शहरों को छोड़ अब पूरा पंजाब बंदा बहादुर के सिखों के कब्जे में आ गया। सहारनपुर आदि यमुनापार का इलाका अलग।

बंदा बहादुर के कुशल तथा शानदार नेतृत्व की बदौलत अब इस सारे उपजाऊ इलाके पर सिखों का राज्य कायम हो गया। यह उनके चरमोत्कर्ष की घड़ी थी।

इस समय यदि कुछ और जोर लगाकर बंदा बहादुर ने लाहौर, कसूर तथा दिल्ली पर भी सशक्त हमले बोले होते तो निश्चय ही भारतीय इतिहास का मूल ढाँचा ही बदल गया होता।

इस काल के लगभग डेढ़ सौ साल बाद दिल्ली के मुसलमान शायर गालिब ने लिखा, "मुहुई मुद्दत कि गालिब मर गया पर याद आता है वो हर इक बात पर कहना, कि यों होता तो क्या होता!"

□

चरवाही गड़रियाई जड़ें

~1~

अरब के लोग शुरू से ही चरवाहों की बिरादरी रहे हैं। यह बिरादरी चरवाहों के विभिन्न दलों और टोलों पर आधारित रही है। कैसे होते होंगे इनके आपसी संबंध? निश्चय ही दोस्ती के कम और पारस्परिक वैमनस्य तथा स्पर्धा के अधिक। इन कबाइली कहलानेवाले टोला-टोलियों की वफादारी किसी भू-क्षेत्र विशेष से कम और अपनी टोली, अपने लोगों, अपने सरदारों और अपने जानवरों के प्रति ज्यादा रही। रेगिस्तान के उजाड़ और वीरान सपाटों में कहीं-कहीं पानी और हरी घास के सीमित क्षेत्र होते थे। अपने-अपने भेड़-बकरियों और ऊँटों के रेवड़ ही इन लोगों की जमीन-जायदाद थे। उनके महल (झोंपड़े), हवेलियाँ और झोंपड़े तंबुओं में ही हुआ करते थे।

अपने-अपने जानवरों से लैस ये रेवड़ आज यहाँ तो कल वहाँ घूमा करते थे। इस तरह की खानाबदोश जिंदगी पुरखों के पुराने वक्त से इनकी रग-रग में समाई हुई थी। अगर किसी हरी घास की चरागाह पर इनके पहुँचते ही किसी अन्य जाति का बसेरा पाया जाता था तो ये लोग अगला बसेरा ढूँढ़ने आगे बढ़ जाया करते थे। कभी-कभी आपस में लड़ाई भी छिड़ जाया करती थी, मार-काट और खून-खराबा होते। इन लोगों के स्मृति-अवशेष भी बड़ी लंबी हाँकवाले हुआ करते थे। इसने उसकी ऊँटनी चुरा ली, उसने इसकी लड़की। ऐसी घटनाओं से पुश्तैनी दुश्मनी और आपसी वैर का होना स्वाभाविक था।

इस सबका परिणाम यह हुआ कि इस प्रकार खानबदोशी और बंजारों की जिंदगी बसर करते-करते इन लोगों के दिमाग में किसी एक भू-भाग या स्थान विशेष के लिए वफादारी की भावना न कहीं पनप पाई, न ही इसने कहीं जड़ें पकड़ीं। इनके रेवड़ कश्मीर व हिमाचल के गुज्जर-गद्दी की तरह होते। गरमी के मौसम में पहाड़ों और घाटियों में डेरा डालते और सर्दी में मैदानों में आ धमकते। वास्तव में न यहाँ के, न वहाँ के। छोटी-छोटी दुश्मनियाँ और गलतियाँ इनके दिलो-दिमाग पर दिन-रात हावी हो, कभी इनकी मुट्ठियाँ भिंचवातीं तो कभी इनके दाँत पिसवातीं। बदले और इंतकाम की भावनाएँ बड़ा जोर पकड़ लिया करती थीं। ऐसी भावनाएँ पीढ़ी-दर-पीढ़ी चलतीं। इसके साथ-साथ लंबी नाकवाले संदर्भ भी। इसकी बीवी चुराकर या गुमराह कर उस रेवड़वाले ने इनकी

नाक काट ली। बदले में दूसरे की नाक और कान दोनों काटना लाजिमी हो जाया करता था या वापस उसकी बीवी या लड़की की चोरी करना।

इस तरह का चोर-उचक्कों को देखने से किसी की भौंहें खड़ी नहीं होती थीं। इसे आम 'बिरादरी चारे' का एक हिस्सा माना जाता था।

गंगा-यमुना के निवासी अपनी जन्मभूमि पर गर्व महसूस करते थे, बंगालवाले अपनी हिंदू तो हिंदुस्तान को अपनी मातृभूमि मानते आए हैं। जिस जमीन से उगे अनाज खाकर, नदी का पानी पीकर, धूप सेंककर बड़े हुए हैं, उसके प्रति कृतज्ञ महसूस करने की भावना। दूसरी तरह से कहा जाए तो यह एक प्रकार की 'नमक हलाली' हुई और इसका ठीक उलटा 'नमकहरामीपन'।

~ 2 ~

इसलाम आने के बाद इन कबाइलों को आपसी भाईचारे की शिक्षा दी जाने लगी। एक रेवड़ के लिए दूसरे रेवड़ के लोग दूसरे रेवड़ में शादी-विवाह भी करें, तो दोनों रेवड़ एक-दूसरे के निकट आएँगे।

इसलाम आने के बाद भेड़-बकरीवालों में व्यापार करने की भावना उपजी। इसे धीरे-धीरे परिपक्व किया गया और जहाजरानी के फैलाव के साथ बढ़ोतरी भी हुई। तभी एक वाक्य निकला, फलाने-ढिकाने का बेड़ा गर्क हो गया।

स्वभाव से निर्दय और करुणाविहीन, यद्यपि इन चरवाहों के भी जीविकोपार्जन का मुख्य साधन भेड़-बकरियों के लिए नित नए चरवाह ढूँढ़ने के अलावा इनका फितरतन पेशा एक-दूसरे के गले रेतने, भेड़-बकरियाँ चुराने, लड़कियों, बीवियों एवं बूढ़ों को अगुआ बना वसूली के लिए पैसा ऐंठना था। इन लोगों के कसाई के काम के लिए अलग पेशेवर ढूँढ़ने की जरूरत न थी। ये खुद ही अपने लिए कसाईवाले काम कर लिया करते थे। इनके पीर-फकीर भी इस हुनर में माहिर हुआ करते थे। इसका एक प्रभाव अंग यह था कि किस जानवर का गला किस ढंग से काटना चाहिए। तभी इनकी वाक्यावलियों में 'जबान खींच लूँगा', 'चमड़ी उधेड़ दूँगा', 'जिबह कर दूँगा' का व्यापक बोलबाला था। इनका यह भी विश्वास था कि भेड़-ऊँटनियाँ आदि तथा लड़कियाँ और बीवियाँ भी मर्दों के खाने-पीने और मौज-मस्ती के ऐसे साधन थे, जिन्हें खुदा ने मर्द को खुश रखने के लिए खुद बनाया है।

तभी इनकी जन्नत में 72 हूरों का प्रबंधन था, पर स्त्रियों के लिए इसके बराबर का कोई बंदोबस्त नहीं था।

छुरा इन लोगों का सबसे अहम हथियार हुआ करता था। इन्होंने छुरे की ही पचासों जातियाँ-प्रजातियाँ बना डाली थीं।

□

इसलाम

~1~

इसलाम जादू-मंतर माननेवालों का मजहब है। उसकी सबसे अजीबो-गरीब मान्यता यह है कि वह इनसानों की मौजूदा दुनिया को दो आपसी विरोधी गुटों में बाँट देता है। एक को इनसान (यानी मुसलमान) कहा जाता है और दूसरे को हैवान (गैर-मुसलमान), जैसे मुसलमान के दो मुख्य हिस्से होते हैं यानी सुन्नी और शिया उसी तर्ज पर हैवानों के भी दो हिस्से किए जाते हैं, यानी धिम्मी और काफिर। धिम्मी वे हैं जो इब्राहीम को अपने पूर्वजों का आका मानते हैं। इनके साथ थोड़ी-बहुत नरमी दिखलाई जा सकती है, मगर काफिर तो हमेशा मुसलमानों की घृणा के पात्र बने ही रहते हैं। जन्म से मृत्यु तक।

जादू-मंतर इस होनी का है कि हैवान जातवाले, यानी धिम्मी और काफिर, अगर इसलाम कबूल कर लें तो वे फौरन दूध के धुले, पाक, साफ-नेक और खुदा का खौफ खानेवाले मुसलमान के रूप में अवतार न लेते माने जाते हैं। उनके हजार कसूर और लाख खून पलक झपकते ही माफ कर दिए जाते हैं। यह इसलाम का सुनहरा गुण है, ताबीजों के अलावा।

मगर अगर कहीं कोई मुसलमान पथ-भ्रष्ट हो, ईसाई या हिंदू या बौद्ध या नास्तिक बन जाए तो उसकी कम-से-कम सजा सजा-ए-मौत होती है।

अगर इनसान की दुनिया को कदम-कदम पर बाँटना ही है तो अन्य भी कारण या बहाने हो सकते हैं। कोई कह सकता है कि पुरुष और स्त्रियों को दो अलग हिस्सों में बाँटो। दूसरे हिस्से के लिए बुर्का पहनना लाजिमी है। कोई कह सकता है, जिन्हें लाल रंग पसंद है, वे एक साथ और जिन्हें नीला रंग पसंद है, वह दूसरा भाग, जिन्हें कुरते अच्छे लगते हैं, वे एक भाग और जिन्हें कुरते से नफरत है, वह दूसरा। कोई कहेगा, जो काले वर्ण के हैं वे एक भाग और जो गोरे रंग के हैं, वे दूसरा। जिन्हें सूअर का गोश्त पसंद है, वे एक और जिन्हें नहीं, वे दूसरा। जो शाकाहारी हैं, वह तीसरा। क्या आपका मकसद इस दुनिया में भगवान् के बनाए इनसानों में भेद-भाव और वैमनस्य पैदा करना है या अमन और सुख-चैन की मरहम लगाना? कल कोई यह भी सुझाव दे सकता है कि स्वयं

मुसलमानों को दो हिस्सों में बाँट देना चाहिए, एक शिया, दूसरा सुन्नी। यदि वह साथ-साथ यह भी सुझाए कि शिया व सुन्नी का मजहबी फर्ज है कि एक-दूसरे के गले काटते रहें या एक-दूसरे की मसजिदों में धमाके करवाते रहें तो यह कहाँ का सयानापन होगा!

क्या इसलाम की पैदाइश के पहले दुनिया में इनसान का नहीं, हैवानों का ही बसेरा था।

यह बात कितनी बेतुकी है, अतर्कसंगत और इनसानियत के खिलाफ लगती है! फिर आप किस मुँह से आपसी भाईचारे का स्वाँग रचते हो? कोई कहे कि दुनिया के इनसानों को इस ढंग से तकसीम करना बेवकूफी ही नहीं, अन्यायपूर्ण अनर्थ है, तो आप क्या कहेंगे?

क्या दुनिया के कर्ता-धर्ता का नाम अरब अल्लाह ही होता है और जो यह न माने, उनके सिर फोड़ देना, यह किस तर्क का शैतानी न्याय है?

~ 2 ~

औरंगजेब के बारे में हैरान करनेवाली एक बात और है, जिसका कभी जिक्र नहीं किया जाता। इसलाम में मरते दम तक ऐसे काम गिनाए गए हैं जिनको पूरा करना हर मुसलमान का फर्ज बनता है—जीते जी कम-से-कम एक बार। वह एक निहायत महत्त्वपूर्ण खुदाबंदी का काम है—हज की यात्रा।

औरंगजेब की मृत्यु 88 साल की उम्र में हुई और उसने कोई 60 साल तक बादशाहत की गद्दी पर सवारी की थी। वह सब तरह से साधन-संपन्न था। औलाद के नाम पर उसके कई बेटे और बेटियाँ थीं, यानी कि वह गद्दी पर सवार होनेवाली जमात से भी लैस था और ऐसा नहीं था कि वह वारिस के बिना था।

इसके अलावा इतिहास की पुस्तकों में इस तथ्य का भी उल्लेख है कि औरंगजेब के समय में मुगलई हुकूमत के पास अपना निजी जहाजी बेड़ा था। इस बेड़े का काम समुद्र तट की रक्षा न होकर हिंदुस्तान के मुसलमानों को हज के लिए ले जाना और यात्रा के समापन पर उन्हें वहाँ से वापस लाना था।

औरंगजेब अपने आपको एक बेहद कट्टर, खरा, इसलाम के उसूलों पर अक्षरशः चलनेवाला नेक मुसलमान मानता चला आया था। क्या यह हैरतअंगेज और पेचीदा होनी भी है कि इसके बावजूद वह कभी न हज की यात्रा पर गया, न उसने इसके बारे में कुछ सोचा।

कई लोग यह माने बिना नहीं रह सकते कि उसे गद्दी और सत्ता का लालच इतना प्रचंड था कि उसने हज जैसी यात्रा के पाक दायित्व को भी धूल चटवा दी।

~ 3 ~

औरंगजेब के ही जमाने में दिल्ली में 'भौतीकी का जनाजा' निकाला गया था। कुरान का अक्षरशः पुजारी होने के नाते औरंगजेब को संगीत, शेरो-शायरी, चित्रकला, मूर्तिकला आदि की अभीष्ट और सर्वजन जानी-मानी कलाओं से सख्त चिढ़ और नफरत थी।

~ 4 ~

निश्चयतः वह जिंदगी ही नहीं, अपने आपको भी बड़े गंभीर रुख से देखता था। वह जीवन में कभी किसी मजाकिया बात या होनी पर मुसकराया या हँसा भी हो, सरासर नामुमकिन लगता है।

~ 5 ~

मजहब नहीं सिखाता आपस में वैर रखना…

~ 6 ~

मानव भाईचारे व एकसूत्रता के खिलाफ कुरान का मूल तत्त्व इसलामी भाईचारा व एकता है। कुरान मजहबवालों को अन्य मजहबवालों के खिलाफ दुश्मनी रखने का आदेश देती है।

कुरान के मुताबिक जिहाद के वक्त काफिरों व गैर-मुसलमानों को देखते ही मार देना चाहिए।

कुरान की अनेक आयतें मुसलमानों को सभी विधर्मियों के खिलाफ भड़काती हैं।

सूरा 9 की 5वीं आयत में दर्ज है कि "जब पाक महीने बीत जाएँ तो मूर्ति-पूजकों (मुशरिकों) को जहाँ कहीं पाओ, कत्ल करो।"

सूरा 4 की 56वीं आयत में दर्ज है कि "जिन लोगों ने हमारी आयतों से इनकार किया, उन्हें हम आग की भट्ठी में झोंक देंगे। जब उनकी खालें पिघल जाएँगी, तो हम उन्हें ताजा खालों में बदल देंगे ताकि वे यातना का मजा लगातार लेते रहें। अल्लाह सबका मालिक सरमायादार है।"

सूरा 9 की 28वीं आयत में लिखा है, "हे ईमानवाले मुसलमानो, मूर्तिपूजक नापाक हैं।"

सूरा 9 की 123वीं आयत में दर्ज है, "हे ईमानवालो, इन काफिरों से लड़ो, जो तुम्हारे आस-पास हैं।"

सूरा 2 की 193वीं आयत में दर्ज है कि "उनके खिलाफ तब तक लड़ते रहो, जब

तक मूर्तिपूजा (बुतपरस्ती) खत्म न हो जाए और अल्लाह का इसलाम सब पर हावी न हो जाए।"

दुनिया में गैर-मुसलमानों का खात्मा करने के लिए उनकी जमीन-जायदाद, दौलत, औरतों व बच्चों के साथ कैसा सलूक किया जाए, इसके भी निर्देश हैं—

सूरा 48 की 20वीं आयत में दर्ज है…"यह लूट अल्लाह ने दी है।"

सूरा 8 की 69वीं आयत में दर्ज है…"उन चीजों का, जिन्हें तुमने लड़ाई लड़कर हासिल किया है, पूरा भोग करो।"

सूरा 14 की 13वीं आयत में दर्ज है, "…हम बुतशिकनों को तबाह कर देंगे और तुम्हें (मुसलमान हमलावर विजेताओं को) उनके मकानों और जमीनों पर रहने देंगे।"

मुसलमानों के लिए गैर-मुसलमानों की जमीन-जायदाद व दौलत, घर-बार ही जायज (हलाल) नहीं, उनकी स्त्रियों के साथ भोग करने और मजा लूटने की भी पूरी इजाजत दी गई है।

सूरा 4, आयत 24 में दर्ज है, "…शादीशुदा औरतों के साथ हमबिस्तर होना हराम है, मगर जंग में 'माले गनीमत' के तौर पर हासिल की गई सभी औरतें तुम्हारी गुलाम हैं और उनके साथ हमबिस्तर होने की खुली छूट है।"

अल्बुखारी की हदीस जिल्द 4 सफा 88 पर रसूल साहब ने खुद फरमाया है, "…लूट मेरे लिए हलाल कर दी गई है।" जिल्द 1 सफा 199 में वे फरमाते हैं, "…लूट मेरे लिए हलाल कर दी गई है; मुझसे पहले के पैगंबरों के लिए यह हलाल नहीं थी।"

इसलाम का सबसे बड़ा मकसद और मंजिल पूरी दुनिया को 'दारुल इसलाम' बनाना है।

~ 7 ~

यह पश्चिमी समाज द्वारा फैलाई भ्रांति लगती है कि इसलाम दुनिया के लोगों को 'विश्वास करनेवाले (इसलाम में) और विश्वास न करनेवाले,' इन दो सुकुमार और भोली श्रेणियों में बाँटता है। मानो विश्वास न करनेवाले नास्तिक भी हो सकते हैं और दूसरे मजहबों में आस्था रखनेवाले भी, शायद वे क्रूसेडो का जमाना भूल चुके हैं या इसलाम की तारीफ के माध्यम से अपना कोई और उल्लू साधने में लगे हैं।

इसलाम का एक मशहूर लफ्ज है—'ईमानदार'। इसका उलट है—'बेईमान'।

बेईमान का जाना-माना अर्थ तो यह है कि ईमान, यानी इसलाम के अल्लाह (रसूल द्वारा व्याख्यायित) में विश्वास नहीं रखना।

पर इसके अलावा यह एक बहुत बड़ी गाली के रूप में भी प्रयोग किया जाता है। अभिप्राय यह है कि 'बेईमान' कहलाया जानेवाला आदमी भ्रष्ट तथा निकृष्ट भी है।

सच न बोलकर झूठ बोलता है। बेईमान कहा जाने में खरेपन, अपमान तथा नफरत का पुट भी मौजूद है, मानो यह सबसे बड़ी गाली हो। सुननेवाले को शर्मिंदा, नापाक, झूठा, धोखेबाज, दगाबाज, कंबख्त, गलीज और कमीना साबित करने के लिए।

मानो दुनिया में बाँट इनसानों और हैवानों के बीच की हो!

एक बार कोई हिंदू या ईसाई इसलाम कबूल कर लेता है तो फौरन से पेश्तर उसके सौ खून माफ कर दिए जाते हैं।

मगर अगर यही नेक मुसलमान किसी-न-किसी कारणवश इसलाम त्याग देता है, तो उसका गला रेत दिया जाता है।

~ 8 ~

इसलाम में औरतों की लाज बरकार रखने के लिए उन पर जीवन भर सिर से पाँव तक बुर्के के भीतर ढके रहने की बंदिश लगाई गई है—घर से बाहर निकलते वक्त। इसके अलावा उन्हें लगभग निरक्षर भी रखा जाता है। स्कूल व कॉलेजों में पढ़ाई के लिए नहीं भेजा जाता।

इस प्रकार आधा मुसलिम समाज आधुनिक पढ़ाई से वंचित रह जाता है। बच्चों का पाल-पोसकर बड़ा करने की जिम्मेदारी भी इन्हीं औरतों की होती है।

एक ओर परदे की वजह से दुनिया सुंदर मुखड़े देखने से वंचित रह जाती है, पर साथ-साथ इसलाम की तारीफ में यह कहना ही पड़ेगा कि वह बुर्के-हिजाब वगैरह की लाज को हद तक हर बार नहीं लेकर जाता। स्त्रियाँ बुर्के उतारकर सार्वजनिक मनोरंजन के लिए महफिलों में बैली डांस करती हुई भी दिखाई जाती हैं, जिसे बड़े-बड़े शेख और अमीर-उमरा बशौक मसनदों पर पीठ टिकाए हुक्के गुड़गुड़ाते देखे जाते हैं। बैली डांस के अलावा मुजरों का भी काफी चलन है, जहाँ नाच और गाना-बजाना दोनों होते हैं और जिसे देखते रईस लोग घर-गली में बीवियों को बुर्के में ढका छोड़ देखने और तालियाँ बजाने के लिए आते हैं।

~ 9 ~

इसी तरह इसलाम जैसे 'अमन-परस्त' मजहब में जिहाद का प्रचलन और प्राचुर्य है। इसलाम खतरे में है, जैसा जुनूनी नारा सुनकर सभी अनुयायी आपसी वैर-वैमनस्य भूलकर हथियार हाथों में पकड़ एकजुट हो जाते हैं। जिहाद की पुकार सुनते ही तमाम स्वस्थ-देही मुसलमानों का फर्ज बनता है और मजहबी जिम्मेदारी भी कि वे जिहाद (मजहबी जंग) में शामिल होकर जरूरत पड़ने पर अपनी जान भी गँवाकर जन्नत की राह पकड़ें, पर पूछे जाने पर मुल्ला-मौलवी कहते हैं कि यह जंगी जिहाद तो इसलाम

का मात्र दस फीसदी हिस्सा है। नब्बे फीसदी तो अंदरूनी जिहाद हुआ करता है, जहाँ मुसलमान अपने को भीतर से पवित्र करते हैं। यह सुनकर आदमी कुछ दंग और भौचक्का रह जाता है, क्योंकि इतिहास पर नजर डालें तो जंगी जिहाद के नमूने अनगिनत मिलते हैं, जबकि अंदरूनी जिहाद का पता-ठिकाना पता लगाना असंभव सा है। फिर भी इसलाम के अनुकरणीय 'हीरो' सलाउद्दीन, गजनी, गोरी, बाबर और औरंगजेब जैसे जंगी जाँबाज रहे हैं और पीर-फकीर व संत जैसे सज्जन बहुत ही इने-गिने। जो थोड़ा-बहुत रहे भी हैं और जिनका अकसर नामकरण पेश किया जाता है, वे 'सूफी' धर्म से प्रेरित पीर-औलिया रहे हैं, मगर खालिस और पाक सुन्नी कभी भी नहीं।

शायद ऐसा भी लगता है कि मक्का ने लंबे वर्षों तक जो मजहब पीर-फकीरी का सोच, आंतरिक जिहाद, जन कल्याण, आडंबरहीन जीवन तथा एक-पत्नीव्रत के पक्ष में था, मदीना के सौजन्य में हुए वर्षों में तबिक जीवन के कटु-कठोर पक्षों का सामना करते-करते बाहर बीवियों (यदि एक समय में चार से अधिक नहीं) जंगी जिहाद और फौजी मूल्यों व व्यवस्थाओं की जकड़ में आता चला गया।

बाईबल के कथनानुसार, एक गाल पर थप्पड़ पड़ने के बाद आततायी को अपना दूसरा गाल पेश करने की संत-वृत्ति की जगह 'आँख के बदले दूसरी आँख' या ईंट का जवाब पत्थर से देने की वृत्ति ने डेरा डाल लिया।

फिर भी इस बात में संदेह नहीं कि इसलाम अन्य मजहबों से मूलतः भिन्न होते हुए भी एक ऐसा काबिल, मुकम्मल और हिम्मत-हिकमतवाला मजहब है, जिसमें अपने अनुयायियों में एकजुटता बनाए रखने के साथ-साथ, जीवन के कई कठोर सत्यों को आत्मसात् करने का जादू है। तभी इसलाम का इतनी तेजी के साथ दुनिया के कोने-कोने में फैलाव होता रहा और मुसलमान दूसरे सभी लोगों की तुलना में सर्वाधिक बलिदान देने के काबिल हुए। इनमें अरब, फारसी, मिस्त्री, मंगोलियन, अफ्रीकन, यूरोपीय, अमेरिकन सभी देशों के नागरिक शामिल हैं। यह इसलाम का बड़प्पन है कि वह जात-पाँत व वर्ण आदि के भेद-बँटवारे न मानने के कारण एक आखिल विश्वीय धर्म है और अपने ढंग की अलग जीवन-शैली भी।

~ 10 ~

इन संदर्भों को दृष्टिगत रखते हुए यह सुनने पर विस्मय भी होता है कि कई लोग अपना बड़प्पन, अपनी उदारता, दरियादिली और निरपेक्षता जग-जाहिर करने के लिए यह कहते नहीं अघाते कि संसार के सभी धर्म एक समान हैं और सभी का एक ही लक्ष्य है और सभी धर्म विभिन्न नदियों के समान हैं, जो सबकी सब एक ही महासागर में जा विलीन होती हैं। क्या इसलाम और उसे माननेवाले इस राय के पक्षधर हैं।

□

बादशाहत

~1~

औरंगजेब जब 1707 में अपने अरबी खुदा को प्यारा हुआ तो उसकी उम्र 88 साल की थी। उसकी मौत के वक्त उसके बड़े शहजादे मुअज्जम की उम्र 63 साल की थी। मुअज्जम को अपने सफेद बाल मेहँदी के इस्तेमाल से लाल-लाल रँगने पड़ते थे। चेहरे पर झुर्रियाँ आ गई थीं।

औरंगजेब की मौत के फौरन बाद, वारिसों के बीच जंग की पुरानी मुसलमानी परंपरा एक बार फिर रंग लाई। मुअज्जम के जमाने में चली आ रही मराठों के विरुद्ध जंग भी चालू रखनी पड़ी, पर साथ-साथ उसकी अपने छोटे भाई के साथ भी जंग छिड़ गई, जो लगभग दो साल से ऊपर तक जारी रही।

ऐसा भी नहीं कि मुअज्जम ने बाप की गद्दी पर बैठने के सपने नहीं देखे थे, ये सपने तीस साल की उम्र के होते-होते शुरू हो चुके थे, पर कोई कारगर रास्ता नजर नहीं आया। बाद में उसे यह खयाल भी आने लगे कि क्यों न वह भी अपने बूढ़े (और काफी हद तक सठियाए) बाप को उसी तरह कैद के पिंजरे में बंद कर दे जैसा कि औरंगजेब ने अपने अब्बा शाहजहाँ को किया था। कहते हैं कि शाहजहाँ को बेटे औरंगजेब ने सात साल तक आगरे के किले में बंदी बनाकर रखा था। फिर भी उसने सगा बेटा होने का एक छोटा फर्ज तो निभाया ही। उसने अपने बाप को ऐसी जगह कैद रखा, जहाँ वह खिड़कियों और चिलमन से ताजमहल का नजारा देखता रह सके। कुछ लोग यह भी कह सकते हैं कि यह जले पर नमक छिड़कने जैसी बात थी।

~2~

दक्षिण में सैन्य अभियान के चलते भी औरंगजेब का दरबार बड़े ठाठ-बाट और शानोशौकतवाला हुआ करता था। मंशा यही होती थी कि सभी दरबारियों पर बादशाह के बड़प्पन और खासियत की धाक बैठी रहे और हरदम तरोताजा रहे।

इन दरबारों में औरंगजेब के बेटों को भी लाजिमी तौर पर हाजिरी देनी पड़ती थी।

दरबारी के सामने घुटने टेककर वैसी मुद्रा में मुस्तैद बैठे होते थे, जैसा कि नमाज अदा करने के वक्त हों। दिन में कम-से-कम पाँच बार बैठना पड़ता है। बादशाह की गद्‌दी ऊँचे तख्त पर खड़ा किए गए मशहूर तख्ते-ताऊस पर हुआ करती थी। यह संसार की सबसे अनमोल और बेशकीमती राजगद्‌दी मानी जाती थी।

सारी गद्‌दी में कोहेनूर हीरे के अलावा दुनिया के अनेक दुर्लभ तथा अनमोल हीरे-पन्ने जड़े हुए थे। उसकी चमक-दमक देखते ही बनती थी। देखनेवालों की आँखें चकाचौंध हो जाती थीं। ऊपर इन्हीं हीरे-मोतियों से जड़ा एक मोर मुकुट दिखाया गया है।

दरबारियों के पहनावे भी बेशकीमती लबादों से लैस होते थे। सिरों पर मुगलई पगड़ी, जिसमें हीरे-मोती, पन्ने जड़े होते थे। लबादों पर सोने-चाँदी के महँगे धागों से नक्काशी की बहुतायत होती थी। इनमें भी कीमती पत्थरों की भरमार होती थी। इसमें सभी दरबारी एक-दूसरे से स्पर्धा किए होते थे, पर सीमाएँ लाँघने की इजाजत किसी को न होती थी। दस हजारी, पाँच हजारी, सात हजारी वगैरह के पहनावों के लिये तय की गई नियमावली हुआ करती थी। कितनों के पहनावे तो वही हुआ करते थे, जो भरे दरबार में बादशाह ने खुद अपनी रहमत से बख्शे हों। कमरबंद, रंग-बिरंगी और जरी की नक्काशी भरे होते थे। नीचे ढीली-ढीली शलवार और पाँवों में नुकीली जूतियाँ। इन सबके बनाने में कारीगरों का बहुत सारा वक्त खर्च हुआ करता था। नक्काशी पर यह अजीब सा जोर यह भी सिद्ध करता था कि कारीगरों के पास वक्त और सब्र की कोई कमी न हुआ करती थी।

इन अलंकृत लबादों के नीचे मलमल के महीन और झीने कपड़े पहने जाते थे। फिर भी दरबारियों को मोटे-मोटे किमखाब के लबादों से कोई राहत नहीं मिलती थी। सर्दी में तो यह पोशाक ठीक थी, पर गरमी के मौसम में इन्हें पहनने से दम घुटने लगता था। इन्हें धोना, इस्त्री करना और साफ-सफाई से रखना भी टेढ़ी खीर था। कई लबादों से बदबू भी आने लगती थी, पर यह दस्तूर था और दस्तूर तो दस्तूर ही हुआ करता है।

~ 3 ~

मुगलों के अधिकांश दरबारी व सेवक अरब, ईरान, तुर्की आदि प्रदेशों से हुआ करते थे। सर्वाधिक अमीर-उमरा की उपाधियाँ इन्हीं विदेशी मुसलमानों में बाँटी जाती थीं। अधिकांश को सूखे प्रदेशों में रहने की आदत होती थी, जहाँ मुँह धोने को चुल्लू भर पानी भी मुश्किल से नसीब होता है। अस्तु, नहाने और कपड़े धोने की तो बात ही अलग थी। अधिकांश को महीनों एक ही शलवार-कमीज या लबादे में गुजारने की मजबूरी थी। तीखे तापमान के कारण पसीना भी बहुत आया करता था, पर रातों में हवा-आँधी चला करते थे। इस कारण पसीने की तह-पर-तह बैठती चली जाती थी। इन्हीं वास्तविकताओं पर काबू पाने के लिए शुरू हुआ था इत्र-फुलेल का चलन, गुलाब जल छिड़काव का दस्तूर।

मुगल दरबार में भी इत्र-फुलेल व गुलाब जल छिड़काव का प्रचलन था। दरबारी अकसर कानों में इत्र के फाहे डाले होते थे। बादशाह के दरबार में पधारने के पूर्व वातावरण में खुशबू की सोंध जगाई जाती थी।

फिर नगाड़े बजाने और ऐलान होता कि बादशाह सलामत तशरीफ फरमानेवाले हैं। सभी दरबारी खड़े होकर सिर नवा लेते थे। तब उच्च स्वर में ऐलान किया जाता—

'बामुलाहिजा होशियार! शहंशाह अल-सुल्तान अल-आजमऽऽ! वल खाकाँ अल-मुकर्रमऽऽ! मलिक उल-सल्तनतऽऽ! आला हजरतऽऽ! अबुल मुजफ्फर्रऽऽ! शहाबुद्दीन मुहम्मद शाहजहाँऽऽ! साहिब-ई-किरान-ई-सानीऽऽ! पादशाह गाजी जिल्लुल्लाहऽऽ! फिरदौस आशियानीऽऽ! शहंशाह-ए-सल्तनतऽऽ! उल हिंदियाऽऽ! वल-मुगलियाहऽऽ! तशरीफ फरमा हुआ चाहते हैंऽऽ!'

आगे-आगे नगाड़ेवाले, फिर शहनाईनवाज, पीछे तुरही बजानेवाले। इनके पीछे छतरी उठाए दरबारियों की छाँव के तले बादशाह जहाँपनाह खुद! मानो पाँच फीट ऊँचाईवाले लोगों के बीच कोई पचास फीट ऊँचे कदवाला अलाऊदीन का चिरागी स्वप्न साकार करनेवाला। लोग सकते में आ जाते थे। अगर ये बादशाह खुद साढ़े पाँच फीट से ज्यादा ऊँचे न थे। चारों ओर सन्नाटा छा जाता। लोगों के सिर आदाब और सजदे में झुके रहते, जब तक बादशाह खुद गद्दीनशीन न हो जाते और कि पीछे खड़ी बाँदियाँ पंखे झुलाना न शुरू कर देतीं। इसके बाद खास वजीर व अमीर-उमरा घुटनों के बल बैठ नमाजी बन जाते, पर बाकी लोग खड़े ही रहते।

~ 3 ~

औरंगजेब के बेटे वर्षों से यह नजारा देखते आए थे। अब मुनादी की आवाजें और बाप के खिताबों की फेहरिस्त के रोजनामचे सुनते-सुनते उनके कान पक गए थे, पर मजाल थी कि कोई शिकन भी चेहरे पर नजर आए।

कई बार उनके मन में आया था कि बाप को भी पकड़वाकर ग्वालियर के उसी किले में भेज दें, जिसे उसने जेल में तब्दील कर रखा था। औरंगजेब यहाँ अपने खास-खास कैदियों को ही भेजता था, जिनके जिंदा रहने से ही उसका कोई-न-कोई निजी स्वार्थ बना रहे।

कहते हैं कि इस किले की जेल में शुरू-शुरू में तो कैदियों की अच्छी देखभाल की जाती थी। भरपेट उम्दा खाना खिलाया जाता था, पर यह थोड़े ही दिन चलता। इसके बाद देर-देर तक उन्हें खाने व पीने दोनों से वंचित रखा जाता, जब तक कि वे जेलर मियाँ की एक शर्त न मान लें। यह शर्त थी कि वे पहले शरबत का एक भरा बड़ा गिलास पीएँ, उसके बाद ही खाने का कौर या पानी की बूँद नसीब होगी। इस स्वादिष्ट लगनेवाले

शरबत में पोस्त (अफीम) का बहुत ही हलका गाढ़ेपनवाला पेय भी मिलाया जाता था, जिसका असर बहुत धीरे-धीरे हुआ करता था। तीन महीने तक इस पोस्त मिले शरबत का सेवन करने के बाद इनसान अपना एक-चौथाई दिमाग खो बैठता था। यह सजा औरंगजेब के लोमड़-दिमाग की उपज थी।

पर बेटे ऐसा कुछ करने की हिम्मत न जुटा पाते। बाप ताकतवर ही नहीं था, दिमाग का भी बहुत तेज था और तबीयत का बेहद शक्की-मिजाज। अपने आपको हमेशा पहरेदारों के सख्त पहरे के घेराव में रखता था। उसके निजी महल में बिना तलब किए बेटों तक को जाने की इजाजत न थी।

बादशाह जब अपने हरम में आराम फरमा रहा होता, तब भी आस-पास सैकड़ों हिजड़ों का कड़ा पहरा लगा होता।

काफी अरसा पहले बादशाह अपना 'फतवा-ए-आलमगीरी' जारी करवा चुका था। इसकी वजह से सारे मुल्ला-मौलवी और कट्टरपंथी मुसलमान उसके पक्ष में हो चुके थे। बादशाह को कैद में डालने या उसका कत्ल करने का मतलब होता इन सबकी दुश्मनी मोल लेना।

औरंगजेब के इस फतवे में ऐलान किया गया था कि अकबर के जमाने में बंद किए गए जिजिया कर को फिर से लागू कर दिया गया था। कर वसूली की दरें भी बढ़ा दी गई थीं और कड़ी वसूली करने की ताकीदें भी। साथ ही सजा, जो नाअदायगी की सूरत में झेलनी लाजिमी थी। इसके अलावा हिंदुओं पर एक नई मुसीबत लादी गई थी। हर तीर्थयात्रा में जाने के लिए एक नया कर चालू करवाया गया था। हिंदुओं से द्वारका, वृंदावन, प्रयाग, काशी, कामाख्या आदि तीर्थों में लाखों के जाने की हजारों साल पुरानी परंपरा चली आ रही थी। इनमें अधिकांश संख्या देहातों में बसनेवाले गरीब किसानों की हुआ करती थी। अपने ही देश में अपने ही तीर्थ के दर्शनार्थ जाने पर कर। कितनी अप्रिय तथा अन्यायसंगत लगती थी यह बात! मानो कोई जालिम पानी के पीने और खुली हवा में साँसें लेने पर भी कर लगा रहा हो। फिर भी हिंदू अपने आपको समझाते कि यह तो कलियुग है; जब पापों का घड़ा भर जाएगा तो अपने आप ही फूट भी पड़ेगा और ऊपर से रक्षार्थ भगवान् भी कोई-न-कोई अवतार अवश्य रवाना करेंगे।

इन दो करों के अतिरिक्त नए मंदिर बनाने, नई पाठशालाएँ खोलने व गुरुकुल स्थापित करने पर भी पूरी बंदिश लगा दी गई थी। हिंदुओं अपनी संतान को हिंदी, संस्कृत अथवा सनातन धर्म की शिक्षा दिल खोलकर देने से वंचित कर दिया गया था। जो पहले से मौजूद थे, उन्हीं से गुजारा करने की विवशता थी। इन सबके लिए भी बादशाह की सरकार की तरफ से किसी भी प्रकार की मदद नहीं थी। इससे हिंदुओं के पास अपनी संतान को मौजूदा पाठशालाओं तथा स्कूलों में भेजने के अलावा जो एक अलग राह बनी

थी, वह थी—मदरसों में पढ़ने भेजने की मजबूरी। पर ऐसा करने में तो अनर्थ हो जाता।

साम, दाम, दंड, भेद की नीतियाँ अपनाकर बादशाह की कोशिश थी कि हिंदुस्तान के हिंदुओं को कैसे भी परास्त कर इसलाम कबूल कराया जाए।

औरंगजेब की इन जनविरोधी नीतियों के कारण हिंदुस्तान के मुसलमान उससे बहुत खुश हुए। इनमें दस-पंद्रह फीसदी तो विदेशों से आए खलिस मुसलमान थे और बाकी सारे वे जिनसे हिंदू धर्म छुड़वाकर मुसलमान बनवाया गया था। इनमें थोड़े-बहुत राजपूत थे और अधिकांश निचली जातियों के हिंदू।

~ 4 ~

औरंगजेब का दक्षिण भारतीय अभियान मूलतः वहाँ के दो प्रमुख शिया राज्यों पर कब्जा जमाने के लिए था। ये राज्य थे—गोलकुंडा और बीजापुर। दक्षिण भारत के विख्यात विजयनगर साम्राज्य के विध्वंस के बाद इन दोनों राज्यों का उदय हुआ था। गोलकुंडा अपनी हीरे की खानों के लिए मशहूर था। औरंगजेब को मुल्क के शिया मुसलमानों से सख्त परहेज था।

बादशाह अपने पूरे लाव-लश्कर के साथ दक्षिण में जा धमका था। सैकड़ों सालों के राज्य के बाद अब मुगलई फौज में बड़ी उद्दंडता, आलस और घमंड घर कर गए थे। पुराने अभियान अधिकतर घुड़सवार व पैदल फौज के लड़ाकू दस्तों के हुआ करते थे, जो अच्छे हथियारों से बेशक लैस होते थे, पर अपना दाना-पानी खुद पीठ पर ढोकर चलते थे। अब यह नक्शा पूरी तरह बदल गया था। इनको देखो तो लगता था कि कोई बड़ी भारी भीड़ मेला देखने जा रहे हों। लड़ाई करनेवालों से अधिक संख्या उन्हें सहायता देने, उनकी तीमारदारी करने व सुख-सुविधा के यथासंभव साधन जुटानेवालों की होती, बड़े-बड़े तंबू, पालकियाँ व सदस्यों के मनोरजंन के लिए उनके हरम के हिस्से भी लड़ाकू फौज के पीछे-पीछे चला करते थे।

महाराज शिवाजी के नेतृत्व में पहाड़ी घाटियों में रहनेवाले हट्टे-कट्टे और फुर्तीले मराठों की फौज ने मुगलई फौज की रईसी का फायदा उठाने का सोचा। शुरू-शुरू में मराठा घुड़सवार मुगलई फौज की इसी पिछलग्गी पूँछल (गिलहरी के समान लंबी) पर हमले कर-करके गति हासिल करने लगे। अब औरंगजेब को बीजापुर में गोलकुंडा के साथ साथ-साथ मराठों से भी लड़ाई मोल लेने पर मजबूर होना पड़ा। उसी औरंगजेब का यह अभियान 27 वर्ष लंबा चला।

~ 5 ~

औरंगजेब अपने आपको एक आदर्श सुन्नी मुसलमान मानता था। सिवाय पाँच हजार औरतों के हरम के उसका बाकी जीवन एकदम सीधा-सादा था। यह हरम भी

शायद उसे इस मजबूरी से रखना पड़ता था कि उसके सारे पूर्वज कम-से-कम पाँच हजार औरतों व हिजड़ों का हरम शुरू से रखते थे। अकबर को कितना ही एक पत्नी (जोधाबाई) व्रतधारी पति के रूप में उसके चाटुकारों ने क्यों न दिखाया हो, असलियत उससे बिल्कुल अलग थी। अकबर के हरम में भी पाँच हजार कनीजें थीं। अकबर अपनी कामवासना के लिए मशहूर था, पर उसके चाटुकार यह भी ऐलान करते रहने से बाज नहीं आते कि उसकी ताकत इतनी थी कि वह एक-एक आदमी को दाईं-बाईं बगलों में दबाए, किले की मोटी दीवार पर दौड़ लगाने का आदी था।

औरंगजेब की हरमियाँ हकीकत जो भी हो, उसने कभी ऐलान नहीं किया कि उसने अपने दस्तूरी पाँच-हजारी हरम को बरखास्त कर दिया हो या उसने अपने मनसबदारों को बाँट दिया हो।

तात्पर्य यह कि ब्राह्मण साधु-संत एक बात सोचते-मानते हैं तो पीर-मीर दूसरी, जो इसके उलट है।

~ 6 ~

औरंगजेब के महाराज शिवाजी को निर्भयता का वादा कर दिल्ली बातचीत करने के लिए बुलाया, पर उनके दिल्ली आने पर उन्हें कारावास में डाल दिया। उनके साथ धोखा किया, जो किसी बादशाह को शोभा नहीं देता। इसी तरह का धोखा कुरान की कसम खाकर औरंगजेब ने गुरु गोविंद सिंह को भी दिया, जिसके जवाब में गुरु साहब ने 'जाफरनामा' लिखा। इसके कई शेरों में बादशाह के छिछोरे, धोखेपन और धूर्तता की भरपूर निंदा की गई है।

औरंगजेब ने अपने एक दूसरे भाई को धोखे में रखकर मार डाला और दूसरे की आँखें फुड़वा दीं। औरंगजेब ने अपने सगे बाप को उसकी वृद्धावस्था के कठिन दिनों में गद्दीच्युत कैदखाने में बंद रखा। धोखाधड़ी के पत्र बारंबार लिख-लिखकर उसने संबंधियों और दुश्मनों को गुमराह करने की अपनी कमजोर आदत की नुमाइश की।

औरंगजेब ने हिंदुओं के लगभग दस हजार मंदिर तुड़वाए और अनेक हिंदुओं को मुसलमान बनवाया। उसके बारे में किंवदंती विख्यात है कि वह एक या डेढ़ मन वजन के जनेऊ देखने के बाद ही रोज का खाना हजम करता था। यह बात अतिशयोक्तिपूर्ण हो सकती है, पर फल सच्चाई को नहीं झुठला सकती।

इन सब कुकृत्यों के चलते भी अगर कोई दावा करे कि औरंगजेब खुदा से खौफ खानेवाला, टोपियाँ सी सीकर और कुरान की खुश्बत किले कर-करके अपनी रोजी-रोटी कमानेवाला भला, नेक और समर्पित सुन्नी मुसलमान था, जो आजीवन कुरान के बनाए उसूलों पर लगातार चलता आया था तो सुननेवाले को अपने कानों पर विश्वास नहीं होता।

सोचने की बात है कि क्या सचमुच औरंगजेब इसलाम का आदर्श रोल मॉडल या नुमाइंदा था, क्या ऐसे नुमाइंदे को पाले रखना, हालात की शोहरत में चार चाँद और लगाता है ?

~ 7 ~

मुगल बादशाहत में मानो शहजाद भाइयों का जन्म ही एक-दूसरे से गद्दी के लिए लड़ने, एक-दूसरे की आँखें फोड़ने और एक-दूसरे के गले काटने के लिए हुआ करता है। औरंगजेब की मौत के बाद शहजादा मुअज्जम अपने भाई के साथ दो साल तक लड़ता रहा। यह लड़ाई जब मुअज्जम के पक्ष में खत्म हुई तो मराठों की बारी आई। इतनी बड़ी शाही फौज, पच्चीस वर्षों के ऊपर के समय से दक्षिण में तैनात थी। ऐसी बड़ी फौज को कितनी बार दिल्ली भेजकर फिर वापस बुलाया जा सकता है ? इसलिए बादशाह बहादुर शाह (तख्त हासिल कर लेने के बाद शहजादा मुअज्जम का नया नाम) ने दक्षिण में अपना काम खत्म करने का निश्चय किया, पर यह काम खत्म होने में नहीं आ रहा था। जगह-जगह बार-बार मराठों के अकस्मात् किए आक्रमणों ने नाक में दम कर रखा था। हजार कोशिशें करने के बावजूद उन पर काबू पाना असंभव सिद्ध हो रहा था। किसी एक जगह ठहरकर देर तक रुकते ही नहीं थे, ये मराठा सैनिक। आज इस घाटी में तो कल उस पहाड़ी पर। इन दुरूह घाटियों में और आच्छादित शिखरों तक पूरे लाव-लश्कर समेत पहुँचना ही दूभर था। तिस पर रातों के अँधेरे में कभी पिछवाड़े से हमला, कभी बगल से। मुगल सेनाओं के हताहतों की संख्या बढ़ती ही चली जा रही थी। मराठा सैनिक अपने पहाड़ी क्षेत्र का पूरे-से-पूरा फायदा उठा दुश्मन पर भारी पड़ने और हावी होने में बार-बार कामयाब होते जा रहे थे।

ऐसे कठिन समय बहादुर शाह के पास उत्तर से चिंताजनक खबरों का ताँता खत्म ही होने का नाम न ले रहा था। राजस्थान में गड़बड़, पंजाब से उपद्रवकारी खबरें।

थक-हारकर बहादुर शाह ने मराठों के साथ सुलह कर लेने का फैसला किया। दक्षिण भारत का एक बड़ा भू-भाग उनकी जायदाद मान लिया गया, जहाँ से 'चौथ' कर इकट्ठा करने की उन्हें छूट दे दी गई। मराठों ने स्वीकार किया कि हालातों में बदलाव आने तक के बाकी बने मुसलमानी प्रदेशों पर हमले स्थगित करेंगे।

बहादुर शाह लाव-लश्कर समेट राजस्थान पहुँचा। यहाँ आकर उसने महसूस किया कि बिना लड़ाई छेड़े ये राजपूत घराने माननेवाले नहीं हैं।

□

मुगलई फौज की हुकूमत

~1~

कहीं पढ़ा था कि हिंदुस्तान पर मुगलों की हुकूमत के काल में उनके नियंत्रण का सार भार कई एक मनसबों में बँटा था और मनसबदार एक प्रकार का सूबेदार भी था। जिसके नीचे कई जिलेदार अथवा तहसीलदार अथवा परगनादार भी थे, मानो उनको जमीन के ये पट्टे पहले की लड़ाइयों में उनकी युद्धवीरता के कारण बख्शे गए थे। इनसे कर उगाहने की जिम्मेदारी भी इन्हीं की थी और इसके साथ-साथ जब-जब बादशाह को अतिरिक्त फौज की जरूरत हो, यह इनकी जिम्मेदारी थी कि बादशाह को पाँच-हजारी, सात-हजारी गिनतीवाली फौज मुहैया करवाएँ और वह भी बाकी जमींदारों की तरह, हस्बे-मामूल बादशाह को अपनी वफादारी के सुबूत अदा करते रहे और हमेशा बादशाह की खिदमत में जी-हुजूरी करे और तोहफे देते रहे।

बाद में पता चला कि वास्तविकता इससे कहीं भिन्न थी। मनसबदरी फौज-उगाही की एक अभूतपूर्व व्यवस्था थी, जिस दिमाग ने इसका आविष्कार किया और जिन्होंने इसे धीरे-धीरे पनपाया, उनकी सूझबूझ की भी दाद देनी पड़ती है।

इसका मूल मंत्र यह था कि जो जितने अन्न की उपज करके पेश करे, उसको उतनी ही जमीन का पट्टा लिखित दिया जाए। अंतर केवल इतना कि यहाँ अनाज के दानों की जगह फौज के सिपाहियों ने ले ली थी।

मुगलों का सारा शासन उनकी फौज की ताकत और हिंसा की काबिलीयत के मुताबिक चलता था। कुछ गिने-चुने शहरों पर कब्जा कर लेने के बाद आस-पास के गाँवों के विशाल भू-भाग बादशाह की निजी जायदाद माने जाते थे। बादशाह लोग खुद अपनी हिफाजत और दुश्मनों पर चढ़ाई करने के लिए बहुत बड़ी फौज के घेरे के अंदर बंद रहा करते थे। बाहर निकलते तो आगे-पीछे, दाएँ-बाएँ हाथियों, घुड़सवारों, मस्केट, तलवार, बरछे चालकों और तीर-कमानों से लैस पैदल फौज का ताँता लगा रहता था।

लड़ाई में निकलते तो बीस हाथियों की पहरेदारी के बीचोबीच।

पर बादशाह को इससे कहीं अधिक फौज की जरूरत हमेशा बनी ही रहती थी। इसलिए भी कि बाप को पौत के बाद भाइयों तथा अन्य भागीदारों में घमासान होना आम रिवाज था।

इस अतिरिक्त फौज की उगाही के लिए मनसबदारी व्यवस्था का आविष्कार किया गया था। मनसबदारी की छोटी-बड़ी 27 किस्मों का उल्लेख आईने-अकबरी में किया गया है। आमतौर पर मनसब 10 से लेकर 5000 और 7000 भी दी जाती थी। इसी के अनुसार मनसबदारों की पदवी मानी जाती थी—ऊँची-नीची, बहुत या कम महत्त्वपूर्ण। उदाहरणतः 10 की मनसब का मतलब था कि वह मनसबदार हर वक्त बादशाह या उनके नुमाइदों के निरीक्षण के लिए दस हाथियों से लैस घुड़सवारों की नफ्री तैयार रखे। इसी तरह पाँच-हजारी, सात-हजारी। शहजादों को दो हजार से लेकर पचास हजार की मनसबें देने की प्रथा थी। कभी-कभी आम अमीरों को भी बीस हजार तक मनसब दे दी जाती थी। शुरू-शुरू में मनसब की संख्या जो भी हो, बढ़ौती करने पर उसकी अलग से गिनती रखी जाती थी और तनख्वाह भी अलग से दिए जाने का रिवाज था (अपेक्षाकृत कुछ कम)।

20 से 400 सवारों के मालिक को मनसबदार कहा जाता था।

500 से 2500 वालों के मालिक अमीर कहलाते थे।

3000 से 7000 वालों को अमीर-ए-आजम कहा जाता था।

इन्हें तनख्वाह नकद अथवा जागीर दोनों में देने का प्रावधान था।

दूसरे शब्दों में कहा जाए तो शासन की फौज रखने की जिम्मेदारी का विकेंद्रीकरण कर दिया गया था। घुड़सवारों के हथियारों, कवचों, वर्दियों की जिम्मेदारी मनसबदार की होती थी, पर गिनती के अनुसार तनख्वाह शाही खजाने से दी जाती थी। इसमें आमतौर पर उधार भी रखा जाता था, जिससे सिपाही भगोड़ा न हो जाए या अन्य लोग अपने कौल से मुकर न जाएँ।

पूरे हिंदुस्तान पर मनसबदारों, जागीरदारों और जमींदारों का यह तंत्र मकड़ी के जाल की तरह छाया हुआ था। इन्हीं के सहारे बादशाहत अपना उल्लू साधती थी।

प्रत्येक जमींदार और जागीरदार का यह सपना होता था कि किसी दिन वह भी ऊँचे ओहदेवाला मनसबदार बने। इसकी आपूर्ति के लिए हुकूमत की जी-हजूरी के अलावा नकदी की सख्त जरूरत होती थी, बहुत सारी नकदी की। यह नकदी किसानों से वसूल किए गए करों से पाई जाती थी। सूखा हो या अकाल हो, जमींदार की बला से। उसको तो तय पाया कर वसूलना-ही-वसूलना है। इसलिए जनता की चमड़ी उधेड़ने की अपेक्षा

दौलत जमा करने का दूसरा क्या तरीका हो सकता था? अफसोस इस बात का कि मुसलमानों के राज में जनता के दुःख-दर्द की बात सुननेवाला कोई भी नहीं था। जनता के साथ भेड़-बकरी से भी ज्यादा बुरा सलूक किया जाता था। जैसे-जैसे अमीर-उमरा हीरे-जवाहरात पहनने में एक-दूसरे से होड़ लगाते चले गए, वैसे-वैसे आम जनता का दुःख-दर्द और दयनीय दारिद्र्य बढ़ता चला गया। विदेशों से आनेवाले यात्री हीरे-जवाहरात और सोने-चाँदी की चमक-दमक देख-देख हैरान होते रहते थे कि हिंदुस्तान कितना अमीर मुल्क है। कितना भव्य और वैभवशाली है। देख-देखकर डाह भी करते।

अहा! कितनी ऊँची है इनकी कुतुब मीनार! कितने मजहबी है यहाँ के लोग। गली-गली के मोड़ पर मसजिदें! अहा, सड़कों पर घुटने टेक बैठे वक्त के पाबंद नमाजी! कितनी विराट् है इनकी जामा मसजिदें! अहा, कितने मजबूत होते हैं इनके किले! कितने भव्य होते हैं इनके शहर! कूए-यार में मिली दो गज जमीन के ऊपर भी इतने बड़े और आलीशान मकबरे कि पूरे-के-पूरे कब्रिस्तान ही समा जाएँ उनके अहातों में। अहा, आठ-आठ कहारों के कंधों पर ढोयी जा रही अमीरों की रंग-बिरंगी पालकियाँ। अहा, नगीनों से जड़ी सरदारों की पगड़ियाँ और किमखाब पर जरी की नक्काशी वाले जामे और कमरबंद। इनकी अय्याशगाहें! इनके महल! सूरत, नागपुर, विजयवाड़ा तो दूर, यदि भरतपुर से चला किसान दिल्ली पहुँच पाए तो गर रास्ते में ठग और पिंडारी उसका खत्मा ही न कर डालें, तब जाकर वह किले से लटकती रस्सी खींच, घंटी बजा, जहाँगीर की नशीली नींद में का इंद्रजाल तोड़े! अहा! कितने इनसाफपसंद हैं यहाँ के बादशाह! अहा! कितना अनमोल इनका ताजमहल! बेचारी मुमताज तेरहवें बच्चे को जन्म देने की प्रक्रिया में ही खुदा को प्यारी हो गई! अब शाहजहाँ के बकाया हरम में कौन देखेगा बेगमों का मुजरा?

साहिर लुधियानवी ने सच ही फरमाया है—"गरीबों की मुहब्बत का उड़ाया गजाक…"

~ 2 ~

बहादुर शाह का राज 5 साल तक चला। इस दौरान वह कभी भी किसी इमारत में पक्की छत के नीचे नहीं सोया। नतीजा यह निकला कि उसके साम्राज्य की कोई असली राजधानी ही नहीं रही। ऐसी राजधानी जो दिल्ली या आगरा नाम से जाने जानेवाले किसी शहर में स्थित हो। बहादुरशाह की सल्तनत के दौरान राजधानी वही जगहें कहलाई जाने लगीं, जहाँ वह खुद मौजूद रहता था।

परिणामस्वरूप, सरकार के बहुत सारे दफ्तर व दस्तावेज बहादुर शाह की फौज के साथ-साथ कभी इधर, कभी उधर घुमक्कड़ी से धूल खाया करते थे। अस्तु, फौज के अलावा काजी और उनकी शादियोंवाली कचहरियाँ व पुराने दस्तावेज उनके साथ घूमते

रहते। इसके साथ-साथ प्रशासन के कारोबारी दफ्तर और दस्तावेज भी घूमते। ढेरों सारी बैलगाड़ियाँ, बैल, खच्चर, गधे, ऊँट और हाथी इन्हीं का साजो-सामान ढोने के काम में लाए जाते। कई आदमी सिरों पर भी सामन ढोते। जहाँ-जहाँ बहादुर शाह अपने निजी नौकरों व संतरियों के लिए तंबू नगरी बनवाता, वहीं आस-पास सेनापति, उपसेनापतियों, अमीरों आदि की तंबू-नगरियाँ भी बसती चली जातीं। इनमें विविध हरमों और जनानखानों के लिए अलग जगहें मुकर्रर की जाती थीं। बादशाह व उसके खास वजीरों, अमीरों के लिए दुगुनी संख्या में तंबू रखे जाते थे। एक पड़ाव के तंबू उखाड़ने के पहले अगले पड़ाव पर उनके तंबू तान दिए जाते थे। इन विशाल तंबू नगरियों के तंबू ढोने के लिए बड़ी संख्या में जानवरों का इस्तेमाल किया जाता था।

आम सिपाहियों को इन तंबू नगरियों में जगह नहीं मिलती थी। उन्हें जैसे-तैसे अपना-अपना बंदोबस्त करने के लिए आजाद छोड़ दिया जाता था।

खाने-पीने जैसी सुविधाओं के लिए बादशाह और खास अमीरों के लिए शाही लंगरखाना चलाया जाता था। फौज के आम लोगों को खाने-पीने का बंदोबस्त खुद करना पड़ता था। इतना जरूर था कि उनकी सुविधा के लिए दुकानदारों की फौज भी सेना के पीछे-पीछे चला करती थी, जो रोज अपनी हाट लगाकर बैठा करते थे।

बड़े-बड़ों के हरम व जनानखाने साथ चला करते थे, पर आम सिपाहियों के लिए वैसा बंदोबस्त था या नहीं, इसका विवरण मुगलई दस्तावेजों में गायब ही रहता।

खुद जानवरों के चारे के लिए भी बहुत सारे जानवरों का इस्तेमाल किया जाता था। प्रत्यक्ष है कि इतने सारे लोगों और जानवरों के खाने-पीने आदि की जिम्मेदारी बहुत बड़ी थी। किसी भी किस्म की कमी, तंगी या परेशानी होने की हालत में आस-पास के शहरों व गाँवों पर धावे बोल-बोलकर लूटमार, डकैती व जबरदस्ती करने की खुली छूट थी, मानो फौज अपने नहीं, किसी दुश्मन के मुल्क में से गुजर रही हो। फौज के आने-जाने के रास्तों में पड़नेवाले गाँव-के-गाँव उजड़ जाया करते थे और बेचारे किसानों की खेती और जमीन भी, पर उनकी आवाज अरबी भाषा की जानकारी के अभाव में अल्लाह मियाँ के कानों तक भी नहीं पहुँच पाती थी। यह दुर्दशा सदियों से चलती आई थी।

3

अब फौज के एक जगह से दूसरी जगह तक कूच करने के प्रबंध पर एक उड़ती नजर डालते हैं। इसकी दो व्यवस्थाएँ होती थीं। एक, वह जब कूच के अगले पड़ाव तक दुश्मन से मुठभेड़ होने की कोई आशंका न हो। दूसरी, जब दुश्मन से भी मुठभेड़ हो सकती हो।

पहले किस्म के कूच में बंदोबस्त कुछ ऐसा हुआ करता था।

सबसे आगे होते थे एक हजार कुली-मजदूर। कुछ के पास गैंतियाँ होती थीं और बाकी के पास बेलचे। इनका काम था रास्ते को साफ-सपाट करना। यह भी एक प्रकार से ठाठ-बाट की रईसी का द्योतक था, जिससे पीछे आ रही तोपें कहीं झटका लगने से उलट-पुलट न जाएँ या शाही शीशे के पात्र टूट-फूट न जाएँ। लगभग उसी तर्ज पर जिस पर लाड़ली राजकुमारी के नंगे पाँव पैदल नदी पर जाते समय उसकी सहेलियाँ राह में फूल-पँखुड़ियाँ बिखेरती चलती थीं।

इनके पीछे आते थे भारी तोपखाने के छकड़े और उनके चालक।

इसके बाद आता था शाही खजाना। सौ ऊँटों पर सोने की अशर्फियाँ और दो सौ ऊँटों पर चाँदी के सिक्के। शाही खजाने को इस प्रकार अगुआ करना कुछ अजीब लगता है, पर यह भी हो सकता है कि शाही खजाना हमेशा बादशाह की नजरों के सामने हो।

खजाने के पीछे आता था शाही शिकारी तंत्र—ढेर सारे कुत्तों के समेत।

फिर नंबर आता था सरकारी रोजनामचों और दस्तावेजों का। दस्तूर यह था कि ये दस्तावेज किसी हालत में भी बादशाह से दूर या अलग न रखे जाएँ। इतना महत्त्व दिया जाता था सरकारी शासन-तंत्र के दस्तावेजों को।

अगला दस्ता होता था अस्सी ऊँटों, तीस हाथियों और बीस बैलगाड़ियों का। इन पर पैसे का लेन-देन, तनख्वाहें, मासिक भत्ते और कर-वसूली के सारे दस्तावेज हुआ करते थे, जिनके मुखिया को खजांची या पेशकार कहा जाता था।

अगले ऊँटों के दस्ते पर शाही रसोईघर और पचास दिनों के खाने-पीने का अनाज, सब्जियाँ और अन्य साजो-सामान लदा होता था।

फिर पचास ऊँट वे, जिन पर बादशाह, दरबार और शहजादों के लिए पानी के मश्क होते थे।

और पीछे पचास के लगभग गाय-भैंसों का समूह, उक्त जनों को दूध पिलाने के लिए।

फिर एक सौ रसोईघर के बावर्ची आदि, सभी घोड़ों पर सवार।

फिर पचास ऊँटों और सौ बैलगाड़ियों पर लदा शाही हरम (जनानखाना) और शाही कपड़े-लत्ते।

इसके भी पीछे तीस हाथी, जिन पर जनानखाने के जेवर तथा किस्म-किस्म की तलवारें व खंजर लदे होते थे। रिवाज ऐसा था कि जब बादशाह किसी से खास खुश होता तो उसे तलवार या खंजर भेंट करता था।

फिर कोई एक सौ कुली-खिदमतगार, जिनका काम था, हाथी, घोड़ों, खच्चरों, बैलों आदि की लीद को रास्ते से साफ करना।

इन सारे साज-समाज ढोनेवाले जानवरों के बाद असली घुड़सवार फौज की बारी

आती थी। उदाहरण के तौर पर, हजार घुड़सवारों के साथ एक सौ मैचलॉक या तीर-कमानवाली पैदल फौज के सिपाही होते थे और लगभग तीस मिस्त्री, नाई और घोड़ों की नाल में कीलें ठोंकनेवाले।

औरंगजेब के जमाने में 2,40,000 घुड़सवारों के पीछे 15000 पैदल सिपाही हुआ करते थे। लगभग यही अनुपात बहादुर शाह के वक्त भी कायम था।

हाथियों को पहले आक्रमण व सुरक्षा होने कामों के लिए इस्तेमाल किया जाता था। इनके लिए खास जिरह-बख्तर बने होते थे। सूँड़ को ढकनेवाली ढाल पर मजबूत लोहे की नुकीली कीलें जड़ी होती थीं। इनका काम किलों के दरवाजे तोड़ने में आता था, पर मैचलॉक बंदूक के आने के बाद हाथियों के आक्रामक इस्तेमाल में भारी गिरावट आई। अब उनका इस्तेमाल भार ढोनेवाले जानवर के रूप में ज्यादा किया जाने लगा।

हैदराबाद के नवाब की अय्याशी मशहूर थी। एक बार उसने हाथियों की युद्ध क्षमता को परखने की ठानी। कोई सौ हाथियों को एक खुले मैदान में ले गया और उनके पाँत बाँधकर खड़ा करवा दिया। इनके ठीक सामने उसने तोपखाने की एक कतार कुछ दूरी पर तैनात करवा दी। हाथियों को हुक्म दिया गया कि आगे की ओर बढ़ें। महावतों ने वैसे ही अंकुश चुभाए। उधर तोपों को गोले दागने का हुक्म दे दिया गया। कोई चार-पाँच हाथी ही सामने की ओर बढ़ते रहे। बाकी मुँह फेरकर अराजक ढंग से भगोड़े हो लिये। जो राह में आया उसे कुचलते चले गए। नवाब के कोई दौ सौ सिपाही हताहत/घायल हुए।

इसी प्रकार का एक किस्सा रजौरी से श्रीनगर जानेवाले पुरातन 'मुगल रास्ते' को लेकर भी मशहूर है। पहाड़ की ऊँची सतह पर जाती पगडंडी की राह में एक जगह अचानक आया, एक बेहद सँकरा बीहड़ खुलाव। सैकड़ों फीट नीचे पर्वतीय नदी का पाट नुकीली चट्टानों के पार। इसे बिना पुल बनाए पार कर पाना असंभव था। आगे का हाथी जिरह-बख्तर के कारण ठीक देख-भाल कर सही आकलन न कर पाया और नीचे मुँह बाए पाताल में जा लुढ़का। गिरते समय उसके मुँह से भयंकर चिंघाड़ निकली। दिल दहलानेवाली, मुसलमान सुलतान को यह आवाज इतनी भाई कि कहते हैं कि उसने श्रीनगर की ओर अपना आक्रामक अभियान स्थगित करके अपने अस्सी हाथियों को एक-एक करके इसी नरक में गिरवाना शुरू कर दिया चिंघाड़ों की आवाजों का लुत्फ उठाने के लिए। जगह का नाम 'हस्ताचुंग दर्रा' दिया गया।

5

घुड़सवारों की बड़ी भारी फौज के बाद पैदल सवारों की तलवारों, ढालों-बरछों से लैस छोटी फौज के बाद आता था खुद बादशाह का कारवाँ!

बादशाह खुद एक बहुत बड़े और ऊँचे हाथी पर सवार होता था। इस हाथी के

ऊपर हौदे की जगह, शीशे की खिड़कियोंवाला एक छोटा सा कमरा होता था। इसके अंदर बादशाह के बैठने की मनसद और सोने का बिस्तरा दोनों होते थे। आस-पास दोनों ओर पालकियों का घेराव रहता था, यदि जहाँपनाह का दिल हाथी छोड़ कुछ वक्त पालकी की सवारी को करे।

बादशाह के इस भीमकाय हाथी के सामने कुछ ऊँट चला करते थे। इन पर रखे बरतनों और हाँड़ियों में से भाप उड़ती रहती थी, जिससे आस-पास का वातावरण महक उठता था।

बादशाह की सवारी के दाएँ-बाएँ दोनों ओर बादशाह के निजी संतरियों और पहरेदारों के काफिले होते थे।

खुशबू बिखेरनेवाले ऊँटों के आगे शाही परचम उठानेवाले हाथी होते थे। परचम में सुनहरे रंगों से सुबह का उगता सूरज दिखाया गया था—प्रखर किरणें उकेरता और फिर इस उगते सूरज पर तीन-चौथाई छा जानेवाला खूँखार शेर, जिसका रंग हरा था। बहुत संभव है, उस जमाने में मक्का-मदीना में हरे शेर उगाए जाते हों। रेगिस्तान के बंजर-बीहड़ सपाटों के बीच कहीं-कहीं हरियाली की चुटकी! यों भी कहावत है कि सावन के अंधे को सब हरा-ही-हरा दिखता है। यही था कि जिस प्रकार सूरज की किरणें समस्त पृथ्वी को प्रकाशित करती हैं, इसी प्रकार इसलाम का हरा शेर एक दिन सारी दुनिया पर छानेवाला है।

परचमों के आगे मुनादीवालों के हाथी-ऊँट होते थे। इन पर ढोल, तुरही, शहनाई बजते रहते थे। दिन में नौ बार नौबत बजाई जाती थी। आशय था कि सबको यह सूचित करना, होशियार! एक बहुत बड़े बादशाह की बहुत बड़ी फौज पीछे-पीछे चली आ रही है।

बादशाही काफिले के फौरन बाद रानियों, बेगमों, शहजादियों और हरम के काफिले की बारी आती थी। इनके लिए हाथियों की हौदियों पर लगे गद्दे-गदीलों के चारों ओर बारीक मखमल की चिलमनें हुआ करती थीं, जिससे बेगमें तो बाहर के नजारे देख सकें, पर बाहर से कोई उन्हें देख न पाए और उनकी लाज हाथी पर खुलेआम सवारी करने के बावजूद भी बनी रहे।

इसके बाद मैदानी तोपें आती थीं, जिन्हें घोड़ों से खींचा जाता था।

फिर पीछे का हिफाजती दस्ता, उसकी संख्या बेहद भारी होती थी। जिस छोटे दर्जे के दरबारी को और कहीं जगह नसीब न होती, वह इसी काफिले में शामिल हो जाया करता था। इसी में तंबू लगानेवाले नौकर-चाकरों, तंबुओं व उनके गाड़ने के साज-ओ-सामान तथा बड़े-बड़े सरदारों और जरनलों का सामान लादे हाथी, ऊँट व बैलगाड़ियाँ शामिल होती थीं।

~ 5 ~

उपरोक्त विवरणों से स्पष्ट होता है कि इस तरह की अय्याशीपसंद फौज पर जगह-जगह कहीं शिवाजी महाराज के घुड़सवार दल, कहीं बंदा बहादुर के नेतृत्व वाली किसान फौज, मुकाम-मुकाम पर हावी होते रहे, तो खास हैरानी की बात नहीं।

इसके अलावा, मुगलई फौज में अनुशासन का घोर अभाव था। न ही उनसे कोई कवायद परेड करवाने का रिवाज था और न ही साथ मिलकर सैनिक अभियान चलाने का अभ्यास। मनसबदारों की पाँच-हजारी, सात-हजारी, सब अपनी-अपनी हाँकते थे। न ही फौज का कोई एक पहनावा था। कुछेक दस्ते लाल-सुर्ख रंग की पगड़ियाँ जरूर पहन लिया करते थे। न ही सैनिक जुगाड़ में अपने को ऐसी जगह खड़े करने और विधिनुसार गति से ऐसा करने का कोई प्रावधान था। रात को खूब भरपेट खाना खाकर और कुछेक अफीम आदि का सेवन कर अधिकांश सैनिक गहरी नींद सो जाने के आदी थे। ऐसे में छोटे तेज अश्वारोहियों के अनायास झुटपुटे में किए गए आक्रमण भी घातक सिद्ध हो सकते थे। गरमी के लंबे और कठोर ताप के कारण चुस्त-से-चुस्त सैनिक भी सुस्त और आलसी हो जाया करते थे, पर व्यक्तिगत सैनिक-सिपाही अपनी सेहत की खास देखभाल खुद ही किया करते थे। दंड-बैठक लगाना, मुगदर घुमाना, कुश्ती लड़ना जैसी वर्जिशें इन्हें खास पसंद थीं। इसके अलावा तलवार चालक भी अपने-अपने हुनर में महारत रखते थे। उन्हें उछाल-उछालकर तलवारों के विभिन्न पैतरे दिखा-दिखा देखनेवालों को दाँतों तले उँगली धरवाना बेहद आता था।

□

बहादुर शाह की बादशाहत

~1~

बहादुर शाह जब दक्षिण भारत से उत्तर की ओर आ रहा था तो उसके मन पर राजस्थान के राजपूत नरेशों को अच्छा सबक सिखाने की मंशा थी। अंबर और जोधपुर खास परेशान कर रहे थे। चित्तौड़ तो शुरू से ही बागी तबीयत का रहा था। अब भी उसका स्वभाव अड़ियल ही बना हुआ था।

इसी समय बहादुर शाह को पंजाब में हो रही बगावत के समाचार मिलने लगे। अधिकांश दिल्ली के सूबेदार की तरफ से थे। बहादुर शाह ने यह भी सुन रखा था कि कई राजपूत नरेशों की दिल्ली के सूबेदार से अच्छी ठनती है। इसलिए मुगल आक्रमणों से अपना बचाव करने के लिए उन्होंने यह चाल चली थी और दिल्ली के सूबेदार के साथ साँठ-गाँठ करके वहाँ के हालात की तसवीर जरूरत से ज्यादा बदतर बयान करवाने पर जोर डाला हो। बाप की तरह बहादुर शाह भी शक्की तबीयत का था। उसे लगा कि हो-न-हो, दिल्ली का सूबेदार उसके पास सिख बगावत की गलत खबरें भेज रहा है। हालात इतने खराब हो ही नहीं सकते। और यदि हुए भी तो दिल्ली का सूबेदार खुद क्यों इतने दिन हाथ-पर-हाथ रखकर बैठा रहा ? वह भी तो कोई-न-कोई हरकत कर सकता था।

साथ-साथ बहादुर शाह को गुरु गोविंद सिंह की भी याद आई। सिखों के इस अंतिम गुरु ने शाहजहाँ मुअज्जम के दिनों में उसकी ओर दोस्ती का हाथ बढ़ाया था। और भाई के साथ हुई लड़ाई में उसकी मदद की थी।

गुरु गोविंद सिहं ने सरहिंद के सूबेदार वजीर खान के बारे में बहुत शिकायतें की थीं कि वह अपनी गैर-मुसलमान प्रजा के साथ हमेशा बहुत निर्दयता से पेश आता है और हर तरह से उनके साथ बदसलूकी करता है।

बहादुर शाह को यकीन हो गया था कि वजीर खान गैर-मुसलमानों के साथ सख्त नफरत का बरताव करता है। फिर भी बहादुर शाह ने साथ-साथ यह भी सोचा कि अभी तो गद्दी में उसकी अपनी जड़ें भी मजबूत नहीं हो पाई हैं। ऐसे हालात में वजीर खान या

दिल्ली या लाहौर के सूबेदारों को बरखास्त करना या बदलना सही नहीं होगा। ऐसा करने से उसकी अपनी गद्दी को भी ग्रहण लग सकता है। बाद में उसने यह भी सुना था कि जिन पठानों ने मंदिर में गुरु गोविंद सिंह का कत्ल किया था, वे भी वजीर खान के भेजे हुए थे, पर फिलवक्त उसने चुप ही रहने की ठानी।

फिर भी बहादुर शाह ने अजमेर शरीफ की दरगाह पर सजदा करने का मन बना लिया था और वह वहाँ गया भी। रास्ते में ही आगे बढ़कर उसका स्वागत करने ओरछा क्षेत्र के दो बुंदेलखंडी राजा भी आए हुए थे। वे अपने साथ ढेर सारे उपहार और सोना-चाँदी भी लाए थे, जिन्हें उन्होंने बाअदब बादशाह की भेंट चढ़ाया। उनकी इच्छा थी कि बादशाह अंबेर और जोधपुर के राजाओं पर धावा बोलकर उन्हें परास्त करे। जाने क्यों उनकी इन दोनों राज्यों के राजपूत मुखियों से दुश्मनी थी, पर बहादुर शाह उनकी चिकनी-चुपड़ी बातों में नहीं आया।

अजमेर शरीफ दरगाह पर माथा टेकने के बाद बादशाह के दिल में सुकून आया और उसके आत्मविश्वास में भी इजाफा हुआ।

पर वहाँ से लौटते ही उसने जो बातें सुनीं, उनके कारण एक बार फिर उसके दिल में पहले जैसा बवाल मच गया। सायन और सरहिंद में बहुत सारे फरियादी बहादुर शाह के दरबार में हाजिर हुए। इनके दो दल थे। एक तो उस इलाके के अमीर-उमरा और रईसों का और दूसरा वहाँ के पीरजादों व मुल्ला-मौलवियों का। बादशाह उनकी फरियाद सुनने के लिए राजी हो गया।

भरे दरबार में इन दोनों तबकों के मुखियाओं ने अपनी-अपनी आतबीती सुनाई। अमीरों ने बताया कि कैसे बंदा बहादुर ने पूरे पंजाब के किसानों को यह कह-कहकर गुमराह कर रखा था कि वह जमीन जमींदारों से छीनकर काश्तकारों में बाँटेगा। बस सिख राज आने की देर है। फिर दलों के बागी लोगों ने भी अपने-अपने दर्दनाक अफसाने सुनाए कि कैसे उनके महल और अय्याशगाहें व हवेलियाँ तबाह कर दी गई थीं। उनके घर-बार जला दिए गए थे। उनकी दौलत छीन ली गई थी। उनके रिश्तेदारों, बेगमों और बच्चों के साथ बेरहमी के साथ बदसलूकी की गई थी। यहाँ तक कि बेगमें पेट से थीं, उन्हें भी बक्शा नहीं गया था।

पीरजादों और मौलवियों ने बताया कि कैसे उनकी मसजिदें व मदरसे तबाह करके उजाड़ डाले गए थे। मकबरे तोड़ डाले गए थे, यहाँ तक कि कब्रें भी खोद डाली गई थीं और मुरदों को निकाल-निकालकर आग के हवाले किया जा रहा था। और कैसे अनगिनत मुसलमानों को जबरदस्ती सिख बना लिया गया था।

इस किस्म की दिल-जलाऊ बातें अपने लोगों के मुँह से सुन-सुनकर बहादुर शाह के मन पर जो बीती, उसका बयान करना मुश्किल है। राजस्थान के राजा कर व फौजी

सहायता देने से कन्नी काटने की कोशिशों में लगे रहते थे और उनकी आपसी अनबनें जग-जाहिर थीं। फिर भी उन्होंने मुगलों की जमीन हड़पनेवाला कोई काम नहीं किया था, पर बंदा बहादुर के सिख तो सारी सरहदें पार कर गए थे। आधा पंजाब इन्होंने काबू कर रखा था। बचे-खुचे पर भी इनका शिकंजा कसता चला जा रहा था। अगर कुछ न किया गया तो सारा पंजाब ही मुगलों के हाथ से निकल जाएगा। राज्य में इतना उपजाऊ और कर-वसूलीवाला सूबा दूसरा था ही नहीं।

फरियादियों ने बहादुर शाह को यह भी बताया कि इन सिखों का बादशाह बंदा बहादुर जादूगरों की ताकतों और हुनरों से लैस था। अपनी ओर निशाना बनाकर दागी गई गोली या तीर या बरछे की राह बदलने का जादू जानता था। उलट होकर गोली वापस जा गोली दागनेवाले के माथे को ही जा फोड़ती। मनमर्जी से अपनी शक्ल कुत्ता, बिल्ली, बकरी आदि में बदल सकता था। बंदा बहादुर के नाम के सुनते ही पंजाब के मुसलमान थर-थर काँपने लगे थे। घोड़े पर सवार हाथ में नंगी तलवार लिये अकेले एक सिख को देखते ही गाँव-के-गाँव भय और आतंक से काँप उठते थे।

बहादुर शाह को यह भी बताया गया कि बंदा बहादुर ने अपने खुफिया जासूसों और भेदियों का तंत्र जगह-जगह फैला रखा था। कई महत्त्वपूर्ण सूबेदारों के दरबारों में उसे पते की खबरें समय-समय पर देने के लिए भेदियों की पूरी जमात मौजूद थी।

2

सोच-विचार के बाद बहादुर शाह इस नतीजे पर पहुँचा कि हिंदुस्तान में मुगल सल्तनत का कोई दुश्मन है तो वह बंदा बहादुर ही है। सचमुच, बंदा बहादुर पूरी मुगल बादशाहत का सबसे बड़ा दुश्मन है। एक मक्खी जैसी हैसियतवाले आदमी की यह मजाल कि वे दुनिया की सबसे बड़ी हुकूमत हिंदुस्तान की हुकूमते-मुगलई से दुश्मनी मोल ले। सोच-सोचकर बहादुर शाह आग-बबूला होने लगा। उसने अपने वजीर को बुलाकर ऐलान किया कि वह खुद बंदा बहादुर के खिलाफ लड़ाई की सिपहसालारी करेगा, चट मँगनी, पट ब्याह। ऐसी ही फितरत थी बहादुर शाह की। कभी तो निर्णय कर ही नहीं पाता था और कभी जल्दी में ही ऐसे अहम फैसले ले लिया करता था।

वजीर ने मनाया—यह बादशाह को शोभा नहीं देता कि वह एक छोटे से बागी के खिलाफ दुनिया की सबसे बड़ी और ताकतवर फौज की अगुआई करे।

"अगर जहाँपनाह की इजाजत हो तो बंदा अर्ज करना चाहता है कि मैं खुद उस फौज की कमान सँभालने के लिए राजी हूँ, जो उस नापाक, गलीज और कमीने काफिर का सिर आपके कदमों में न रखे तो अपना मुँह वापस नहीं दिखाएगा।" वजीर मुनीस खान ने कहा।

यह सुनकर बादशाह की बाछें खिल गईं।

"अभी नहीं, मुनीस खान, अभी नहीं। सही वक्त का इंतजार करो। हमारे पास खानों की क्या कमी है? फिरोज खान, सैयद खान, बाज खान, शमसुद्दीन खान, गयासुद्दीन खान, काला खान, गोरा खान, ऐरा खान, गैरा खान, नत्थू खान, फन्नू खान! तुम ही चुनो इतने सारे खानों में से कोई, जो हमारी फौज की अग्रिम टुकड़ियों की सदारत करेगा। बंदा के पास सुनते हैं चालीस हजार नफ़्री की फौज है। हथियारों के नाम पर कुछ खास नहीं, जबकि हम 2,40,000 घुड़सवारों की फौज के मालिक हैं। हमारे पास 15,000 पैदल सैनिक भी हैं, कई तरह के तोपखाने हैं। हाथी हैं, लड़ाई का तजुर्बा है। हमारे सामने वह अदना बागी क्या ठहरेगा? आगेवाले दस्ते बारी-बारी सामना, सधौरा, सरहिंद वगैरह पर कब्जा जमाएँगे। तब तक हमारी फौज लौहगढ़ के बाहर पहुँच चुकी होगी। अवध, ब्राह और अलाहाबाद को हुक्म दो कि वे भी अपनी फौजें रवाना करें। जम्मू के फौजदार को भी ऐसा ही हुक्म दिया जाए। वह ऊपर से हमले करेगा, हम नीचे से, बाकी दाएँ-बाएँ से। फिर देखेंगे वह शैतान बचकर कहाँ निकलता है!"

साथ-साथ मुल्ला-मौलवियों को हिदायतें दी जाएँ कि वे जिहाद के फतवे जारी करें। मुल्क के सारे मुसलमानों को पता होना चाहिए कि मुल्क के तमाम काफिरों के खिलाफ जंग छेड़ने का वक्त आ गया है।

मुल्क के सारे मुसलमानों को इकट्ठा होकर इस जंग में हिस्सा लेना चाहिए। कुरान के मुताबिक यही उनका फर्ज बनता है। सबसे ऊँचा और खास फर्ज और जो सेहतमंद होते हुए भी इस फर्ज को अपना सबकुछ कुरबान करके नहीं निभाएँगे, वे सब अल्लाह की सख्त-से-सख्त सजा के हकदार होंगे।

इसके अलावा हुक्म दिया जाए कि जितने भी हिंदू दरबार से तनख्वाह पाते हैं वे अपनी दाढ़ी मुँडवा दें। तब पता चलेगा कि कौन भेदी कहाँ छिपा है। बादशाह ने हुक्म दिया।

"और हाँ! उन दोनों बुंदेला बंदरों को भी फरमान भेजो कि बादशाह चाहते हैं कि वे इस लड़ाई में मुगलों की पूरी मदद करके अपनी वफादारी का सबूत पेश करें।"

~ 3 ~

एक मौलवी ने जुम्मे के दिन की नमाज के बाद ऐलान किया, "हजरत आप सबको इस ऐलान से खबरदार किया जाता है कि हिंदुस्तान के बादशाह बहादुर शाह जनाब-ए-आली के हुक्म के बाद हम सब मुल्ला-मौलवियों ने आपस में मशविरा करने के बाद यह फैसला किया है कि आज जिहाद का फतवा जारी कर दिया जाए। आप सबको पता है कि फतवा मजहब का एक आखिरी हुक्म होता है। इस फतवे के हुक्म के मुताबिक हरेक इनसान—बच्चे, बूढ़े, औरत, मर्द का यह फर्ज बन जाता है कि वह इस फतवे की तामील में अपनी पूरी ताकत झोंक दे और रात-दिन तब तक झोंकते रहें, जब तक इसलाम की फतह नहीं हो जाती।

जिहाद एक निहायत कीमती चीज है। इसका मतलब है कि इसलाम ने पंजाब सूबे के तमाम काफिरों के खिलाफ जंग छेड़ दी है। ऐसी जंग तभी छेड़ी जाती है जब इसलाम खतरे में हो। जब मुसलमानों का ईमान खतरे में हो, हम सब इसलाम की नाक हैं। आपकी अपनी नाक छोटी-मोटी, लंबी-तिरछी, कैसी भी हो, इसलाम की नाक हम सबकी नाक है। इस दुनिया में इज्जत से बड़ी कोई शै नहीं। क्या दुश्मन हमारी नाक काटेगा और हम चुपचाप देखते रहेंगे, इससे बड़ी गलती और क्या हो सकती है? कुरान शरीफ में साफ लिखा है कि जो मुसलमान इसलाम की हिफाजत के लिए जंग में शामिल होता है, जिहाद में हिस्सा लेता है, गरचे वह अपनी जान भी गँवा दे तो कोई यह नहीं कहता कि कमाल खान या बुदू खान या मुक्का खान मर गया, बल्कि सभी कहते हैं कि कमाल खान या बुदू खान, मुक्का खान शहीद हो गया। उसके परिवारवाले रोते भी नहीं, बल्कि खुश होते हैं, अपनी खुशकिस्मती पर कि उनके अपने सगे आदमी ने इसलाम की जंग में अपनी जान तक कुरबान कर डाली। इस शहादत को पीढ़ी-दर-पीढ़ी याद रखा जाता है और इस पर नाज किया जाता है। लोग शहीदों के इस्तेमाल की चीजें—तलवारें, खंजर, बरछे, यहाँ तक कि उनकी जूतियाँ भी अपने-अपने घरों में सजा-सँवारकर रखते हैं, जिससे देखनेवाले हैरतअंगेज होते रहें और अदब के साथ अपने सिर झुकाते रहें।

"हमारी जिहादी जंग अपने जानी दुश्मन काफिरों के साथ है। ये काफिर इसलाम को नकारते हैं। इसीलिए इन्हें नापाक कहा जाता है। इसलाम की बेइज्जती करते हैं, इसलिए इन्हें गलीज कहा जाता है। इसलाम की सीधी राह दिखलाई जाने के बावजूद अपना जाहिल मजहब छोड़ने को राजी नहीं होते। इसकी वजह है। इसकी बहुत बड़ी वजह है कि इन काफिरों की रूह के अंदर अल्लाह नहीं, बल्कि अल्लाह के दुश्मन शैतान का घर होता है। ये काफिर चलते-फिरते शैतानों के घर हैं। शैतानों के किले हैं। इन्हें जहाँ देखा जाए, इनका कत्ल करना सभी मुसलमानों का कौमी फर्ज बनता है।

"आप सब जानते हैं कि आज नहीं तो कल, कल नहीं तो परसों, परसों नहीं तो सौ साल या हजार साल बाद कयामत आनेवाली है। इसका आना कोई भी नहीं रोक सकता। इसका आना शैतान भी नहीं रोक सकता, क्योंकि कयामत के ही दिन खुद शैतान को भी सजा मिलनेवाली है। कयामत के दिन दुनिया के तमाम बाशिंदे, कब्रों में से उठ खड़े होंगे। अपनी-अपनी किस्मत का फैसला सुनने के लिए। यह उन सबकी जिंदगी का सबसे अहम दिन होगा, क्योंकि इस दिन उनकी किस्मत का फैसला किया जाएगा। जो अच्छे और नेक मुसलमान रहे हैं, जो खुदा से खौफ खाते आए हैं, जो रसूल पर जुमले-जुमले में हमन की बरसात करते रहे हैं, जो इसलाम की खातिर जिहाद में शामिल हुए हों, जो इसलाम की खातिर जंग में शहीद हुए हों, उन सबको जन्नत की नियामत नसीब होगी। जन्नत में ठंडे पानी की नदी बहती है, ऐसे-जैसे मीठी शराब बह रही हो। जन्नत बाग-बगीचे से

भरी पड़ी है। हर किस्म के फल, फूल और पौधे हैं वहाँ और वहाँ मुसलमान मर्दों की खुशनसीबी के तोहफे के तौर पर एक नहीं, दो नहीं, पूरी बहत्तर हूरें भी मुहैया करवाई जाती हैं। हकीकत में हूरें हमेशा जवान रहती हैं और इसके पहले किसी भी मर्द के साथ हम-बिस्तर नहीं हुई होतीं।

"एक तरफ जन्नत है, तो दूसरी तरफ दौलत है। देखो, हमारा अल्ला कितना इनसाफ-पसंद है। इनसाफ का तराजू हमेशा अपनी जेब में रखता है।

"सबको पता है कि सभी काफिरों की जगह दोजख की भट्ठी में होगी। यह भट्ठी हमेशा आग से जलती ही रहती है। इससे बड़े-बड़े शोले निकलते हैं। इसमें झोंक दिए जानेवाले नापाक को हर घड़ी लगता है कि उसको जिस्म का दाना-दाना अंगारे खाए जा रहे हैं। पल भर भी चैन नहीं मिला और वह अगली कयामत तक जलता ही रहता है।

"इसलिए मैंने सभी मुसलमान भाइयो, आप सबसे मेरी इल्तिजा है कि आप इस जिहाद में शामिल होकर जी-जान से पड़ो। जीत हासिल हुई तो इसी दुनिया में इज्जत की जन्नत नसीब होगी। वरना उस दुनिया में शहादत की जन्नत। अल्लाहऽऽऽ ओऽऽऽ अकबरऽऽऽऽ!"

~ 4 ~

इसी मसजिद के मौलवी ने चिल्लाकर कहा—

"ऐ मुसलमानो! एक नहीं, लाख नहीं, सौ हजार लाख बार शुक्रगुजार होवो सातवें आसमान पर अपने तंबू के नीचे तख्तनशीन उस अल्लाह के, जिसने तुम्हें मुसलमान बनाया। यह हैवान से इनसान बनाए जाने से कतरा भी कम नहीं। कयामत से कयामत तक, अगरचे आप दस कयामतों तक पैदा हो-होकर कब्रों में दफनाए जाते रहे और हरेक जिंदगी सिर्फ अल्लाह का शुक्रिया कहने में भी गुजारते रहो, तो भी उस अल्लाह का पूरा शुक्रिया अदा नहीं हो पाएगा, जिसने तुम्हें मुसलमान बनाया।

"ऐ मुसलमानो! गैरतमंद होवो, मशकूर होवो, उस अल्लाह के, जिसने कुरान शरीफ बनाया, जिसने हमारे रसूल को पैदा किया, जिसने जिहाद नाम के पाक लफ्ज की ईजाद की। जिहाद! आह! कितना अजीज, कितना बुलंद, कितना ताकतवर, कितना रूहयाफ्ता, कितना जुनून से भरा लफ्ज है यह! यह सिर्फ लफ्ज ही नहीं, यह अपने आप में एक बड़ा धमाका है, क्योंकि इस लफ्ज को मुँह पर लाते ही अल्लाह खुद एक करिश्मे को सरअंजाम देता है। क्या है वह करिश्मा, कैसा है वह करिश्मा!

"ऐ मुसलमानो! खुदा के सारे मुसलमानो! सुनो! कि वो करिश्मा क्या है? वह करिश्मा यह है कि जिहाद जैसे अजीज लफ्ज को मुँह पर लाना तो क्या, महज याद करने पर ही खुदा खुद आकर आपके खीसे में जन्नत का रसीदी टिकट खोंस जाता है। इस

लफ्ज के जीते-जी कोई भी माई का लाल मुसलमानों को जन्नत के दरवाजे खटखटाने से नहीं रोक सकता। जिहाद! यही वह लफ्ज है, जो खुल जा सिमसिम की तरह चाबी बनकर जन्नत के बुलंद दरवाजे पर लगे ताले को खोल दिया करता है।

"हे मुसलमानो! बोलो! अल्लाहऽऽऽ हूऽऽऽ अकबरऽऽऽ।"

~5~

तीसरी मसजिद के मौलवी ने कहा—

हे मेरे अजीज मुसलमान भाइयो, जब लोग आपसे यह पूछें कि जिहाद का क्या मतलब है, तो आप क्या जवाब दोगे?

शायद आप कहोगे कि जिहाद मजहबी लड़ाई है कि जब-जब मुल्ला-मौलवी 'इसलाम खतरे में है' के घड़ियाल बजा-बजाकर मजहब के सच्चे मुसलमान सिपाहियों से कहें कि नंगी तलवार हाथ में लेकर तमाम काफिरों और गैर-मुसलमानों का कत्ल आप करने जाओ, तो क्या आप कहेंगे कि यह सही है या कि यह सही नहीं है? तारीख इस बात की गवाह है कि जिहाद का नारा बुलंद होने पर दुनिया के मुसलमान हमेशा यही करते आए हैं।

पर असलियत का मुआइना सही ढंग से करो तो यह बात सरासर झूठ लगती है, क्योंकि जिहाद का अर्थ कत्लेआम नहीं, बल्कि एक जद्दोजहद है। यह जद्दोजहद दो किस्म की होती है। एक है अंदरूनी जद्दोजहद और दूसरी है बाहर की जद्दोजहद।

अंदरूनी जद्दोजहद का मतलब है कि आप अपने अंदर के शैतान के साथ किस खुदाई ताकत के साथ लड़ाई लड़ते हो। अंदरूनी शैतान का कहना है कि मुसलमान और गैर-मुसलमान में कोई फर्क नहीं। दोनों खुदा के बनाए बंदे हैं, पर सच पूछो तो यह दावा सरासर झूठा है, क्योंकि मुसलमान और काफिर में जमीन-आसमान का फर्क है और यह फर्क हमेशा-हमेशा कायम रहेगा। यह तब तक कायम रहेगा, जब तक दुनिया के हरेक काफिर से इसलाम कबूल नहीं करवा लिया जाता। इसलिए मेरे प्यारे दोस्तो, समझने की कोशिश करो। अंदरूनी जिहाद का मतलब है अपने आपको सच्चे-से-सच्चा, कट्टर-से-कट्टर, खरे-से-खरा और हमेशा खुदा का खौफ रखनेवाला मुसलमान बनाना। यही सबसे बड़ी जद्दोजहद है। और यह जद्दोजहद तब तक रखनी पड़ेगी, जब तक दुनिया के सारे लोग इसलाम कबूल नहीं कर लेते।

इसका तरीका मुश्किल नहीं। इसका तरीका है इसलाम के सारे उसूल मानना और उन पर दिन-रात चलना। पहला उसूल है एक अल्लाह में यकीन रखना। सौ फीसदी यकीन रखना। दूसरा उसूल है—अल्लाह के सिवा किसी दूसरे खुदा में यकीन न रखना। रसूल और कुरान शरीफ की पूरी की पूरी कद्र करना। तीसरा उसूल है रसूल और कुरान

के बनाए हुए रास्तों पर चलना। चौथा उसूल है रोज तय वक्त पर पाँच बार नमाज पढ़ना और जुम्मे के दिन मसजिद की इबादत में शामिल होना। पाँचवाँ उसूल है अपनी आमदनी की दस फीसदी रकम जकात के तौर पर गरीबों में बाँटना। यह तसल्ली रखते हुए कि इसलाम में कभी गरीबों की कमी नहीं पड़ेगी। छठा उसूल है जिहाद का नारा लगाए जाने पर अपनी पूरी ताकत के साथ काफिरों के साथ जंग लड़ना। सातवाँ उसूल है जिंदगी में कम-से-कम एक दफे हज पर जा काबा के चारों तरफ उसकी दीवारों को चूमते हुए चक्कर लगाना। काबे के बाल की पहाड़ी पर चढ़कर शैतान के ऊपर पत्थर, कंकड़-ढेले फेकना। आठवाँ उसूल है एक वक्त पर चार से ज्यादा बीवियाँ न रखना। मौजूदा बीवियों के साथ इनसान और बराबरी से पेश आना। नौवाँ उसूल है इन बीबियों की लाज महफूज रखने के लिए उन्हें बुर्कों में रखना और कुरान के अलावा (खाना बनाने, सिलाई-कढ़ाई करने, बच्चों की देखभाल छोड़कर) बाकी सभी चरित्र खराब करनेवाले दुर्गुणों और इल्मों से बचाए रखना। दसवाँ उसूल है बिलनागा रमजान के रोजे रखना।

जहाँ तक बाहरी जिहाद का सवाल है, तो उसका मतलब है, जब-जब ऐलान हो, तो अपनी पूरी ताकत के साथ गैर-मुसलमानों के साथ मजहबी जंग लड़ना और तब तक लड़ते रहना, जब तक जंग में फतह न हासिल हो या मुजाहिद्दीन को शहीदी का शरबत नसीब न हो।

अल्लाहऽऽऽहूऽऽऽअकबर!

6

बहादुर शाह द्वारा जिहाद की जंग लड़ने के लिए फतवे देने का हुक्म बड़े जोर-शोर से लागू किया गया, पर क्या यह सही था? पूरे पंजाब में हिंदू-मुसलमानों के बीच मजहबी आधार पर वैमनस्य के जहरीले बीज बोना कहाँ तक सही अथवा नैतिक था। कुछ समय पहले सरहिंद के सूबेदार वजीर खान द्वारा भी ऐसे ही फतवे जारी करवा लोगों में सांप्रदायिक जहर के बीज बोना कहाँ तक सही था? क्या यह ऐसे देश के बादशाह को शोभा देता था कि वह अपनी ही प्रजा में अपने पूरे होश-ओ-हवास में होते हुए इस तरह का नीच काम करे? तब हिंदुओं की आबादी लगभग अस्सी फीसदी थी और मुसलमानों की बीस के आस-पास। दोनों एक ही नस्ल के थे। दोनों ही बादशाह की प्रजा थे। बादशाह का पहला फर्ज यही माना जाता है कि वह अपनी प्रजा की रक्षा करे। क्या वह अपनी हिंदू प्रजा की रक्षा करने का सही कदम था या गलत, सोचने का विषय है।

साथ-साथ मुल्ले-मौलवियों के रवैए पर गौर करने की भी जरूरत है। ये लोग आम जनता की तुलना में ज्यादा सयाने माने जाते हैं और ये हमेशा कहते हैं कि इसलाम एक निहायत अमन-पसंद मजहब है। इसलाम का मतलब ही अल्लाह के प्रति समर्पण बताया जाता है। ऐसे में क्या उनका फर्ज नहीं बनता था कि वे बादशाह के उलटे दिमाग को

सुलझाने की कोशिश करते? उलटे, उन्होंने आग में घी डालनेवाले काम करने में कोई कसर न छोड़ी।

ऐसे वातावरण में हिंदू बेचारे क्या कर सकते थे सिवाय इसके कि वे और उनकी पीढ़ियाँ कदम-कदम पर बार-बार मुसलमानों के हाथों हुई अपनी पराजयों का फल भोगें?

~ 7 ~

इस बीच बादशाह के दूसरे हुक्म की तामील बड़े जोश-ओ-खरोश के साथ की जा रही थी। हिदुओं की दाढ़ी मुँड़वाने का काम बड़ी मुस्तैदी के साथ सरअंजाम दिया जाने लगा। सरकारी टोलियाँ गली-गली के चक्कर लगाने लगीं। उनके औजारों समेत नाई भी घूमते थे, साथ में पानी भंगियों के कनस्तर में रखा जाता था। हिंदू लगनेवाले आदमी की धर-पकड़ कर, उसे परदे की आड़ में ले जा नंगा करके उसके हिंदू होने की पहचान पर मोहर लगाई जाती थी। वहीं पर जबरदस्ती उसकी दाढ़ी मुँडवाई जाती थी और लंबे बाल भी कुतर दिए जाते थे। इससे हिंदुओं में अपार बेइज्जत और बेआबरू किए जाने की नाराजगी उपजे, तो बादशाहत की बला से!

अभी तक पंजाब के गाँवों में एक भी ऐसा हादसा नहीं हुआ था जब हिंदुओं ने इकट्ठा होकर मुसलमानों को जान से मारा हो। ऐसे में सारे हिंदुओं के खिलाफ जिहादी जंग जारी करवाना घनघोर अन्याय नहीं तो क्या था?

जहाँ तक फौजी लड़ाई का सवाल है, विजयी फौज विजित फौज का हमेशा हनन करती आई है। यह सब कहीं होता है। ऐसा न करने से बची-खुची फौज पलायन कर किसी दूसरे दिन धावा बोलने की हालत में बनी रहती है।

जहाँ तक आम मुसलमानों का सवाल है, इसमें संदेह नहीं कि सिखों की फौजों ने जगह-जगह निरस्त्र लोगों का कत्ल किया होगा, पर इतिहासकार कहते हैं कि सिख फौजों ने ऐसी कोई भी निर्दयता नहीं बरती, जिससे दुगुनी बर्बरता स्वयं वजीर खान ने न बरती हो। ऐसी दुश्मनी की लड़ाइयों में यह आम बात है कि अपना खेत हुआ सिपाही शहीद, मुजाहिद्दीन या गाजी कहलाकर इज्जत से बख्शा जाए और प्रतिपक्षी के सरदारों में कातिल और जल्लाद कहलाने के तमगे बाँटें जाएँ। एक का पाशविक आततायी आमतौर पर दूसरे की आजादी का लड़ाका मानकर आदर-सम्मान से देखा जाता है। ऐसी नामावली और नियमावली में कोई अजीब-ओ-गरीब बात नहीं।

यों भी सिखों को रोष था कि उनके दिवगंत पूज्य गुरुओं व परिवारों से कैसे-कैसे वहशियाना सलूक किए गए। ऐसे भी बदले की उत्कट चाह स्वाभाविक ही थी।

दूसरी ओर दरबारियों ने तेज दिमाग और ऊँची सूझ-बूझ वाला होने के लिए बादशाह की तारीफ के पुल बाँधने में कोई कसर न छोड़ी।

~ 8 ~

जलालाबाद अभियान की अनिवार्यता के बाद, बंदा बहादुर की फौज ने वापस जालंधर दोआब की ओर मुँह मोड़ा था। कहने को तो उनके पास चालीस हजार नफ्री की फौज थी, पर यह कई जगह छोटी-छोटी टुकड़ियों में बँटी हुई थी। थानेश्वर, सामना, सधौरा, सरहिंद आदि जैसे महत्त्वपूर्ण ठिकानों पर फौज की टुकड़ियाँ तैनात किए रखने के अलावा कोई चारा न था। यह सही है कि आम किसानों का समर्थन भारी मात्रा में बंदा बहादुर के पक्ष में था, पर हथियारों के नाम पर उनके पास लाठियाँ और दराँतियों के अलावा बहुत ही कम दूसरे हथियार थे।

मुकाबले में मुगलई फौज की नफ्री पंद्रह-बीस गुना से भी ज्यादा थी। अवध, मुरादाबाद, बरहा की फौजें भी साथ आ मिली थीं। ऊपर से बुंदेला राजाओं का भी साथ था। इस प्रकार अफगानी, पठान, मुगलई, अवधी, बुंदेला आदि की फौजों ने थानेश्वर, सामना, सधौरा, सरहिंद आदि पर भीषण आक्रमण शुरू किए। इनके विरोध में सिख बड़ी बहादुरी से लड़े, परंतु दुर्भाग्यवश जलालाबाद अभियान से चालू सिखों के उच्च सैनिक नेताओं के हताहत होने का दौर चलता ही रहा और बढ़ता भी गया। हरेक मुकाम पर एक-एक सिख रणवीर के मुकाबले में पाँच से दस मुगलई व साझे दस्तों के सरदार तथा सैनिक काम आए। पर मुगलई फौज के पास इस वक्त नफ्री की जरा भी कमी नहीं थी। उनके हथियार भी कम-से-कम दस गुना अच्छे थे।

परिणामवश, सिखों का सभी महत्त्वपूर्ण ठिकानों से पीछे होने का सिलसिला जारी रहा। किसी भी जगह उन्हें बाहर से मदद न मिल पाई।

~ 9 ~

यह सिखों की बची-खुची फौज लौहगढ़ के किलेवाले अर्ध-पहाड़ी मुकाम पर इकट्ठा हुई। नेतृत्व बंदा बहादुर के हाथों में था।

उस वक्त, जब मुगलई फौज लौहगढ़ की ओर कूच कर रही थी, बादशाह बहादुर शाह ने अपना डेरा लाहौर के किले के महफूज माहौल में डाल रखा था। उसके दरबारी उसे आए दिन थानेश्वर, सामना, सिधौरा, सरहिंद जैसे मुकामों पर मुगलई जीत के किस्से खूब नमक-मिर्च लगाकर सुनाते थे। आए दिन भालों की नोक पर गड़े या बैलगाड़ियों में भरे सिखों के कटे सिर पेश किए जाते थे। राजमार्गों पर इन्हें सिर के लंबे बालों से लटकाकर नुमाइश के लिए टाँगा जाता था। कई जगह सिखों के कटे सिरों के ऊपर मीनारें खड़ी की जाती थीं। सोच यही थी कि लोगों में बादशाही फौज को लेकर दहशत और डर फैलाया जाए, जिससे उन्हें तसल्ली भी हो और घमंड भी कि बादशाही फौज कितनी ताकतवर है और उसके खिलाफ सिख फौज के सिपाही किसी नाकारा और घटिया खेत की सड़ी-गली मूलियाँ हैं।

निकटवर्ती सरदारों को यह भी पता था कि बादशाह को गिरे हुए मनोबल के दौरे पड़ते क्यों हैं। कभी बेइंतिहा खुशी से हँसता, चीखता-चिल्लाता है, तो कभी देर-देर तक खामोश रह अफसोस और रंजिश के समंदर में गोते लगाता रहता है। वक्त बीतते, रंजिश के दौरे ज्यादा पड़ने लगे और खुशफहमी के कम, यहाँ तक कि बादशाह का वफादार वजीर उसे शरबत में घोलकर किसी खास हकीम की दवाई भी पिलाने लग गया था।

~ 10 ~

दिसंबर 1710 में आखिर बहादुर शाह ने अपने वजीर मुनीस खान को हुक्म दिया कि वह लौहगढ़ पर हमला करके बंदा बहादुर पर कब्जा करे। बहादुर शाह को उसके जासूसों ने बताया था कि बंदा बहादुर लौहगढ़ के किले में मौजूद है। मुनीस खान ने कुछ तैश में आकर बहादुर शाह से कहा कि वह कुछ दिनों में बंदा बहादुर का कटा हुआ सिर बहादुर शाह के कदमों में पेश करनेवाला है।

जैसे सिख फौज एक जगह इकट्ठी न होकर कई छोटी-बड़ी टुकड़ियों में बँटी हुई थी, मजबूरन वही हाल मुगलई फौज का भी हुआ। थानेश्वर, सामना, सिंधौरा आदि पर कब्जा करने और वहाँ के सिखों का कत्लेआम करने के बाद, मुगलई फौज को भी इन सभी जगहों पर अपनी फौजी चौकियाँ बनानी पड़ीं। अगर जमीन किसानों के हाथ से वापस लेकर एक बार फिर जमींदारों और जागीरदारों के हाथ में सौंपनी है तो यह काम बिना सैनिक ताकत के इस्तेमाल और मौजूदगी के होनेवाला नहीं था।

इससे पहले सिख फौजों ने लाहौर पर भी हल्ला बोला था। वे लाहौर के आस-पास के छोटे-बड़े सभी गाँवों पर कब्जा करने में सफल हो गए थे, पर इस अभियान में बहुत सारे सिखों को अपनी जान से हाथ धोना पड़ा था। लाहौर को भावी आक्रमणों के खतरे से बचाने के लिए, वहाँ भी अतिरिक्त चौकियाँ रखने की मजबूरी थी।

बंदा बहादुर की राजनीतिक राजधानी मुखलिसपुर में थी, पर उनका फौजी अड्डा व मुख्यालय थोड़ी ही दूर पहाड़ी की तीखी ऊँचाई पर बड़ी मेहनत से सालोसाल लगाकर बनाए किले लौहगढ़ में था।

जब मुगलई फौजों ने मुखलिसपुर पर हमला बोला तो वहाँ के कई नागरिक पीछे पहाड़ी की ओर पलायन कर लौहगढ़ में शरण लेने पर मजबूर हो गए थे।

अब हालात ऐसे थे कि मुगलई फौज की नफ्री लगभग साठ हजार सिपाहियों की थी तो उनके खिलाफ खड़ी सिख सेना की तादाद मात्र पंद्रह हजार थी। दोनों में हथियारों की मात्रा और गुणवत्ता का प्रभुत्व भी मुगलई पक्ष में था।

बंदा बहादुर को पता था कि यह लड़ाई अधिक दिन चलनेवाली नहीं है। शीघ्र ही उन्हें लौहगढ़ छोड़ किसी अन्य अज्ञात जगह जाना पड़ सकता है, जिससे तैयारी करने के

बाद एक बार फिर बादशाही फौज से दो-दो हाथ किए जा सकें।

इन दिनों मौसम ने मुगलई फौज पर बड़ा कहर ढाया। सर्दी के मौसम में बरसात कम ही हुआ करती है, पर इस साल न जाने क्यों दिनोदिन मूसलधार बरसात होती रही। जगह-जगह जमीन नई दलदल की तरह बनती गई। गाड़ियों के चलने के बाद दलदल का प्रकोप बढ़ता ही जा रहा था। तोपगड़ियाँ, ऊँटगाड़ियाँ, बैलगाड़ियाँ सभी के लिए बारिश से नरम हुई धरती चुनौती बनती गई, तिस पर ऊपर के पहाड़ों पर हिमपात के बाद वहाँ से आनेवाली तीखी, बर्फीली हवाएँ, हड्डियाँ भेदकर आर-पार जानेवाली लगती थीं। रात के वक्त तो फौजों का और भी बुरा हाल होता रहा। ये मुगल सैनिक अच्छी तरह सिखलाई-याफ्ता थे। सभी को युद्ध का तजुर्बा भी था, पर इतने साल दक्षिण भारत में काटने के बाद, उनमें तीखी सर्दी सहने की वह क्षमता नहीं थी, जो तीस साल पहले हुआ करती थी।

बरसात, सर्दी और तीखी बर्फीली हवाओं के कारण हजारों जानवर मारे गए। सैनिकों की दिनचर्या भी बेहद कठिन ही रही।

पर जगह-जगह नए-नए सेनापतियों-सिपहसालारों की आपसी होड़ ने मन में काफी जोश पैदा किया। सब सिपहसालारों को फिक्र थी कि खास अच्छे काम कर दिखा बादशाह की नजरों में ऊपर उठा जा सके और नई मनसब और खिताब हासिल कर वाहवाही लूटी जा सके।

जैसा कि पहले बताया जा चुका है, इनमें तुर्क, अफगानी, ईरानी, पठान, रोहिल्ला, रंघड़, बुंदेला आदि सभी सरदार शामिल थे। मुनीस खान ने सभी को अलग-अलग दिशाओं से लौहगढ़ का घेराव डालने की जिम्मेदारी सौंपी। पर वह सीधा किले पर हमले-पर-हमला बोलने के पक्ष में अभी नहीं था। मुनीर खान को लगा कि वैसी जल्दबाजी करने से लेने के देने पड़ सकते हैं। इसलिए वह हर दम फूँक-फूँककर चलने का पक्षधर था।

इसके बावजूद कई सरदारों ने उसके हुक्म की पूरी तामील न कर किले के दुलानों पर बने बाहरी ठिकानों पर हमले शुरू कर डाले। कुछ को सफलता भी मिली। इसलिए मुनीस खान उन्हें दुत्कार भी नहीं पाया कि क्यों मेरे कहे की हुक्म-अदूली की।

~ 11 ~

आपसी होड़ के कारण बुंदेला फौजों की कुछ टुकड़ियाँ तो आगे बढ़ती-बढ़ती किले के बिचले भाग तक पहुँच गईं। वहाँ से उन्हें किले के एक खाली अहाते में बनी वह कुटिया भी दिखाई दे गई, जहाँ स्वयं बंदा बहादुर का बसेरा था और जहाँ से वे खुद लड़ाई के मैदान पर पैनी नजर रखे हुए थे। सभी जासूसों ने भी इस बात की पुष्टि की कि यही जगह खुद बंदा बहादुर की निजी चौकी है।

मुगलई फौजों को इस लड़ाई में लगातार भारी संख्या में हताहतों और घायलों का

सामना करना पड़ा, पर वे सभी दिल-ही-दिल में सिख फौजों की हौसला-बुलंदी और अपने नेता पर कुरबान होने के जज्बे की तारीफ किए बिना न रह सके। उस वक्त के मुसलमान इतिहासकारों ने स्वयं स्वीकार किया है कि जबकि मुगलई फौज में हजार सैनिकों में मात्र सौ-दो सौ ऐसे हो सकते थे, जो बादशाह के कहने पर अपनी जान गँवाने की कुरबानी दे सकते हों, पर सिख फौज में ऐसे प्राण न्योछावर करनेवालों की संख्या लगभग शत प्रतिशत थी। ऐसा अनोखा, चुंबकीय और दिलावर था बंदा बहादुर का नेतृत्व और उनके निजी व्यक्तित्व तथा सादे-संन्यासीनुमा चरित्र का जादू।

~ 12 ~

मुगलिया फौज और बुंदेलों ने जब अंततः बंदा बहादुर की उस कुटीर पर हमला बोला तो उन्हें वहाँ से कोई तीस के आस-पास आदमी मिले। उन्हें इस बात की बेहद खुशी थी कि इतनी भयानक बारिश और जानलेवा सर्दी की मार सहकर अंततः वे अपने लक्ष्य को फतह करने में सफल हुए हैं और यह बंदा बहादुर नाम का जादूगर उनके कब्जे में है। किले के अंदर के बाकी लोगों का कत्लेआम कर दिया गया।

पर उन्होंने बंदा बहादुर को कैदी बना लिया है, उनकी यह अवधारणा एक भ्रम साबित हुई। बंदा बहादुर के समान दिखनेवाला जो आदमी उनके काबू में आया था, उसका नाम था गुलाब राय खत्री। बंदा का समदर्शी होने के कारण उसने अपने आपको जान हथेली पर रखकर इस पुण्य कार्य के लिए अर्पित किया था।

इस बीच न जाने कब बंदा बहादुर स्वयं लौहगढ़ से पलायन करने में सफल हो चुके थे। कुछ कहते हैं कि उन्होंने यह काम घोड़े पर सवार हो अपने गिने-चुने साथियों के साथ, सही वक्त और जगह चुनकर दुश्मन फौजों के साथ नंगी तलवारों के साथ लड़ते-लड़ते सरअंजाम दिया। कुछ कहते हैं कि उन्होंने किसान का वेश धारण कर चुपचाप पहाड़ों की किसी अँधेरी घाटी की कठिन राह चुन घेरा-बाँधे फौजों को चकमा दिया।

सच्चाई यह है कि बंदा बहादुर पकड़ में आते-आते मुगलई फौजों के हाथ से बाहर हो चुके थे। मुगलई फौज के अंदर पहले ही उनके नाम को लेकर डर और दहशत का माहौल था। इस होनी के बाद वह और भी कई गुना बढ़ता गया, अब सचमुच अधिकांश मुगलई फौजी यह मानने लगे थे कि बंदा एक जादूगर है। वे गाय के बछड़े से भी आदमियों की भाषा में बुलवा सकते हैं। बंदूक की गोली को वापस भेज मारनेवाले की कनपटी पर फोड़ सकते हैं और जब चाहे बंदर, पेड़, चिड़िया आदि के वेश में नदारद हो सकते हैं। इससे उनके मनोबल को काफी चोट लगी।

~ 13 ~

उधर बादशाह बहादुर शाह को जब पहले खबर मिली कि बंदा बहादुर बंदी बना लिया गया है तो वह खुशी से पागल सा होने लगा, पर बाद में जब उसे जानकारी मिली कि जिसे पकड़ा गया है, वह बंदा बहादुर नहीं, बल्कि गुलाब राय नाम का कोई आम आदमी है, तो वह आगबबूला होकर अपना आपा खो बैठा।

उसने फौरन अपने वजीर मुनीस खान को भरे दरबार में तलब किया और सभी के सामने उसे खरी-खोटी सुनाने में कोई कसर न छोड़ी। तत्कालीन मुसलमान इतिहासकार लिखते हैं कि जिसे वे हथेली में पकड़ा बाज समझते आए थे, वह सचमुच उल्लू निकला।

बहादुर शाह ने इस अक्षम्य विफलता का सारा दोष सार्वजनिक रूप से अपने वजीर मुनीस खान पर मढ़ा। बादशाह ने कहा कि यह उसी वजीर की डरपोक व कायराना नीतियों के कारण था कि हाथ में आया बाज उनकी गिरफ्त से बाहर निकल गया।

वजीर मुनीस खान नतशिर हो बादशाह के दरबार से रुख्सत हुआ। उसका दिल टूट चुका था। कहते हैं कि इस बादशाही लताड़ के कुछ दिन बाद ही वह खुदा को प्यारा हो गया।

मुनीस खान के बाद बादशाह ने अन्य गुनहगारों की खबर ली। सबसे पहले तो उसने गुलाब राय समेत तीस सिखों को कत्ल के लिए जल्लाद के सुपुर्द किया। बाद में उन सभी लोगों की खबर लेनी शुरू की, जिनके इलाकों से बंदा बहादुर बाहर निकलने में सफल हुआ था। इनमें प्रमुख थे, श्रीनगर (गढ़वाल) के राजा साहब और दूसरे थे, नाहन के राजा साहब। लौहगढ़ के ऊपरी भाग में उन्हीं की रिसासतें पड़ती थीं। श्रीनगर के राजा साहब ने कीमती भेंटें भेजकर बादशाह को खुश करने की कोशिशें जारी रखीं, पर खुद काबू नहीं आया।

नाहन के राजा के खिलाफ भेजी फौज राजा को तो नहीं, पर उसके बेटे को पकड़ लाई। बेटे को बादशाह के हुक्म से लोहे के पिजड़े में बंद करके दिल्ली रवाना कर दिया गया। बेटे की बेचारी माँ ने बादशाह के हुजूर में उस नादान की बेकसूरी साबित करने के लिए अपने दरबार के तीस खास बड़े मुलाजिम भेजे। बादशाह ने उनकी सुनना तो दूर, सभी को पकड़कर गले रेतने के लिए जल्लाद के हवाले कर दिया। वह गुस्से से पागल सा होता जा रहा था। आए दिन उसका आचरण व व्यवहार अपना आपा खोने के सबूत-पर-सबूत देने लगा था।

बादशाह ने यह भी हुक्म दिया कि लौहगढ़ किले की तमाम जमीन को खोद डाला जाए। कुछ दिनों की मेहनत के बाद वहाँ से कोई बीस लाख रुपए का सोना, अशर्फियाँ व चाँदी के सिक्के मिले। कुछ मैचलॉक व अन्य हथियार भी। दो-चार पुराने ढर्रे की तोपें भी। बादशाह ने कारगुजारी अंजाम देनेवालों को ऊँचे-ऊँचे खिताब बख्शे।

~ 14 ~

कई महीनों तक किसी को पता नहीं चला कि बंदा बहादुर कहाँ हैं। जिंदा भी हैं या नहीं। यदि जिंदा हैं तो कहाँ हैं और क्या कर रहे हैं।

बहादुर शाह अपने जासूसों से सख्त नाराज था कि वे बंदा बहादुर का अता-पता लगाने में असमर्थ रहे थे।

सन् 1711 में गरमी के मौसम में अचानक खबरें फैलने लगीं कि जम्मू-सांब के पहाड़ी इलाकों से उतरकर बिलासपुर के आस-पास देखा गया है।

फिर खबरें आने लगीं कि बंदा बहादुर बराला जैसे मुगलई ठिकानों पर कब्जा करने में सफल हुआ है। उसके बाद नए-नए मुकामों से खबरें आने लगीं कि आज बंदा बहादुर ने यह जगह कब्जे में ली तो कल वह।

यह हलचल एक नई दिशा में मोरचा खोलने की तरह थी। मुगलई फौज को अपने मालवा के ठिकानों से उखाड़कर अब उत्तर दिशा से भेजने की मजबूरी सामने आने लगी।

उधर मुगलई दरबार के चाटुकार दरबारी बहादुर शाह को झूठी-झूठी उलटी खबरें देने लगे कि आज मुगलई फौज यह मुकाम फतह किया तो कल वह मुकाम!

बाद में जब बहादुर शाह को असलियत का पता चला तो वह एकदम अपना आपा खोकर खामोशी के दामन में जा लिपटा। वह सांघातिक मनोरोग का शिकार बन गया था।

इस सबके होते बहादुर शाह के दिल में सिख धर्म माननेवालों के लिए इतनी सख्त नफरत का सैलाब उमड़ पड़ा था कि उसने आव देखा न ताव, और तमाम मुसलमानों को हुक्म दे डाला कि यह उनका मजहबी फर्ज बनता है कि किसी सिख को देखते ही फौरन उसका कत्ल करें।

साथ-साथ बहादुर शाह को तमाम साधुओं, वैरागियों और योग करनेवालों के साथ भी नफरत हो गई थी। उसके हुक्म के मुताबिक लाहौर से सभी वैरागी जैसे दिखनेवाले लोग शहर के बाहर धकेल दिए गए।

इसके कुछ ही दिनों बाद 22 फरवरी, 1712 को बहादुर शाह की मौत हो गई और उसे दफना दिया गया। मुगलई बादशाहत के लोगों को बताया गया कि आखिरकार उनके बादशाह ने शहीदी की शरबती-शराब की चुस्की पा ली है और वे खुदा को प्यारे हो गए हैं।

गुल्लेशाह कह गए हैं कि जन्नत में ठंडे पानी की नहरों के हमबिस्तर हो शरबते-शराब की नहरें भी बहा करती हैं और साथ-साथ शराब की नदियाँ भी खुलेआम बहती हैं। यहाँ तमाम लोगों को मानो जुम्मे के रोज वाली घुट्टी दे दी जाती है, गोया इस मुकाम पर पहुँच उन्हें हरम की लाज रखने के लिए बुर्कों के परदों से भी लिपटाया जाता। उलटे चौबीसों घंटे भोजन और मस्ती का आलम बना रहता है। न पाँच बेर की नमाज और न महीनों लंबे रोजों में वक्त गँवाने की जरूरत पड़ती है।

~ 15 ~

बहादुर शाह की दर्दनाक मौत के बाद गद्दी की लड़ाई की पुरानी नौटंकी एक बार फिर से शुरू हुई। कई महीनों की लड़ाई के बाद सफलता ने जालंधर शाह नाम के दावेदार का माथा चूमा। इस बीच मुगलई सल्तनत अपने ही भीतर की लड़ाई में व्यस्त रही।

~ 16 ~

बंदा बहादुर ने इस मौके का फायदा उठाकर ऊपरी पंजाब के ज्यादा-से-ज्यादा इलाके अपने कब्जे में करने शुरू कर दिए, पर इसके साथ-साथ बंदा बहादुर ने महसूस किया कि मैदानी इलाकों में खुलेआम उतरने के पहले, उन्हें अपना पिछवाड़ा महफूज करने की जरूरत है। उनका आशय उन सभी पहाड़ी राजाओं को लेकर था, जिनका राज बशोली, नाहन, कांगड़ा, बिलासपुर और चंबा जैसी रियासतों में फैला हुआ था। उनमें बिलासपुर का राजा भीमचंद सबसे ज्यादा जुल्म ढाता और परेशानी देता आ रहा था। नाहन ने लंबे अरसे से दोस्ती का सलूक बरता था। इन राजाओं ने मिलकर गुरु गोविंद सिंह को भी बड़ा परेशान किया था। आमने-सामने गुरु गोविंद सिंह से दोस्ती का नाटक रचते हुए ये राजा कई बार लुके-छिपे मुगल दरबार में फरियाद कर चुके थे कि ये सिख धर्मवाले उन्हें बहुत तंग किया करते हैं और हैं भी मुगलई सरकार के जाती दुश्मन। इसलिए जल्दी-से-जल्दी इन सिखों के दिमाग ठिकाने लगाए जाएँ।

इन राजाओं के मन में यह चिंता भी थी कि बंदा बहादुर की नीतियाँ सामंतवाद विरोधी हैं। वे जमींदारों की जमीन आम काश्तकारों में बाँट इनसाफ के नाम पर सालों की चली आ रही व्यवस्था और उससे संबंधित सहूलियतों, सुख-सुविधाओं और ऐश-ओ-आराम को उलटे सिर खड़ा करवाने पर आमादा हैं।

इसके अलावा सिख धर्म में जात-पाँत को जगह नहीं दी जाती, जो सामंती हिंदू समाज में, इसलामी सौजन्य के कारण और भी जीर्ण-जर्जर हो गया था। सिख धर्म के अनुयायी लंगर भी साथ मिल बैठकर खाते थे। ऊँच-नीच पैदाइश के अतिरिक्त कारनामों के परिणाम से तय की जाती थी।

बंदा बहादुर की सेनाओं ने सबसे पहले राजा भीमचंद की रियासत बिलासपुर पर हमला किया। उसमें राजा की करारी हार हुई और वह भाग निकला। उसके बेटे को गद्दी पर बैठाया गया और उसने दोस्ती का हाथ बढ़ाया। भीमचंद की हार के बाद बारी-बारी से सभी पहाड़ी राजाओं के रुख नरम पड़ गए और धीरे-धीरे करके सभी ने सिखों के साथ दोस्ती का हाथ बढ़ाया।

□

जालंधर शाह की बादशाहत

फरवरी 1712 में बहादुर शाह की मौत के बाद गद्दी के लिए उसके चारों बेटों में लड़ाई छिड़ी। यह कोई तीन महीने चली। अंत में तीनों भाइयों का कत्ल करने के बाद जालंधर शाह को ताज नसीब हुआ। हालाँकि उसकी ताजपोशी के वक्त उसका चचेरा भाई फर्रूखसियर भी गद्दी पर अपना दावा जता रहा था। मुल्ला-मौलवियों का एक खास गुट फर्रूखसियर को अपना समर्थन दे रहा था।

जालंधर शाह को एक कमजोर बादशाह की हैसियत से जाना गया। वह दरबार के कई अन्य लोगों के हाथ की कठपुतली बना रहा।

जालंधर शाह की बादशाहत के दिनों में ही बंदा बहादुर ने पहले सधौरा और फिर लौहगढ़, दोनों पर हमला करके उन्हें अपने कब्जे में कर लिया। प्रत्यक्ष है कि बंदा बहादुर के दिल में इन क्षेत्रों के लिए विशेष स्थान था, जबकि बाकी जगहों को छोड़कर वे अपना ध्यान व लगाव इन जगहों के प्रति छोड़ नहीं पा रहे थे। एक कारण यह भी हो सकता है कि यह क्षेत्र पहाड़ों व मैदानों, दोनों में बंदा बहादुर की सेनाओं की आवाजाही को सरल-संभव करता था। परंपरावश भी इन क्षेत्रों का अपना महत्त्व था।

इन्हीं दिनों बंदा बहादुर का पारिवारिक जीवन भी फला-फूला। उन्हें अपने मनपसंद पहाड़ों में सपरिवार कुछ दिन और सुख-चैन व शांति की सौम्य जिंदगी बिताने के भी मिले। इन्हीं दिनों पहली पत्नी को साथ रखते हुए, उन्होंने एक अन्य स्त्री के साथ विवाह भी रचाया।

□

फर्रूखसियर की बादशाहत

~1~

सन् 1713 के बीतते-बीतते अक्तूबर महीने में फर्रूखसियर दिल्ली की गद्दी का तख्ता-पलट, खुद बादशाह बन बैठा। ताज पहनते ही पहला काम था जालंधर शाह को जल्लाद के हवाले करना।

बहादुर शाह ने अपने अंतिम दिनों में तमाम सिखों के कत्लेआम का हुक्म दे डाला था। शुरू-शुरू में यह हुक्म बड़ी मुस्तैदी के साथ अमल में लाया गया। कोई भी सिख जहाँ दिखता, बिना सवाल किए या जवाब माँगे, मार डाला जाता था, क्योंकि उसका धर्म इसलाम नहीं था। उसका धर्म इसलाम से भिन्न था। अपनी प्रजा के साथ इस घटिया किस्म का नीच सलूक करना कहाँ का न्याय हो सकता है ? यह बादशाहत की वहशियत बर्बरता की ही डोंडी पीटनेवाला कारनामा था।

पर धीरे-धीरे समय बीतते इस हुक्म की तामील काफी ढीली पड़ गई थी। आठ सिखों को देखने पर भी मुसलमान बाकी सब काम भूलकर उन्हें मौत के घाट उतारे बिना नमाज पढ़ना बेअदबी नहीं मानते थे। सिखों के कारण उन्हें व्यापार और आमदनी में भी काफी फायदे होते रहते थे।

पर फर्रूखसियर ने बादशाहत की बागडोर सँभालते ही अपनी सारी तवज्जोह सिखों पर दी। सबसे पहले उसने बहादुर शाहवाला हुक्म खुद के सिरे से जारी करवाया कि सिखों को नजर आने पर ही मार डाला जाए। यह काम बड़ी संजीदगी के साथ सरअंजाम दिया जाने लगा। जगह-जगह सिखों की लाशों के ढेर-के-ढेर जमा होते रहे, एक बार फिर से राजमार्गों पर सिखों के कटे हुए सिर दोनों ओर के पेड़ों पर लटकाए जाने लगे। मजाक के तौर पर मुसलमान एक-दूसरे से कहते कि सिख सिर के बाल इसी कारण से लंबे रखते हैं कि उनके कटे सिरों को सबकी नुमाइश के लिए पेड़ों की डालों से लटकाने में रस्सी की जरूरत न पड़े और उनकी विधवाओं को बेगम बनाया जा सके। यतीम हुए बच्चों को जबरन इसलाम कबूल करवाया जा सके।

~2~

सिखों के सिर काटने की मुहिम में अब्दुस समद खान खास कामयाब रहा। उसने ढेर सारे कटे सिख सिर सड़कों पर लटकाने की बजाय, दिल्ली में बादशाह के दरबार में भेज दिए।

पड़ताल करने पर बादशाह को पता चला कि अब्दुस समद खान उम्दा दर्जे का सिपहसालार भी है। बादशाह ने खुश होकर उसे लाहौर का नया सूबेदार बना दिया और साथ-ही-साथ उसके बेटे अकारिया खान को जम्मू का फौजदार नियुक्त किया।

पर दोनों को बादशाह की तरफ से सख्त हिदायत मिली कि उनका मुख्य काम पंजाब से बंदा बहादुर और उसके सिखों का काम तमाम करना है। अगर वे इसमें कामयाब होते हैं तो उन्हें अनगिनत खिताबों से नवाजा जाएगा, पर अगर वे इस काम को पूरा करने में नाकामयाब होते हैं, तो दिल्ली बुलाकर उनकी पूरे दरबार में तौहीन की जाएगी।

सधौरा और लौहगढ़ जैसे महत्त्वपूर्ण मुकामों को मुगलई सल्तनत ने बड़ी मुश्किल से बंदा बहादुर के कब्जे से छुड़वाया था, पर अब एक बार फिर बंदा ने इन पर कब्जा जमा लिया था और सुनने में आया कि बड़ी तेजी के साथ दोनों मुकामों के किलों को चुस्त-दुरुस्त किया जा रहा है। यह मुगलई सल्तनत की तौहीन थी, इसलिए बाप-बेटे की लाहौर-जम्मू की सिपहसालारी को यही काम सबसे पहले सौंपा गया।

~3~

बंदा बहादुर व उनके सरदारों का आकलन था कि लाहौर का सूबेदार अपनी फौज के सहारे सधौरा पर हमला करेगा और साथ-साथ जम्मू का फौजदार लौहगढ़ पर। दुर्भाग्यवश यह आकलन गलत निकला। अब्दुस समद खान ने लड़ाई की बेहतर सूझ का सबूत दिया। बाप और बेटे दोनों की फौजों ने आपस में मिलकर बारी-बारी एक-एक मुकाम की खबर लेने की ठानी। इसके पीछे निर्णायक सोच यही थी कि पूरी-की-पूरी ताकत एक ही जगह के खिलाफ झोंकी जाए। दूसरे की बारी बाद में आएगी।

परिणामवश सधौरा को एक बहुत बड़ी ताकतवर मुगल सेना ने घेर लिया। मोरचे खोदे जाने लगे। मिट्टी की दीवारें खड़ी की जाने लगीं। लौहगढ़ से मदद रोकने के लिए अलग चौकियाँ कायम कर दी गईं। तोपखाना दीवारें तोड़ने, दहशत फैलाने और तबाही करने के काम में मुस्तैदी से लग गया। हाथियों ने किलों के दरवाजों पर हमले बोलने शुरू कर दिए। चारों तरफ से तीरों और गोलियों की बौछारें बरसने लगीं। सुरंगें बनाकर किले के निकट पहुँच या सेंध लगाकर भीतर पहुँचने के यत्न भी शुरू कर दिए गए।

उधर सिख भी किले के अंदर हाथ-पर-हाथ धरकर चुपचाप नहीं बैठे रहे। हर दिन, कभी सुबह, कभी शाम, कभी रात, किले के भीतर से चालीस-पचास घुड़सवार सिखों का कोई-न-कोई दस्ता अचानक बाहर निकलकर कभी इस, कभी उस जगह जाँबाज, आत्म-

बलिदानी हमले बोलते। सिख दस्तों का प्रयास होता कि जहाँ घेराबंदी की फौजों में कमजोरी, ढील या कम नफ़्री का संकेत मिले, उस जगह दुश्मन को तबाह करने के लिए बार-बार हमले बोले जाएँ। ऐसे हमलों से सिख हताहतों की संख्या तो बढ़ती, पर साथ-साथ मुगलई फौज का भी भारी नुकसान होता।

एक बार सिख दस्तों ने घेराबंदी करनेवालों की एक खास कहर ढानेवाली तोप पर रात के वक्त हमला किया। तब बरसात हो रही थी। जमीन दलदली और कीचड़ होती गई। बारिश की आवाज के कारण सुनाई भी कम देने लगा। ऊपर से रात का गुप्प अँधेरा। ऐसे में सिख दस्तों ने बाहर निकल तोप के निकट तक पहुँचने के लिए मोरचा खोदना शुरू किया। सुरंग की तरह लंबी पर ऊपर से खुली। तोप तक पहुँचे खच्चरों को रस्सी बाँध तोप को खींच-खींचकर नीचे पहाड़ की घाटी में लुढ़का दिया, जहाँ वह भारी आवाज के साथ दो टुकड़े हो टूट गई।

पर बहादुरी और अथक परिश्रम तथा असीम हौसले के इन कारनामों के बावजूद, मुगल फौज की नफ़्री इतनी बड़ी थी कि उसके आगे सधौरा का टिके रहना असंभव हो उठा।

सिखों ने फैसला किया कि वे टुकड़ियों में बँट अलग-अलग दिशाओं और राहों से घेराबंदीवाली फौज पर टूट पड़ेंगे और फिर अँधेरे में इधर-उधर तितर-बितर ही रहेंगे। बाद में, महफूज जगहों पर पहुँचने के बाद ही एक बार फिर इकट्ठा होंगे।

किया भी ऐसा ही गया। दोनों ओर से भारी संख्या में सैनिक हताहत हुए। सिख वाहे गुरु का नाम ले सिर नली पर धरकर बाहर निकले थे। सभी को रोक पाना दुष्कर था। दूसरे-तीसरे दिन सिख काफी तादाद में लौहगढ़ जा पहुँचे। सधौरा खाली हो चुका था। मुगलई फौज ने आगे बढ़ वहाँ पर कब्जा जमा लिया, पर साथ-साथ एक बहुत बड़ा दल लौहगढ़ की ओर भी रवाना कर दिया गया। अब्दुस समद खान नहीं चाहता था कि लौहगढ़ वालों को तैयारी के लिए ज्यादा समय दिया जाए।

अब लौहगढ़ की घेराबंदी शुरू की गई।

वहाँ भी कई दिन तक उसी कोटि की लड़ाई होती रही, जैसी कि सधौरा में हुई थी। एक बार तो ऐसा भी लगा कि सिखों की आक्रामक मार के कुफ्र से परेशान मुगलई फौज घेराबंदी उठाने की सोच रही है।

तत्कालीन मुसलमान इतिहासकारों ने कई जगह यह भी लिखा है कि मुगलई फौज के जवान रोज रात यह दुआ माँगने लगे कि तौबा! ऐसे दुश्मन से तो खुदा ही बचाए। दुआ यह थी कि बंदा बहादुर किसी तरह लौहगढ़ छोड़कर पीछे पहाड़ों की ओर पलायन कर जाए तो वे मन्नत की मशकरी अदा करेंगे कि खुदाबंद ताला ने आखिर उनकी फरियाद सुन ही ली।

तभी बुंदेला राजपूतों की एक टुकड़ी किले के निचले भाग तक पहुँचने में सफल हो गई, पर अभी आगे बहुत लंबा रास्ता तय करना बाकी था। अगले दिन इसी टुकड़ी के पास से होते बुंदेला राजपूतों के दूसरे राजा के कुछ घुड़सवार किले के शीर्ष पर बनी पहाड़ी पर दिखलाई दे

गए। इन्हें देखने के साथ ही पूरे लौहगढ़ में अफरा-तफरी का वातावरण छा गया। बंदा बहादुर को महसूस हुआ कि अब दुश्मन हम पर हावी होने ही वाला है। तुरंत किले से पलायन करने के आदेश दे दिए गए। संभवत: यह जरूरत से पहले ही किया गया फैसला था। जो भी हो, बचे-खुचे सिख एक बार फिर टुकड़ियों में बँटकर, बहुतेरी दिशाओं में पलायन करने के इरादे से दुश्मन की घेराबंदी पर जगह-जगह टूट पड़े।

मुगलई फौज ने जब किले में प्रवेश किया तो उसे खाली ही पाया। सिख फौज लौहगढ़ को छोड़कर एक बार फिर उत्तर-पूर्व के पहाड़ों की ओर पलायन कर गई थी। शायद खुदाबंद ताला ने मुगलई सेना के मुसलमानों की दुआ सुन ली थी।

फर्रूखसियर के पास कई बैलगाड़ियों में भरकर सिखों के कटे सिर तोहफें के तौर पर भेजे गए। दशाह अब्दुस समद व जकरिया खान की फतहों से बेहद खुश हुआ। भरे दरबार में दोनों को तलब कर उन्हें बहुमूल्य भेंटें दी गईं और शाही खिताब भी।

इस खातिरदारी से दोनों के हौसले और भी बुलंद हुए और उन्होंने एक बार फिर सिखों की खबर लेने की ठानी।

कुछ ने सलाह दी कि पहाड़ों की ओर भागी सिख फौज का पीछा करो, पर अब्दुस समद को लगा कि इस मौके पर ऐसा करना खतरे से खाली न होगा। हो सकता है, यह भी सिखों की कोई मँजी हुई चाल हो और वे मुगलई फौज के अग्रिम दस्तों पर पलटवार कर मार डालें और जगह-जगह राह के दोनों ओर छापामार दस्ते तैनात कर हमें भून डालें। इसलिए उसने लौहगढ़ में ही बने रहना बेहतर समझा।

4

कुछ अरसे तक तो बंदा बहादुर की कोई खोज-खबर नहीं आई, न ही उस ओर से किसी हरकत की खबर मिली। इसी तरह लगभग तीन महीने बीत गए।

फिर अचानक खबरें आने लगीं कि बंदा बहादुर अपनी फौज के साथ एक बार फिर पहाड़ छोड़कर मैदानों में उतर आए हैं और बटाला पर आक्रमण कर व्यापार के केंद्र इस बड़े शहर के पूरे क्षेत्र को अपने आधिपत्य में कर लिया है।

इसके बाद खबर आई कि सात हजार किसान सिखों की फौज ने रोपड़ पर कब्जा जमा लिया है।

जब मुगलई फौज का आधिक्य दक्षिण में होता, तो बंदा उत्तर में हमले कराता, उत्तर में होता तो दक्षिण में!

ध्यान देने योग्य बात यह है कि बंदा बहादुर ने कभी किसी एक हार को हार नहीं माना। किलाबंदी में बँधे रहने पर भी उनका रुख और तौर-तरीका हमेशा आक्रामक रहा। उन्होंने कभी इतनी बड़ी और ताकतवर मुगल फौज को देर तक कहीं भी चैन से नहीं बैठने दिया। जब

मौका मिलता, वे घेराबंदी के घेराव तोड़ते। जहाँ-जहाँ सही समझते और सफलता की उम्मीद रखते, वहाँ-वहाँ आक्रमण करते। रवैया हमेशा आक्रामक ही रहा। बार-बार आक्रमण। एक ऐसे जाँबाज और बहादुर सेनानायक का, जो कभी हार नहीं मानता, जो हमेशा कदम-कदम पर जीत के लिए संघर्ष करता रहता है और हमले-पर-हमले बोलता रहता है। निश्चयतः ऐसा रवैया दुश्मन की नींद और उसका चैन हराम करनेवाला है। उसे लोहे के चने चबवानेवाला है। उसमें आशावाद और ऊर्जाधिक्य का वही बारूद है, जो पौरुषत्व के अनुकरणीय मानदंड प्रकट करता सर्वमान्य बना रहता है। जिसकी अनोखी गुणवत्ता सदैव प्रेरणा का स्रोत बनी रहती है।

खेद केवल इस एक बात का है कि बंदा बहादुर के सैनिक अभियान इस तेजी के साथ चले कि उनके पक्ष के किसी भी नगीने ने उन्हें रोजनामचे के रूप में आबद्ध नहीं किया।

यह भी माना जा सकता है कि हमें विविध घटनाक्रमों का ब्योरा लिखते रहने की चाह अथवा लगन भी नहीं रही कभी। यह हमारी बहुत बड़ी और सांघातिक कमी है, जिसे दूर करने का प्रयत्न सतत किए जाने की आवश्यकता है। गुरु गोविंद सिंह के काल में भी कोई रोजनामचा ऐसा नहीं लिखा गया, जो हमें आज उपलब्ध हो और उस काल की झलक पेश कर सके। गुरु गोविंद सिंह ने अपनी कलम से 'विचित्तर नाटक' जरूर रचा। सिखों का पक्ष उजागर करनेवाला यही एकमात्र ग्रंथ उपलब्ध है, जबकि मुसलमानों में ऐसी गुणवत्ता का चलन काबिले-तारीफ है, यहाँ तक कि जब महमूद गजनी जैसा बर्बर बादशाह अनगिनत बार भारत में लूट-मार करने और उत्पात रचने के मकसद से आया तो वह अपने साथ रोजनामचा लिखवाने के लिए अल-बरूनी नामक कलम के धनी को साथ लेकर आया। बाबर ने अपनी जीवनी खुद बड़ी बारीकी और लंबाई के साथ लिखी। अकबर ने 'आईने-अकबरी' लिखवाया।

पर जब हम अपनी ओर देखें तो हमें सपाट मरुभूमि ही देखने को मिलती है। न किसी ने कासिम के आक्रमणों और बर्बरता का ब्योरा लिखा, न पृथ्वीराज का (पृथ्वीराज रासो को यह खिताब नहीं दिया जा सकता), न विक्रमादित्य ने, न हर्षवर्धन ने, न चंद्रगुप्त मौर्य ने, न समुद्रगुप्त ने, न महाराज अशोक ने। चौदहवीं शताब्दी के कश्मीर में रची गई 'राजतरंगिणी' के अतिरिक्त इतिहास के नाम पर हमारे हाथ हमेशा सदियों से खाली और अपंगु रहे हैं।

परिणामवश बंदा बहादुर के सामरिक जीवन पर इतिहास के नाम पर हमारे पास जो भी मसविदा है, वह सारा-का-सारा मुसलमान इतिहासकारों, टिप्पणीकारों की कलम से लिखा गया है। बाद में जो दो-चार अंग्रेजों ने इस विषय पर कुछ लिखा तो वह भी निन्यानबे प्रतिशत मुसलमान ग्रंथकारों के ब्योरों पर आधारित है। आप उनकी लिखी पुस्तकें पढ़ें तो जहाँ एक ओर एक सौ खानों के नाम कारनामों के ब्योरे होंगे, वहाँ भाई बिनोद सिंह, भाई दया राम आदि का नाम किसी एक में भी नहीं मिलेगा। यह हमारे इतिहास का एक कटु-कठोर सत्य है और इतिहास के प्रति हमारी पारंपरिक उपेक्षा तथा उदासीनता को प्रकट करता है। सोचा जा सकता है कि इस मानसिकता का भावी पीढ़ियों पर कैसा वक्र प्रभाव पड़ सकता है।

□

आखिरी मुकाबला

~1~

फर्रूखसियर को जब बटाला और रोपड़ की खबरें मिलीं तो उसे बहुत गुस्सा आया। उसने लाहौर के सूबेदार अब्दुस समद खान को लिखित में फटकार भेजी। क्या यही दिन दिखाने के लिए तुम्हें ओहदे और खिताब बख्शे गए थे?

अब्दुस समद ने अपने बेटे जकरिया खान की बुंदेले और कटोच व दोस्त डोगरी राजाओं की तमाम फौजें सिखों के खिलाफ लड़ाई में झोंक दीं। मजबूरन उन्हें इन दोनों जगहों को छोड़ पीछे हटना पड़ा। मुगलई फौज का विरोध करने के लिए कुछ दूर पर नगर में डेरा डाल मोरचाबंदी की तैयारियाँ शुरू कर दी गईं। पर इसके पहले कि ये तैयारियाँ पूरी होतीं, मुगल फौज ने उनका पीछा करते-करते यहाँ भी धावा बोल दिया। दोनों ओर भारी नुकसान हुआ और मजबूरन बंदा बहादुर को यह मुकाम छोड़ना पड़ा।

पर अबकी बार उन्होंने अपनी पुरानी नीति को तिलांजलि दे दी। अपना अगला मुकाम पीछे की किसी पहाड़ी की जगह में बनाने की अपेक्षा, उन्होंने अमृतसर से लगभग बयालीस मील पूर्व में स्थित गुरदासपुर के मैदानी इलाके को अगले मोरचे के लिए चुना।

गुरदासपुर में मिट्टी-गारे का बना एक छोटा, पर पुराना किला था। अज्ञात कारणवश अपने बचे-खुचे दलों की हिफाजत के लिए गुरदासपुर के किले को ही मोरचा बनाना तय किया गया। मोरचे खोदने, तोपें लगाने, मैचलॉक फायर करनेवालों और तीर-कमान चलानेवालों के लिए उपयुक्त जगहें ढूँढ़कर तैयारी का काम जोर-शोर से शुरू किया गया। इसके साथ-साथ किले की चहारदीवारी के भीतर खाने-पीने व अनाज आदि इकट्ठा करने का महत्त्वपूर्ण कार्य भी शुरू किया गया।

किले के पिछवाड़े कुछ दूरी पर पहाड़ी नदियाँ थीं। बड़ी मेहनत के साथ उनके बहाव के मुँह बदलकर एक नहर खोदी गई, जो किले को कई दिशाओं से घेर ले। इसमें नदियों का पानी छुड़वाया गया। इसके अतिरिक्त भी इस अवरोध को बढ़ाने के लिए पानी

के बहाव में तब्दीलियाँ की गईं। मंशा यह थी कि मुगलई फौज के तोपखाने और अन्य गश्ती दलों को पानी के बहाव की मदद से किले के पास तक आने से परे ही रुकवा लिया जाए, पर बाद में पता लगा कि यह काम एक दुधारी तलवार की तरह का सिद्ध हुआ।

एक बार फिर सिख फौजों की तैयारी होने के पहले ही मुगलई फौज ने किले की घेराबंदी कर डाली। इस काम के लिए समद खान ने अपनी फौज के दस्तों को अलग-अलग जिम्मेदारियाँ सौंपीं। खुद सामने से, बेटे जकरिया खान की फौज पिछवाड़े से, बुंदेलों-कटोचों की बाएँ से और जमींदारों के दस्ते दाएँ से, घेराबंदी डालेंगे। कमीबेशी का सारा दोष इन्हीं के सिर पर मढ़ा जाएगा।

शुरू की घेराबंदी नहर व पानी से परे दूर-दूर पर की गई, पर धीरे-धीरे इस दूरी के शिकंजे कसते चले गए। घेराबंदी करनेवाले सिपाही मोरचों और तंबुओं समेत किले की ओर भी निकट आने लगे। जब यह सँकरा घेरा तय हो गया तो हुक्म के मुताबिक तंबुओं के गिरोहों के ठीक सामने दीवारें खड़ी की जाने लगीं। मिट्टी, गारे और पत्थरों की बनीं। इरादा यह था कि घेराव इतना मजबूत हो कि कोई किले के बाहर न निकल पाए। खाने-पीने व अनाज को छोड़, जानवरों के लिए घास-चारा इकट्ठा करने के लिए भी।

इस नए दीवारी घेराव को और भी ऊँचा और पुख्ता करने के लिए हजारों की संख्या में कुली-मजदूर आस-पास के जंगलों से पेड़ों के तने और लकड़ी काटने के काम में लगाए गए। इसी के साथ मिट्टी, गारा और पत्थर भर-भरकर एक मजबूत दीवार बनाई गई, जिससे पूरा-का-पूरा किला घेर डाला गया।

इस काम के साथ-साथ तोपों, मैचलॉक बंदूकों और तीर आदि चलाकर दुश्मन को परेशान करने का काम जारी रखा गया।

उधर किले के अंदर के सिख भी हाथ-पर-हाथ धरकर नहीं बैठे रहे। प्रत्येक दिन में दो-तीन बार उनके चालीस-पचास सिपाही निकलकर मुगल घेराव को भेदने का प्रयत्न करते। घुड़सवार दस्ते मौका देखते ही नंगी तलवारों के साथ किसी-न-किसी जगह मुगलों पर टूट पड़ते। दोनों ओर से हताहतों की संख्या बढ़ती चली गई।

इसी तरह दो-तीन, पाँच, आठ महीने बीतने को आए। किले के अंदर का अनाज, जानवरों का चारा खत्म हो चुका था। नौबत यहाँ तक आई कि सिपाहियों ने अपने ही घोड़े-खच्चरों व बैलों को काट-काटकर उनका गोश्त खाना शुरू कर दिया। लकड़ी-ईंधन न होने के कारण कई बार इस गोश्त को बिना पकाए, कच्चा ही खाने की नौबत आने लगी। इसके साथ-साथ पेचिश-दस्त जैसी बीमारियों का भी जानलेवा फैलाव होने लगा। किले के कोने-कोने में मरे जानवरों के अंगों व शवों की बदबू

आने लगी। सिख फौज के सिपाही नर-कंकाल बनते चले गए। कइयों में इतनी ताकत भी न रही कि तलवार हाथ में उठा सकें। कुछ इतिहासकारों ने तो यह भी कहा है कि कुछेक सिपाहियों ने अपनी ही जाँघों को काट अपने ही मांस के लोथड़े खा डाले थे।

~2~

इन्हीं दिनों बंदा बहादुर के अत्यंत निकटवर्ती और पुराने सरदारों के बीच मतभेद होने लगे थे। इनमें से सरदार बिनोद सिंह समेत कुछ सरदारों का मंतव्य था कि सिखों को मौजूदा हालात में गुरुओं में पूरा विश्वास रख तलवारें व हथियार हाथों में ले घेराबंदी को मार-काट करते हुए तोड़ने का हिंसक और अंतिम प्रयास करना चाहिए। फिर आगे अपनी-अपनी किस्मत, पर बंदा बहादुर ने इस मत का समर्थन नहीं किया।

इस पर सरदार बिनोद सिंह ने अपने साथियों को बताया कि वे अपने कई साथियों के साथ घेराव पर धावा बोल बाहर निकल भागने का मन बना चुके हैं और वे इस इरादे को कार्यान्वित भी करेंगे। उन्होंने समय व मुकाम चुनकर ऐसा ही किया और वे साथियों समेत घेराव तोड़कर बाहर निकलने में सफल हो गए।

~3~

अब मुगलई फौजों ने किले पर सीधे धावे बोलने के अभियान शुरू कर दिए। मोरचे बनाकर पहले एक दरवाजे के पास पहुँचा गया और उसे तोड़ डाला गया। कुछ टुकड़ियाँ किले के भीतर के एक हिस्से में प्रवेश पाने में सफल हो गईं। अगले ही दिन इसी विधि से एक दूसरे दरवाजे को भी खोल डाला गया और मुगलई टुकड़ियाँ फूँक-फूँककर कदम रखती हुई भीतर जा प्रविष्ट हुईं।

इन्हीं में से सिपाहियों के एक दल ने बंदा बहादुर को अकेले एक पेड़ की तलहटी की मेढ़ पर बैठे देखा। फिर अचानक दबे पाँव पीछे से जाकर उन पर काबू पा लिया और उनके हाथ-पाँव साँकलों में बाँध डाले गए।

किले के बाकी सिखों ने जब यह खबर सुनी तो उन्होंने फौरन हथियार डाल दिए। वैसे भी उनकी हालत इतनी शोचनीय हो चुकी थी कि वे हथियार चलाने के काबिल ही न रह गए थे।

अब्दुस समद खान तक जब यह खबर पहुँची कि बंदा बहादुर को बंदी बना लिया गया है और किले के बचे-खुचे सभी सिखों ने हथियार डाल दिए हैं, तो वह खुशी के मारे फूला न समाया। उसने तुरंत दिल्ली के बादशाह के पास यह खुशखबरी रवाना कर दी और साथ ही बंदी बंदा बहादुर को खुद दरबार में हाजिर करवाने की पेशकश भी की।

पर बादशाह का फरमान आया कि अच्छे काम के लिए मुबारक! मगर अब्दुस

समद को फिलवक्त वहीं रहने का हुक्म दिया गया।

तब अब्दुस समद ने यह काम नवाब खान और जकरिया खान को सौंपा।

~ 5 ~

बंदा बहादुर को जब बंदी बनाया गया तो उस दिन तारीख 17 दिसंबर, 1715 थी।

पहले बंदा बहादुर और उनके सिख साथियों को लाहौर भेजा गया। वहाँ इन सभी को दिल्ली भेजने की योजना बनाई गई। यह योजना उसी तर्ज पर थी, जो पहले शिवाजी महाराज के बेटे संभाजी के विधिवत् दिल्ली प्रवेश के लिए बनाई गई थी।

दिल्ली के बाहर का रास्ता सजावटी जुलूस के तौर पर करने का आयोजन किया गया।

अन्य दिल्लीवासियों के अलावा, इस जुलूस का जायजा लेने के लिए भारत में रह रहे कई विदेशियों को भी न्योता दिया गया था। सम-सामाजिक इतिहासकारों तथा प्रत्यक्षदर्शी इन निरपेक्ष विदेशियों के विवरणों के आधार पर तीन बनाई गई बातें सामने आती हैं।

~ 6 ~

जुलूस को देखने के लिए राह के दोनों ओर भारी संख्या में दिल्लीवासी मौजूद थे। लोगों की यह भीड़ घरों के बरामदों और छतों पर भी मौजूद थी।

सबसे आगे मुगल सिपाहियों का एक फौजी दस्ता था। इसके पीछे एक अन्य टोली थी, जिसके प्रत्येक सदस्य ने लंबे बाँसों के ऊपर बहुत सारे सिखों के कटे सिर उठाए हुए थे। इन सभी सिरों के भीतर मांसपेशियों को निकाल करके भूसा भरा हुआ था। सिर के बाल पगड़ीविहीन खुले हुए फैल रहे थे। यह दृश्य अत्यंत भयावह और विकट था।

इसके पीछे बंदा बहादुर की सवारी थी। उन्हें एक लोहे के पिजड़े में डालकर हाथी पर सवार कराया गया था। दोनों पैर लोहे की साँकलों से बँधे थे। दोनों हाथ पीठ के पीछे हथकड़ियों से बाँध दिए गए थे। बंदा के बदन पर भड़कीले रंग का किमखाबी रेशमी चोगा डाला गया था, जिस पर अनार के फूलों की सजावट थी। सिर पर नकली चाँदी के वरकों से बनाया गया राजसी प्रकार का मखौलिया मुकुट पहनाया गया था। सामने नंगी तलवार उठाए दो मुगल सिपाही संतरी बनाकर खड़े किए गए थे।

बंदा बहादुर के पिंजड़ेवाले हाथी के पीछे ऊँटों के काफिले पर वे सभी 744 सिख थे, जिन्हें गुरदासपुर के किले से बंदी बनाया गया था। उन्हें दो-दो करके बिना काठीवाले ऊँटों पर बाँधा गया था। मतलब है 371 ऊँटों का लंबा काफिला। प्रत्येक सिख का एक-एक हाथ गरदन के पीछे करके लोहे की साँकल से बाँधा हुआ था। कपड़ों के तौर पर

उन्हें उलटा करके काले रोयोंवाले जानवरों की खालें पहनाई गई थीं, जिससे दूर से देखने पर वे रीछों के समान लगते थे। सिरों के ऊपर रंग-बिरंगी लंबी चोंचिल टोपियाँ बाँधी गई थीं, जिससे देखनेवालों को बीहड़-बीभत्स तथा मखौलिया अंदाज दोनों का एक साथ लुत्फ उठाने का मौका मिले।

जैसे-जैसे जुलूस गुजरता, आस-पास के घरों व छतों पर चढ़ी भीड़ के लोग हल्ला मचा-मचा अपनी खुशी का इजहार करते, साथ-साथ कीलों जैसी चुभनेवाली फबतियाँ भी कसते। मूलमंत्र यही था—मिल ही गया न आखिर अपनी करनी का नतीजा!

दिल्ली पहुँचने के बाद सभी बंदियों को जेल में ठूँस दिया गया। जेल में उन्हें एक महीना तक रखा गया। सभी को पूरा दिन यातना दी जाती। शाम को कहा जाता कि अगर इसलाम कबूल कर लोगे तो तुम्हारे सभी गुनाह माफ कर दिए जाएँगे।

बंदा बहादुर को सबसे भयंकर यातना दी जाने लगी। जलती भट्ठी में लोहे की सलाख गरम की जाती। जब वह जल-जलकर लाल लोहे की तरह धधकने लगती, तो उससे बंदा बहादुर के बदन के किसी-न-किसी हिस्से से छुआया जाता। चमड़ी उधड़ जाने तक उसी जगह रखा जाता। फिर सलाख को पुनः गरम लाल सुर्ख करने के लिए भट्ठी में डाल दिया जाता।

□

उपसंहार : एक धरोहर

~1~

बंदा बहादुर ने अपना प्रारंभिक जीवन एक वैरागी के रूप में बिताया। यह लगभग सत्रह वर्ष चला। अधिकांश समय उन्होंने दक्षिण भारत में गोदावरी नदी पर स्थित नंदेड़ नामक नगर में अपने आश्रम में तपश्चर्या करते बिताया। उन्होंने हिंदू शास्त्रों तथा योग एवं प्राणायाम विद्याओं का गहन अध्ययन किया। कुछ लोग मानते हैं कि वे तंत्र विद्या के भी ज्ञाता थे।

फिर उन्हें गुरु गोविंद सिंह के दर्शन हुए। गुरु साहब ने लछमन दास वैरागी की आँखों में ऐसी चमक देखी कि उन्होंने उन्हें अपना शिष्य बना लिया। शिष्य ही नहीं, अपना वारिस भी। लछमन दास गुरु की छवि से प्रभावित हो उनके पाँवों में गिर पड़े। गुरु साहब ने उन्हें उठाकर गले से लगाया, उन्हें अमृत छकाकर सिख बनाया और उनका नाम बंदा सिंह बहादुर रखा। यह बात सन् 1707 की है, जब औरंगजेब की दक्षिण भारत में शिया-शाहों के विरुद्ध लड़ाई को कोई पच्चीस-तीस वर्ष हो गए थे।

उन दिनों उत्तर भारत मुगल सल्तनत का सबसे बड़ा गढ़ था और पंजाब उनका सबसे महत्त्वपूर्ण सूबा। मुगलों के शातिरपने और अत्याचार के चलते गुरु गोविंद सिंह ने अपने नए चेले बंदा सिंह बहादुर को पंजाब से मुगल राज्य की जड़ें उखाड़ फेंकने की जिम्मेदारी सौंपी।

वैरागी एक अनुपम युद्धवीर बनता चला गया।

~2~

बंदा बहादुर अपने 'पंच पिआरो' और छोटे से सैनिक दल के साथ लुकते-छिपाते पंजाब पहुँचे। ऐसा करने में उन्हें एक साल लगा।

पंजाब में बंदा बहादुर ने गुरु गोविंद सिंह का हुक्मनामा सभी सिखों के पास भेजकर सहायता व हथियारों की विनती की।

इसके बाद उन्होंने पंजाब में मुगलों के शहर, गढ़ और किले आक्रमण करके अपने अधीन करने का कार्यक्रम शुरू किया। इसमें उन्हें फतह के बाद फतह हासिल होती रही, साथ-साथ बंदा बहादुर ने पंजाब में किसान आंदोलन भी शुरू करवाया। मुगलों के जमींदार व जागीरदार कालांतर से गरीब किसानों की चमड़ी उधेड़ते आए थे। बंदा ने ऐलान किया कि वे जमींदारों को हटाकर सभी जमीन खेतिहर गरीब किसानों में बाँटेंगे। परिणामस्वरूप एक किसान लहर उमड़ी और किसान-फौजों का गठन भी शुरू हुआ।

एक समय ऐसा आया जब लाहौर व कसूर को छोड़ लगभग पूरा पंजाब बंदा बहादुर के वर्चस्व में आ गया। किसी गाँव में नंगी तलवार हाथ में थामे सिख घुड़सवार को देखते ही लोग भय से काँपने लगे थे।

उस वक्त के मुसलमान इतिहासकारों ने यह भी लिखा है कि मुगल सिपाही बंदा बहादुर के कई जाँबाज कारनामे देखने के बाद उन्हें जादूगर भी समझने लगे थे, जो अपनी ओर आते तीर या बंदूक से चलाई गोली को वापस चालक की दिशा में मोड़ने में समर्थ थे।

बंदा बहादुर की निरंतरित आक्रामक कारवाइयों से परेशान हो और तंग आ, मुगल सिपाही रात के वक्त यह दुआ माँगने लगे थे कि या अल्लाह इस मुसीबत को मैदान छोड़कर पहाड़ों की ओर पलायन करने पर मजबूर कर दो तो हमें चैन की साँस लेने को मिले।

कहाँ मुगल साम्राज्य की इतनी बड़ी सिखाईयाफ्ता, युद्ध-अनुभवी और आधुनिकतम हथियारों, तोपों आदि से लैस मुगलई फौज और कहाँ बंदा बहादुर की कई बार सिर्फ लाठियों और दराँतियों से लैस अनुपात में कहीं छोटी सिख किसानों की फौज। एक ओर राजा भोज, दूसरी ओर गंगू तेली। फिर भी बंदा बहादुर ने न कभी हिम्मत छोड़ी, न हौसला दरकिनार किया और किलेबंदी की हालत में भी हमेशा मुँहतोड़, आक्रामक कारवाइयाँ करते रहे।

बंदा बहादुर से की गई लड़ाई में दो मुगल बादशाह काम आए। एक-दो साल के अंदर ही अपना मानसिक संतुलन खो बैठा और खुदा को प्यारा हो गया, दूसरा कत्ल का शिकार हुआ।

महमूद गजनी और मुहम्मद गौरी के दिनों के बाद इतनी सदियाँ बीत जाने के बाद पहली बार उत्तर भारत में किसी गैर-मुसलमानी शक्ति ने एक बड़े और बेशकीमती भू-भाग पर अपना आधिपत्य जमाया। सिख धर्म की जय बोली, गुरु नानक और गुरु गोविंद सिंह के नाम से सिक्के जारी किए। झंडे फहराए। हुक्मनामे जारी किए। मुगलों की जागीरदारी-जमींदारी व्यवस्था को नेस्तनाबूत किया।

अंत में जब आठ महीने लंबी घेराबंदी के बाद गुरुदासपुर के किले में बंद सिख

फौज के सिपाही भूख-थकान के कारण नर-कंकाल और हड्डी ढाँचा बने और उनके प्राणप्रिय नेता को पकड़कर बेड़ियों में डाल लोहे के पिंजड़े में बंद कर दिया गया, तब भी बंदा बहादुर की एक अनोखे नेता, शूरवीर सेना नायक और निस्स्वार्थ व्यक्ति के रूप में बनी छवि जीवित ही नहीं रही, उनके सैनिकों के लिए अगाध प्रेरणा का स्रोत बनी रही।

बंदा बहादुर ने रात-दिन लड़ते हुए, अपने अनुगामियों की फौज में नेतृत्व की एक ऐसी जीती-जागती और अनोखी मिसाल कायम की, जैसी संसार के इतिहास में दुर्लभ ही प्रकट हुआ करती है।

हथकड़ियों और पाँव की साँकलों समेत जब बंदा को महीनों तक जेल में बंद रख, मुसलमान जल्लादों के हाथों जो अमानवीय यातनाएँ दी गईं, वे अनुमान और कल्पना से परे हैं। उन्हें यकीन दिलाया गया कि अगर इसलाम कबूल कर लोगे तो तुम्हारे हजारों गुनाह माफ कर दिए जाएँगे, परंतु बंदा बहादुर ने देह की असीम दुर्दशा तथा दुर्बलता के बावजूद उनकी बात नहीं मानी। जब उन्हें लाल धधकते लोहे की सलाख से छुआया जाने लगा तो उनके मुँह से उफ् तक न निकली।

इतना ही नहीं, बंदा बहादुर के अमर नेतृत्व का कमाल है कि उनके पीछे-पीछे घनघोर अपमानित अवस्था में लाए जा रहे काफिले के 744 सिखों ने न इसलाम कबूला, न अपने किए पर पछतावा जतलाया, न ही चेहरों पर निराशा की परछाईं पड़ने दी। उनके रुख-रवैए से स्पष्ट था कि वे सबके सब उस नर-कंकाली हालत में भी अपने नेता के लिए प्राण न्योछावर करने को तत्पर हैं। अवश्य, प्रत्यक्षदर्शियों ने नेतृत्व का ऐसा अनूठा जादू और अपने धर्म के प्रति असीम श्रद्धा, आस्था और समर्पण का ऐसा उत्कट उदाहरण कहीं न देखा होगा। रोज एक सौ सिखों के गले सबकी आँखों के सामने जल्लाद की कुल्हाड़ी की धार के तले खुलेआम रेते जा रहे थे। फिर भी पीछे आनेवाले ढेरों सिख कैदियों में से किसी एक ने भी अपना आत्मविश्वास नहीं खोया।

बाद में जब एक चौदह वर्षीय किशोर को यह झूठ बोलकर उसकी विधवा माँ ने छुड़वाया कि वह भोलाभाला है और असल में सिख बनाया ही नहीं गया कभी, तो किशोर ने माँ के झूठे दावे को तिलांजलि दे, एक अनन्य वीर की वीरगति का मनोबल दिखाया।

ये सब नेतृत्व के जादू और धर्म में अटूट आस्था के परिणाम नहीं थे तो फिर क्या थे?

~ 3 ~

बंदा बहादुर और समर्थकों के निर्मम कत्ल के बाद दिल्ली के बादशाह ने तसल्ली से चैन की साँस ली कि आखिरकार पंजाब में गलीज और कमीने सिख काफिरों के राज की पौध जड़ों समेत उखाड़कर फेंक दी गई है। कुछ समय तक सभी को ऐसा ही लगा।

परंतु इतिहास गवाह है कि इसी पंजाब में सिखों के गुरुओं का जन्म हुआ, खेती की इसी पौध ने फिर महाराजा रंजीत सिंह को जन्म दिया, जिनका राज्य पंजाब के अतिरिक्त काबुल-कंधार तथा कश्मीर तक फैला हुआ था।

मुगलई बादशाहत को ऐसी ठोकरें खानी पड़ी थीं कि उनके राज्य का विघटन होता चला गया और अंत में दिल्ली का बादशाह अंग्रेजों के हाथ की कठपुतली बन कर कुतुब मीनार से लेकर जामा मसजिद तक ही सिमटा रहा।

काबुल, श्रीनगर और लाहौर रंजीत सिंह के हुए; दक्षिण भारत से पानीपत तक का विशाल भू-भाग मराठों के हाथ आया। अंग्रेजों ने मद्रास, बंगाल तथा दक्षिण-पश्चिम के समस्त तटवर्ती इलाकों में अपना ध्वज फहराया।

अगला अध्याय सन् 1857 के संग्राम के बाद आया, जब दिल्ली किले के पोपले गालोंवाले गंजे, हुक्का पीते बादशाह बहादुर शाह को अंग्रेजों की हिरासत में रंगून में कैद रखा गया, जहाँ वे मरने तक हिंदुस्तान में दो गज जमीन पाने को तरसते रहे।

इन सभी महान् तथा क्रांतिकारी उपलब्धियों और परिवर्तनों के पीछे बंदा सिंह बहादुरजी का वरदहस्त था। उनकी स्मृति को श्रद्धा सुमन और अधिकारप्राप्त कीर्ति को शत-शत नमन!

"वीर भोग्या वसुंधरा!"

□

पुस्तक के अंत में इसी तारतम्य में

~1~

(सिखों के) विजय नादों से
दिल्ली के अय्याश महलों में रहनेवाले
बादशाहों की नींद कुछ टूटी

जब (विजयी) कंठनाद गगन तक मथने लगे थे, उनके उद्घोषों से निविड़ अंधकारमय आकाश भी फूट पड़ा और सभी अंतरिक्षों में मानो मशालों ने आग लगा दी हो।

~2~

पाँच नदियों के कंडे

भक्त-देहों के बलिदानों की लहरें फूट बहीं मुक्त होने को रे! स्वतंत्र होने को रे! आजाद होने को रे! रटें गूँज उठीं! लाखों हृदय चीर-चीरकर टुकड़े-टुकड़े कर डाले गए। किस ओर थीं इन हृदयों की मंजिलें जहाँ से हृदय का अंतरतम पाखी झाँक रहा हो! जिसका अपने नीड़ से नाता टूट चुका हो। तब शूरवीरों ने अपनी मातृभूमि के ललाट पर रक्त का लाल तिलक लगाया था, इन्हीं पाँच नदियों के पावन कंडे।

~3~

रणभूमि में मुगल तथा सिख आपसी युद्ध में मृत्यु का आलिंगन करने लगे। दोनों जने एक-दूसरे को मारते-काटते, दंश मारते, लहूलुहान करते यों जूझते रहे, जैसे कोई साँप व झपट्टा-मार चील गुत्थमगुत्था होते हैं। जहाँ एक ओर से 'जय गुरुजी', 'वाहे गुरु की जय'! के नारे गूँज रहे थे, वहीं दूसरे पक्षवाले पागल, खून के प्यासे होकर 'दीन! दीन!' की रट लगा रहे थे।

~ 4 ~

गुरदासपुर किले में बंदा पर काबू पा उन्हें बंदी बना लिया गया; उनके बचे-खुचे साथियों को भी मानो तूरानी सेना ने किसी शेर को हथकड़ियाँ-साँकलों में बाँध पिंजड़े में डाल लिया हो।

~ 5 ~

जुलूस में आगे-आगे मुगल सिपाही चले, रास्तों में अपमान की धूल उड़ाते-उड़ाते उनके पीछे के सिपाही मारे गए सिखों के कटे सिर भालों की नोक पर जग-हँसाई के लिए ऊपर उठाए हुए…

~ 6 ~

इनके पीछे-पीछे सात सौ सिख बंदी थे, हथकड़ियों में विचित्र ढंग से बँधे; राजपथ पर तमाशबीन लोगों की अगल-बगल के घरों की खिड़कियाँ खुलती हैं, भीड़ के लोग फबतियाँ कसते हैं, मजाक उड़ाते हैं, "गुरुजी की जय, वाहे गुरु की फतह" कैदी गरजते हैं, समस्त प्राण-भय को भूल, इसी प्रकार मुगल और सिख राजपथ की धूल खाते-उड़ाते हुए।

~ 7 ~

तब शुरू किया जाता है अभियान, रोज सुबह-सवेरे जीवनदान के लिए सत्प्रस्तुत बंदी सिखों का थोड़ा-थोड़ा करके (एक सौ रोज) नित्य प्रति प्रचंड प्राण-दंड, अंतिम साँस तक गुरुजी की जय-जय के नारे लगाते-लगाते जब तक उनके प्राण देह से अलग न हों।

~ 8 ~

इस प्रकार एक सप्ताह तक लगातार प्राण-दंड का यह जघन्य अभियान चलता रहा, समस्त चौक को अपराध का कठघरा बना, दुस्सह जग-हँसाई करवाते-करवाते, निर्दयता का अंतिम चरण तब आया, जब काजी ने जल्लाद के सामने बंदा बहादुर को अपनी ही गोदी में बैठनेवाले एकमात्र शिशु की स्वयं हत्या करने का हुक्म दिया।

~ 9 ~

जैसे किसी खिलौने के हाथ बाँध दिए गए हों, अनजान शिशु को जल्लाद के तैयार खड्ग के सामने ही, पिता की गोद में डाल दिया गया।

~ 10 ~

बंदा ने बिना कोई शब्द कहे, शिशु को अपने कलेजे से लगा लिया और उसके सिर पर एक बार अपना आशीर्वादी हाथ भी रखा।

~ 12 ~

तब बंदा ने अपने नन्हे बेटे को बाएँ हाथ से गोद में थामा और एक बार झुककर अपने यातनाओं से लहूलुहान किए गए होंठों से चूमा…

~ 13 ~

और फिर बंदा ने काजी का दिया गया छुरा दाएँ हाथ में पकड़ा और पुत्र के कान की ओर झुककर धीमे से फुसफुसाया, "रे मेरे प्राण! भय मत खाना, तुम्हारे ही भीतर नवीन प्राणों की किरण फूट बहेगी…गुरुजी की जय बोलो! जय बोलो गुरुजी की!" बालक के कंठ से भी गुरुजी की जय का शब्द-नाद निकला। इस हृदय-विदारक दृश्य को देखनेवाले सभी लोगों की आत्माएँ एक बार काँप उठीं।

~ 14 ~

तब बंदा ने बाएँ हाथ में गोद में सटे शिशु को मजबूती से सँभाल, दाएँ हाथ से पकड़ा छुरा ऊपर की ओर भरपूर उठाया और गुरुजी की जय बोलनेवाले बालक के कलेजे में भोंक दिया।

सभी देखनेवालों के हृदयों पर मुर्दनी की निस्तब्धता छा गई। सभी अवाक्, सजल-नयन और सुमौन हो उठे। किसी एक के मुँह से भी इस संघातक दृश्य को देख एक भी शब्द तक न निकला—सचमुच चारों ओर निस्तब्धता का वीरान सूनापन छा गया, हुआ, हाँ, ऐसा भी हुआ।

~ 15 ~

एसेथे से एक दिन
लक्ष पराने शंका न जाने
न राखे कहारों ऋण
जीवन मृत्यु पाएर भृत
चित्र भावनाहीन
पंच नदीर घिरी दशतीर
एसेथे से एक दिन

~ 16 ~

दिल्ली प्रासाद कुटे
होथा बार-बार बादशाहजादार
तंद्रा जेथेचे छूटे
कादेर कंठे गगन मंथे
निबिड निशीथ टूटे
कादेर मशालेर आकाशेर भाले
आगुन उठेथे फूटे

~ 17 ~

पंच नदीर तीरे
भक्त देहेरे रक्त लहरी
मुक्त होइलो की रे···
लक्ष्य वक्ष चीरे
झाँके-झाँके प्राणपक्षी समान
छूटे जेनो निज नीरे
वीर गण जननी रे···
रक्त तिलक ललाटे परले
पंच नदीर तीरे

~ 18 ~

मोगल शिखेर रणे
मरण आलिंगने
कंठ पकड़ी धरिलो आंकरी
दुई जन दुई जने
दंग्शन खटो श्येन विहंगो
जूझे भुजंगा सने
से दिन कठिन रणे
जय गुरुजीर हाँके शिख वीर
सुगभिर निश्वासे
मोटो मोगल रक्त पागल
दीन-दीन गर्जन···

~ 19 ~

गुरदासपुर गढे
बंदा जखन बंदी होइलो
तूरानी सेनार करे
सिंहेर मत श्रृंखल गत
बंधी लए गेलो धरे
बंदा समरे बंदी होइलो
गुरदासपुर गढ़े

~ 20 ~

सम्मुखे चले मोगल सैन्य
उड़े इ पथेर धूलि
छिन्न शिखेर मूंद लोइया
वर्षा फलके तुली

~ 21 ~

शिख सात शत चले पश्चाते
बाजे श्रृंखलगुली
राजपथ पढ़े परे लोग नाही धरे
वातायन जाए खुली
शिख गरजे गुरुजीर जय
प्राणेर भय भूली
मोगल ओ शिख उड़ालो आजि के
दिल्ली पथेर धूलि...

~ 22 ~

पड़ी गेलो कडा काडी
आगे केव प्राण करिबेक दान
तारी लागी तरातरी
दीन गेले परे घाटकेर हाते

बंदीरा सारी–सारी
जय गुरुजीर कही शत वीर
शत शिर दे दारी···

~ 23 ~

सप्ताह काले सात शत प्राण
निःशेष होए गले
बंदार कोले काजी दिलो तुली
बंदार एक छेले

~ 24 ~

कहिलो इहारे वधिते होइबे
निज हाते अवहेले
दिल तार कोले फेले
किशोर कुमार बंदा बाहुतार
बंदार एक छेले···

~ 25 ~

किछु न काहिलो बानी
बंदा सुधीरे छोटो छेले तीरे
लोइलो वक्षे तानी
क्षण काल भोरे मथार उपरे···

~ 26 ~

राखी दक्षिण पानी
सुधु एक बार चुंबिल
रंगा उशनीश खानी···

~ 27 ~

तार पर धीरे कोटि बास होते
छुरिका खासाए आणि
बालेकर मुच चाहि
गुरुजीर जय, कनेकनेर कही

रे पुत्र भय नाहि
नविन बदन अभय किरण
ज्वाली उठी उत्साही
किशोर कंठे काँपे सभातल
बालक उठिल गाही
गुरुजीर जय किछु नाहीं भय
बंदार मुच चाहि···

~ 28 ~

बंदा तरवन वाम बाहू पाश
जरैलो तार गले
दक्षिण करे छेलेर वक्षे
छुरी वसैलो बले
गुरुजीर जय कहिया बालक
लुटाइलो धरा तले,
सभा होलो निस्तब्ध
बंदार देहो छिंरिलो घातक
संराशी करिया दग्ध
स्थिर होए वीर मरिल, ना करी
एकटी कातर शब्द
दर्शन जन मुदिल नयन

□□□